Meddi Müller

Reiterhof

Meddi Müller

Reiterhof

Ein Frankfurt-Krimi mit Shaft und Grotte

edition krimi

Frankfurt-Krimi

Müller, Meddi: Reiterhof. Ein Frankfurt-Krimi mit Shaft und Grotte. Hamburg, edition krimi 2022

1. Auflage 2022
ISBN: 978-3-948972-44-8

Dieses Buch ist auch als eBook erhältlich und kann über den Handel oder den Verlag bezogen werden.
ePub-eBook: ISBN 978-3-948972-45-5

Lektorat: Birgit Rentz, Itzehoe
Umschlaggestaltung: © Annelie Lamers, edition krimi
Umschlagmotiv: © pixabay.com

Bibliografische Information der Deutschen Nationalbibliothek: Die Deutsche Nationalbibliothek verzeichnet diese Publikation in der Deutschen Nationalbibliografie; detaillierte bibliografische Daten sind im Internet über https://www.dnb.de/ abrufbar.

Die edition krimi ist ein Imprint der Bedey & Thoms Media GmbH, Hermannstal 119k, 22119 Hamburg.

---

https://www.edition-krimi.de
Gedruckt in Deutschland

Vorwort

Kennen Sie das auch? Es gibt Dinge und Orte, die begleiten Sie über einen langen Zeitraum. Sie lassen Sie nicht los und sind allgegenwärtig. Sie lauern unter der Oberfläche und nutzen jede Gelegenheit, ihre schmutzige Nase aus dem brackigen Wasser zu stecken. Und dann sind sie in Ihrem Kopf und lachen Ihnen feixend ins Gesicht.

Bei mir sind das Reiterhöfe.

Ich bin in Berkersheim aufgewachsen. Das ist der Frankfurter Stadtteil, in dem die wohlhabenden Städter ihre Pferde abstellen. Böse Zungen behaupten, dass es in Berkersheim mehr Pferde als Menschen gibt. Früher gab es hier auch mal Kühe und Schweine, aber mit Pferden ist mehr Geld zu verdienen. Sie sind allgegenwärtig in Frankfurts kleinstem Stadtteil. Hier gibt es keine Ampel, keinen Supermarkt, weder Sportplatz noch Turnhalle und die Grundschule wurde vor Kurzem geschlossen. Allerdings existiert an diesem Ort eine Kneipe, die zudem eine gute Adresse ist und als einziges kulturelles Highlight ein Theater beherbergt. Und wie schon angedeutet, gibt es hier …

… massenhaft Pferde.

Der dörfliche Charakter des Ortes unterstützt das Vorurteil, dass man sich hier in einem Kaff befindet. Hier werden Pferde paarweise durch die Straßen geführt, egal, ob dadurch der Verkehr zum Erliegen kommt.

Man muss da jetzt mit den Pferden lang, deshalb haben sich gefälligst alle anderen danach zu richten. Wer sich hier umsieht, könnte meinen, dass die Straßen nicht gepflastert, sondern mit Pferdeäpfeln versiegelt sind. Überall im Ort liegen die riesigen Haufen herum und es riecht nach nassem Leder und frisch gelegtem Heumist.

Während Hundebesitzer heutzutage dazu angehalten sind, die Hinterlassenschaften ihrer Tiere mittels einer kleinen Tüte aufzunehmen und ordentlich zu entsorgen, hat man hier den Versuch unternommen, an strategisch günstigen Punkten Eimer und Schaufel zu platzieren und das Ganze dann als kostenlosen Rasendünger zur Verfügung zu stellen. Klappt aber nur bedingt, weil es immer wieder Menschen gibt, denen es schlichtweg egal ist, dass auf der Straße womöglich die haushohe Hinterlassenschaft eines Pferdes liegt und sämtliche Passanten drum herummanövrieren müssen.

Die unterschwellige Arroganz und das Verhalten manch reitender Planetenmitbewohner haben mich geprägt und nie wieder losgelassen.

Der übertreibt, denken Sie jetzt vielleicht.

Durchaus möglich.

Aber überlegen Sie doch mal, wie es wäre, wenn Sie morgens um sieben Uhr auf dem Weg zur Arbeit sind und das Erste, was Sie sehen, ein warmer, dampfender Haufen ist, den ein Pferd direkt vor dem Hoftor platziert hat. Keine so schöne Vorstellung, nicht wahr?

Oder wenn Sie regelmäßig angebrüllt werden, weil Sie »zu nah« an einem Pferd vorbeiradeln oder -gehen, obwohl Sie extra Abstand halten aus Angst, der Gaul neben Ihnen könnte ausflippen.

Ich will nicht behaupten, dass ich wegen der Situation im Stadtteil Berkersheim schlaflose Nächte habe, aber die damit einhergehenden Einschränkungen sind tief in mir vergraben. Und selbst wenn Sie ein Pferd besitzen, müssen Sie zugeben, dass Pferdeliebhaber ein ganz besonderer Typ der menschlichen Gattung sind. An erster Stelle kommt bei ihnen das Pferd, dann lange Zeit nichts und erst danach der Rest. So ist es doch, oder?

Erschwerend kommt hinzu, dass es sage und schreibe dreihundertachtzigtausend Treffer bei Google gibt, wenn man die Suchbegriffe »Mord« und »Reiterhof« zusammen eingibt.

Kaum zu glauben, aber in Deutschland werden überproportional viele Morde auf Reiterhöfen gezählt beziehungsweise Taten, die mit diesen in Verbindung stehen. Ich selbst war mal als kleines Licht an der Aufklärung eines Reiterhofmordes beteiligt. Wie und wo genau das war, können Sie in meinem Buch »Das glaubt mir keine Sau« nachlesen, das Ende 2022 im Charles-Verlag erscheint.

Mit Aufkommen der »True Crime«-Podcast-Welle wurde ich immer wieder mit Reiterhofmorden konfrontiert. Jene Morde wurden zum Teil derart dilettantisch verübt, dass es schon an Lächerlichkeit grenzt.

Der hier vorliegende Roman basiert auf ebendiesen wahren Fällen. Er kombiniert einige der stattgefundenen Mordfälle, und immer, wenn Sie während des Lesens denken, das sei jetzt aber an den Haaren herbeigezogen, dann ist es in der Regel exakt so gewesen. Also sparen Sie sich Rezensionen mit Schlagworten wie »überkonstruiert«, »hanebüchen« oder der Behauptung, es werden zu viele Klischees bedient, denn genau an diesen Stellen wird es real.

Wir haben es hier ja nicht mit Profikillern, sondern mit »normalen« Menschen zu tun, die falsche Moralvorstellungen haben. Und wenn Sie mir nicht glauben, machen Sie sich doch mal die Mühe, die Reiterhofmorde von Münster und Maintal zu recherchieren. Spätestens dann werden Sie auf Ähnlichkeiten stoßen und sich darüber wundern, wie dumm Menschen sein können. Die Geschichte wurde von mir natürlich angepasst, Details wurden vermischt und in eine andere Reihenfolge gebracht, Protagonisten neu erfunden. Die Inspiration jedoch basiert auf wahren Begebenheiten.

Ach ja: Zum Wohle der besseren Lesbarkeit verzichte ich auf das Gendern und bitte hiermit alle Geschlechter, mir das nachzusehen. Ich bin in dieser Frage zwar noch unentschieden, habe aber bisher nie so ganz den Sinn darin verstanden, da ich grundsätzlich nicht in Schubladen denke. Sicher bin ich mir allerdings, dass das Gendern in einem Roman nichts verloren hat. Ich will niemanden verletzen, ausgrenzen oder diskriminieren. Ich will einfach nur eine Geschichte zu Ihrer Unterhaltung erzählen …

Ihr Meddi Müller

Vermisst

»Und was sollen wir da jetzt machen?«, fragte Christian Köhler.

»Ich hab's dir doch erklärt«, entgegnete Sascha Ballauf genervt. »Es ist möglich, dass Peter Freiwald tot ist, und deshalb sollt ihr dazustoßen.«

»Noch wird er nur vermisst«, sprang Sabine Grotewohl ihrem Partner bei. Sie verstand die ganze Aktion ebenfalls nicht. Sabine Grotewohl und Christian Köhler, im Präsidium auch als »Grotte« und »Shaft« bekannt, waren nämlich bei der Mordkommission und nicht bei den Vermissten angesiedelt. Grottes Spitzname leitete sich von ihrem Namen und ihrer gelegentlich groben Art ab, während »Shaft« auf Christian Köhlers Hautfarbe anspielte. Er war ebenso schwarz wie der aus den 1970er-Jahren bekannte US-Fernsehkommissar Shaft.

Grotte und Shaft waren schon seit Langem ein Team und auch privat beste Freunde. Trotz oder gerade wegen ihrer jahrelangen Verbundenheit waren sie nicht immer einer Meinung, aber selten waren sie sich so einig wie in diesem Moment. Sascha Ballauf hatte sie vor wenigen Minuten einem Vermisstenfall zugeteilt, und dieser war schlicht und einfach nicht ihr Aufgabengebiet.

»Ich habe keine Lust, mit euch zu diskutieren«, bellte Ballauf. »Noch bin ich euer Vorgesetzter, und deshalb macht ihr jetzt, was ich euch sage!«

Das mit dem »noch« bezog sich auf Ballaufs Pensionierung, die in wenigen Monaten anstand.

»Wir sind zwar Beamte«, konterte Grotte, »aber keine Leibeigenen, mein Freund.«

»Und ich bin nicht dein Freund, sondern dein Boss, und jetzt seht zu, dass ihr euch bei Dieter meldet, Herrgott noch mal!« Damit ließ Ballauf die beiden stehen und eilte in Richtung seines Büros davon. »Immer diese Diskutiererei …«, motzte er und schlug die Bürotür krachend hinter sich zu.

Grotewohl und Köhler sahen sich fragend an, dann hoben sie synchron die Schultern und wandten sich zum Gehen. Wenn der Boss es so wollte, würden sie eben nach einem Vermissten suchen.

»Wenigstens müssen wir nicht nach einer Katze Ausschau halten«, bemerkte Grotte und beide lachten. Sabine Grotewohl war Ende zwanzig, klein, schmal und flink. Auf den ersten Blick eine leichte Beute, doch genau das wurde ihren Gegnern oft zum Verhängnis. Sie hatte den dritten Dan in Hapkido, einer fernöstlichen Kampfsportart. Die Nasen, die sie im Laufe ihrer Karriere bereits gebrochen hatte, konnte sie kaum zählen. Ihr Kleidungsstil mutete lässig an und stand in starkem Kontrast zu dem ihres Partners, der ausnahmslos maßgeschneiderte Anzüge trug. Grotewohls grüne Augen waren stets hellwach und scannten ununterbrochen die Umgebung. Sie war schlagfertig und frech. Darüber hinaus war sie mit einem wachen Verstand ausgestattet, aber auch mit einer gehörigen Portion Zorn, der so manches Mal dazu führte, dass ihr die Sicherungen durchbrannten. Ihre blonden Haare band sie meist zu einem Zopf zusammen, der beim Laufen hin und her wippte.

Sie stand neben Köhler am Aufzug und blickte auf die Anzeige oberhalb der stählernen Flügeltür. Minutenlang tat sich nichts. Ungeduldig betätigte sie ein weiteres Mal die Ruftaste.

»Meinst du, so geht es schneller?«, kommentierte Köhler.

»Kann ja sein«, wehrte sie ab.

»Klar«, murmelte Köhler, der ebenfalls allmählich die Geduld verlor.

»Lass uns die Treppe nehmen«, schlug Grotewohl vor.

»Wir sind im dritten Stock!«, gab Köhler zurück.

Grotewohls Blick sagte mehr als tausend Worte. Sie musterte ihren Kollegen. »Waschlappen!«, bemerkte sie abfällig.

»Ich hab mir beim Kicken das Knie verdreht«, entgegnete Köhler. Das stimmte zwar, verursachte aber weniger Probleme, als er zuzugeben bereit war. Er musste noch nicht einmal humpeln.

»Schwing deinen Arsch zum Treppenhaus, Shaft!«, befahl Grotewohl und lief los.

Köhler ließ die Schultern sinken und grummelte ein gequältes »Boah ey …« Schließlich gab er seinen Widerstand auf und folgte Grotewohl zum Treppenhaus.

Als sie die Tür aufschlugen, hielten sie überrascht inne. Auf den Stufen war mehr los als an einem Samstagmorgen auf der Zeil. Offenbar war der Aufzug tatsächlich defekt. Das war nicht verwunderlich und kam gelegentlich vor. Bei der Polizei machte sich der Investitionsstau mittlerweile auf allen Ebenen bemerkbar.

Auffällig war allerdings, wie schlecht gelaunt die Treppenläufer wirkten. Jeder Einzelne fluchte entweder leise vor sich hin oder suchte Bestätigung bei den anderen, wenn mehrere gemeinsam die Stufen erklommen oder hinabeilten. Grotewohl und Köhler hielten die

Tür auf, um eine Handvoll Kollegen passieren zu lassen. Dabei schnappten sie einige Sätze auf.

»Diese Vollidioten!«

»Schick die doch endlich in Pension!«

»Haben die denn früher keine Einstellungstests gemacht?«

»Wie sind die bloß am Psychologen vorbeigekommen?«

»Die sollen froh sein, dass ich unbewaffnet bin.«

Grotewohl rätselte, welchen Sinn diese Worte haben mochten.

»Was ist denn los?«, fragte sie einen der Kollegen, der gerade an ihr vorbeistapfte.

»Was los ist?«, ereiferte sich dieser. »Die zwei Halbaffen sind aus ihrem Käfig geflohen, das ist los!« Mehr war aus ihm nicht herauszubekommen, denn er ging fluchend weiter.

Ratlos stiegen Köhler und Grotewohl die Stufen hinab. Je näher sie dem Erdgeschoss kamen, desto lauter drangen tumultartige Geräusche an ihre Ohren. Unten angekommen, öffneten sie die Tür zur Lobby und fanden sich inmitten eines Chaos wieder. Gleichzeitig schlug ihnen der Geruch von Kaffee, nassem Papier und nackter Panik entgegen. Noch bevor Grotewohl und Köhler die Situation begriffen, hielt ein Feuerwehrwagen vor dem Eingang. Sechs Feuerwehrleute in voller Montur stiegen aus und eilten in die Lobby. Zielstrebig liefen sie auf die Aufzüge zu. Schmidt und Laußner, die im Mittelpunkt der Szenerie standen, bemühten sich hektisch, den vermutlich von ihnen angerichteten Schaden zu beheben. Mehrere Thermoskannen lagen in der Lobby verstreut und eine Frau klemmte kreischend in der Aufzugtür. Um sie herum waren ein paar Leute damit beschäftigt, sie zu beruhigen, was ihnen jedoch nicht so recht gelang. Die Frau lag auf dem Boden und ihre Hand steckte im Spalt zwischen Aufzug und Türschwelle. Wiederholt schrie sie, man solle sie bloß nicht anfassen. Mittlerweile waren auch ein Rettungswagen und ein Notarzt eingetroffen. Ungläubig beobachteten Grotewohl und Köhler die Situation.

»Was zum …«, begann Köhler und hielt inne.

Eigenartig entrückt stand Grotewohl etwas abseits des Geschehens. »Wenn mich nicht alles täuscht, haben Schmidt und Laußner mit der Sache zu tun«, sagte sie in dem Versuch, die Situation zu erfassen.

»Oh mein Gott!«, erwiderte Köhler. »Das könnte ihr Meisterstück geworden sein.« Er konnte sich ein Grinsen nicht verkneifen.

Zwischenzeitlich hatte die Frau das Geschrei eingestellt. Wenige Augenblicke später wurde sie aus ihrer misslichen Lage befreit und auf die Trage des Rettungsteams gelegt. Ihr Gesicht spiegelte unendliche Erleichterung. Ein routiniert wirkender Notfallsanitäter inspizierte ihre Hand, vollführte eine Geste, die wohl sagen sollte, dass alles halb so schlimm war, und gab das Kommando, die Frau abzutransportieren. Der Tross setzte sich in Bewegung. Einige Feuerwehrleute machten sich daran, den Aufzug wieder in Gang zu setzen, und wenige Minuten später war der Spuk bereits vorbei. Flachsende Feuerwehrmänner verließen die Lobby, die Schaulustigen verzogen sich in alle Himmelsrichtungen. Zurück blieben Schmidt und Laußner, beide mit schuldbewusstem Habitus. Ohne viel Aufhebens machten sie sich daran, das restliche Chaos aus herumliegenden Papieren und Kaffeepfützen zu beseitigen.

»Was denn?«, blaffte Laußner, als er Grotewohl und Köhler erblickte.

»Was habt ihr getan?«, wollte Köhler wissen.

»Es war ein Unfall«, murmelte Schmidt, der gerade hinter einer Säule mehrere Teile einer Thermoskanne gefunden hatte. Ungelenk baute er sie wieder zusammen und trat schließlich hervor. Wie man es von ihm kannte, trug er ein kariertes Flanellhemd und eine blaue Jeanshose, die von einem Gürtel mit einer überdimensionierten Schnalle gehalten wurde. Das Geräusch, das seine Cowboystiefel auf den Fliesen verursachten, schallte an den Wänden der Lobby wider, während er zu einem Teewagen stapfte. Seine roten Haare hatte er zwar wie gewohnt nach hinten gegelt, jedoch hingen einige Strähnen unkontrolliert herunter. Vermutlich war das vorangegangene Chaos daran schuld. Schmidt richtete seine Frisur mit einem Kamm, den er aus seiner Gesäßtasche hervorholte, sobald er die Hände wieder frei hatte. Sein martialisch anmutender Ion-Tiriac-Gedächtnisbart ließ es nicht zu, dass dessen Träger so etwas wie Würde ausstrahlte.

»Guck nicht so!«, schnauzte Schmidt und räumte weiter auf. »Die Olle ist quasi aus dem Nichts gekommen.«

Grotewohl und Köhler schwiegen. Laußner eilte seinem Freund zu Hilfe. »Die ist uns voll in den Karren gerannt. Ohne Scheiß. Wir hatten keine Chance!«

»Wir hatten doch gar nicht gefragt«, entgegnete Köhler. »Geht uns ja auch nichts an.«

»Wir wollen nur nicht, dass nachher wieder irgendein Müll erzählt wird. Wir sind hier mit dem Servierwagen am Aufzug vorbeigelaufen und die Schnalle ist uns voll in den Karren gerannt«, wiederholte Schmidt das Gesagte.

Laußner ergänzte: »Ganz genau, wir hatten keine Chance!« Er hob einen durcheinandergeratenen Papierstapel auf und legte ihn auf den Servierwagen. »Jetzt seht euch das Malheur hier an. Wie sollen wir das alles wieder in die richtige Reihenfolge bringen?«

»Ich nehme an, die Seiten sind nummeriert.« Grotewohl schmunzelte.

Laußners Blick verriet, dass er das nicht bedacht hatte. Seine Erscheinung entsprach wie immer einem Klischee. Er war übergewichtig, aber nicht wirklich fett. Darüber hinaus war er starker Raucher und ein vehementer Verfechter der Sport-ist-Mord-These, was dazu führte, dass er der womöglich unfitteste Frankfurter Polizist war, der jemals hier seinen Dienst versehen hatte. Er trug ausschließlich schwarze T-Shirts in Kleidergröße Zirkuszelt, von denen er Unmengen besaß, und Jeans, die unterhalb seines Bauchs von einem Gürtel gehalten wurden. Es erweckte den Anschein, als würde das T-Shirt den Bauch wie in einem Sack vor dem Hosenbund hertragen. Laußner hatte ein rundes Gesicht und erstaunlich dichtes Haar, das er zu einer Igelfrisur getrimmt hatte. Unter seiner Nase trug er einen Oberlippenbart, der seiner Erscheinung einen lächerlichen Zug verlieh. Einzig seine grellen, hellblauen Augen waren etwas, was man als betrachtenswert erachten konnte. »Wir sind unschuldig«, beteuerte er.

Schmidt unterstrich die These mit einem Grunzen. »Die soll bloß nicht auf die Idee kommen, uns zu verklagen!«

»Wie ist denn deren Hand in den Aufzugschlitz geraten?«, wollte Köhler wissen.

»Keine Ahnung.« Schmidt und Laußner tauschten ratlose Blicke. »Ist einfach passiert.«

»Na ja, dann macht's mal gut«, sagte Grotewohl. »Wir müssen los.«

Damit überließen sie die Kollegen ihrem Schicksal.

Auf dem Weg zum Parkplatz konnten sie sich ein Lachen nicht mehr verkneifen.

»So was kann auch nur den beiden passieren«, kommentierte Köhler und schloss seinen Mercedes Benz DB 300 SL W 198 Baujahr 1957 in Lackschuhschwarz auf. Grotewohl pflichtete ihm bei und stieg auf der Beifahrerseite ein. Das historische Fahrzeug war Köhlers ganzer Stolz. Und er konnte sich einen solchen Luxus leisten, denn sein Vater hatte ihm ein Vermögen vermacht. Christian Köhler war dreiunddreißig Jahre alt, ein Meter neunzig groß, Hauptkommissar, Leiter der Ermittlungsgruppe und von dunkler Hautfarbe. Grundsätzlich ein lockerer Typ, der aber einen unglaublichen Biss entwickeln konnte, wenn es darum ging, Verbrecher dingfest zu machen. Er spielte gerne auch mal schmutzig und wohnte gemeinsam mit seiner Mutter in einem Einfamilienhaus im Frankfurter Ortsteil Harheim. Köhler befand sich in keiner festen Beziehung; das aber nicht aus Mangel an Interessentinnen, sondern aus Überzeugung. Er liebte seine Unabhängigkeit. Ein echter Frankfurter Bub. Vater Deutscher und ehemaliger Fußballprofi beim englischen Drittligisten Bristol City, wo er kaum Spuren hinterlassen hatte. Die meisten Schlagzeilen hatte er produziert, als er Anfang der 1990er-Jahre bei einer Prostituierten aus dem Bett gefallen war und sich dabei die Schulter verletzt hatte. Viel zu früh war er an Krebs gestorben. Köhlers Mutter stammte aus Nigeria und arbeitete als Verkäuferin in einer Bäckerei. Köhler brachte es nicht übers Herz, sie allein zu lassen. In seiner Freizeit spielte er bei der SG Harheim in der A-Klasse und bekam immer mal wieder Angebote von höherklassigen Vereinen, die er jedoch grundsätzlich ablehnte. In Harheim, wo er auch aufgewachsen war, konnte er ungestört leben. Hier war sein Zuhause. Gelegentlich lieferte er sich mit den Dorfdeppen Diskussionen, ließ aber auch gut gemeinte Frotzeleien über sich ergehen, die auf seine Hautfarbe abzielten. Letztendlich trug er dazu bei, bei den Eingeborenen rassistische Vorurteile abzubauen. Sein Vater hatte das Geld aus seiner Profilaufbahn klug investiert, sodass er Frau und Kind ein Vermögen hinterlassen konnte, das nachfolgenden Generationen ein gutes Leben garantierte. Christian Köhler arbeitete nicht des Geldes wegen, er tat es aus Überzeugung und Leidenschaft. Er war gerne Polizist. Die einzige Extravaganz, die er sich neben seinem Auto leistete, waren die maßgeschneiderten Anzüge und Schuhe, in denen er sich in Gesellschaft zeigte. Er liebte es, der bestangezogene Mann im Raum zu sein.

»Wo ist dieser Reiterhof?«, fragte er Grotewohl, als sie den Innenhof des Polizeipräsidiums verließen.

»In Bergen-Enkheim«, gab seine Partnerin Auskunft. »Einer dieser Aussiedlerhöfe an der B 521.«

Köhler nickte und sie genossen die Fahrt. Es war Anfang Mai und das Wetter lud zum Fahren mit offenem Verdeck ein. Der Wind blies ihnen um die Nase und zerstreute für einen Moment sämtliche Gedanken.

Kurz nachdem sie die Berger Warte passiert hatten, fragte Köhler nach der Adresse. »Wo genau soll das sein?«, rief er gegen den Fahrtwind.

Grotewohl wurde aus ihren Tagträumen gerissen. Der Ausblick von Frankfurts höchster Stelle hatte sie zudem in eine schwache Trance versetzt. Von hier aus konnte man bis in den Odenwald und in den Spessart blicken. »Was?«, stieß sie aus und rückte ihren Körper im Beifahrersitz zurecht.

»Hast du gepennt, oder was?«, rief ihr Partner erbost. »Du bist hier bei der Arbeit!«

»Na und? Man wird doch mal abschalten dürfen. Unser Job ist schlimm genug.«

Köhler hob missbilligend die Brauen, erwiderte aber nichts. »Was ist denn jetzt mit der Adresse?«, hakte er stattdessen nach.

Grotewohl kramte in ihrer Jackentasche und holte einen zerknitterten Zettel hervor. Sie faltete ihn auf, hielt ihn auf Distanz, kniff die Augen zusammen und versuchte, ihre Handschrift zu entziffern.

»Na, schlägt die Eitelkeit zu?«, erkundigte sich Köhler schmunzelnd.

»Ich weiß nicht, was du meinst«, gab Grotewohl zurück. »Ich seh noch alles.«

»Klar, allerdings verschwommen.« Köhler lachte kehlig.

Grotewohl schenkte ihm einen bösen Blick und deutete auf die Straße. »Konzentrier du dich auf den Verkehr, ich mach das hier!« Wieder kniff sie die Augen zusammen. »Du könntest dir auch mal ein Navi einbauen lassen.«

»In einen Klassiker kommt kein technischer Schnickschnack.«

Grotewohl zog die Stirn kraus und zog ihr Handy aus der Innentasche ihrer Lederjacke. Sie tippte die Adresse in das kleine Zaubergerät ein und hatte Sekunden später eine exakte Routenbeschreibung parat. »Das ist ja mitten auf dem Acker!«, stellte sie fest, als sie das Ergebnis begutachtete. »An der Ampel links!«

Köhler folgte der Anweisung.

»Gleich musst du links reinfahren«, sagte Grotewohl schließlich.

»Da ist nichts.«

»Doch, da muss was sein.«

»Ich fahr ja wohl nicht über einen Acker!«

»Da wird dir wohl nichts anderes übrig bleiben.« Grotewohl reckte den Hals. »Dort ist es.« Sie deutete auf einen Feldweg.

»Vergiss es!«, erwiderte Köhler und bremste. Einen Augenblick später hupte es hinter ihnen. Köhler ignorierte das protestierende Geräusch.

»Fahr da rein, Mann!«, blaffte Grotewohl.

»Vergiss es!«

»Wir stehen hier mitten auf der Landstraße, du Wahnsinniger. Fahr gefälligst da rein!« Grotewohl sah sich um und winkte die hinter ihnen wartenden Autos vorbei.

Köhler machte immer noch keine Anstalten, die Fahrt fortzusetzen. »Du weißt schon, dass dies hier der Sportwagen des Jahrhunderts ist«, bemerkte er.

»Wie könnte ich das je vergessen, irgendjemand erinnert mich ständig daran.« Grotewohl wurde unruhig. »Jetzt steuere den Sportwagen des Jahrhunderts auf diesen Feldweg, sonst ist der bald Geschichte, so wie die hier alle um uns rumbrettern.«

Mehrere Fahrzeuge waren bereits in teils halsbrecherischen Manövern an ihnen vorbeigefahren und der Gegenverkehr trug ebenfalls nicht zur Sicherheit der Verkehrsteilnehmer bei.

»Shaft, ich bekomme langsam echt Schiss, dass die uns zu Brei fahren«, protestierte Grotewohl.

»Warum?«

»Jetzt fahr da rüber oder ich knall dich ab!« Um ihrer Aufforderung Gewicht zu verleihen, griff Grotewohl an ihr Halfter.

Der nächste Beinaheunfall, begleitet von lautem Hupen, überzeugte Köhler schließlich. »Wenn was kaputt geht, bezahlst du die Reparatur, das schwöre ich dir!«, fluchte er und lenkte den Mercedes auf den schmalen, unzureichend befestigten Weg.

»Verdammter Irrer!«, motzte Grotewohl und begann sich zu entspannen.

Köhler schwieg, während er hoch konzentriert und mit Schrittgeschwindigkeit den schmalen Weg entlangfuhr. Der Belag war grau, löchrig und an vielen Stellen mit getrocknetem Ackerboden bedeckt. »Katastrophe«, murmelte er und fuhr betont langsam.

»Ich würde gerne noch in diesem Jahr ankommen, Shaft.« Grotewohl verschränkte die Arme vor der Brust, doch Köhler ignorierte ihre Worte.

Nach etwa dreihundert Metern gelangten sie an eine Abzweigung. Linker Hand war ein großer Hof zu erkennen und rund um das Gehöft befanden sich einige Pferdekoppeln. Auf manchen von ihnen weideten Pferde, andere wurden als Parkplatz für Pferdeanhänger und landwirtschaftliches Gerät genutzt. Die insgesamt drei Gebäude, die u-förmig angeordnet waren, schienen die besten Tage hinter sich zu haben. An etlichen Stellen bröckelte der Putz.

Vorsichtig bog Köhler in eine kurze Allee ein, die, gesäumt von Pappeln, Besucher zum Hof führte. Das Hoftor war rostig und schien nicht mehr zu schließen, weshalb es mit Ketten, die an zerfledderten Holzpfosten angebracht waren, offen gehalten wurde.

»Was ist denn das für eine Bruchbude?«, bemerkte Grotewohl und sah sich angewidert um. »Da muss man ja Angst haben, dass einem das Dach auf den Kopf fällt.«

»Kann nicht jeder so reich sein wie ich«, frotzelte Köhler. Dann deutete er auf den rechten Teil des Gehöfts. »Außerdem wird doch schon renoviert.« Er lenkte damit Grotewohls Blick auf ein kleines Lagergebäude, das mit einem Gerüst eingekleidet war.

In der Mitte des Hofes unterhielt sich neben einem Polizeiwagen eine kleine Gruppe, die aus zwei Uniformierten und zwei in Reitklamotten gekleideten Frauen bestand.

»Wie es aussieht, sind das die Kollegen, die uns gerufen haben«, vermutete Köhler. Er lenkte den Wagen an den Rand des Hofes, wo er ihn in Sicherheit wähnte.

Die beiden Ermittler stiegen aus, als auch schon einer der Uniformierten auf sie zukam und ihnen im Gehen die Hand entgegenstreckte. »Sehr schön«, sagte er. »Sie müssen die Kollegen von der Mordkommission sein.«

Köhler ergriff die ihm dargebotene Hand, ihn beschlich jedoch ein mulmiges Gefühl. Nachdem die Corona-Pandemie Fahrt aufgenommen hatte, war Abstand das oberste Gebot gewesen. Doch jetzt, wo sich die Impfquote von Tag zu Tag steigerte und in der Bevölkerung eine Herdenimmunität zu erwarten war, feierte der Brauch des Händeschüttelns ein Comeback. Köhler hatte einen solchen Körperkontakt schon vor Corona als unhygienisch verurteilt, spielte jedoch das Ritual mit. Grotewohl war da konsequenter. Sie hielt dem Kollegen die Ghettofaust hin, die dieser breit grinsend kurz anstieß.

»Lustig«, sagte der Kollege und blickte Köhler augenzwinkernd an. »Diese Geste hätte ich eigentlich von Ihnen erwartet.«

Als Köhlers Blick starr blieb, bemerkte der Kollege, wie unpassend seine Bemerkung war, und ergänzte peinlich berührt: »Sorry, das war jetzt doof.«

»Vergiss es, Weißbrot!« Köhler winkte ab und schlug dem Kollegen auf die Schulter. »Ich bin den Scheiß gewohnt.«

»Das war auf keinen Fall rassistisch gemeint ...«

»Ist doch gut, Kollege.« Köhler lächelte. »Ist angekommen. Sag mir lieber, wie du heißt und was hier los ist.«

Der Kollege räusperte sich und zupfte nervös an seiner Schutzweste. »Mein Name ist Patrick Schultz – Schultz mit ›tz‹.«

»Mein Name ist Köhler – mit ›ö‹. Und das ist die Kollegin Grotewohl, die schreibt sich mit ›o‹.« Köhler grinste.

Schultz kapierte den Witz nicht, zumindest reagierte er nicht darauf. »Gut«, sagte er und räusperte sich erneut. »Das wäre ja dann schon mal geklärt.« Er lachte unsicher. »Gehen wir doch rüber zu den anderen.« Er hob den Arm und deutete auf die kleine Gruppe, die immer noch mitten auf dem Hof stand. Die Frauen redeten und der Polizist machte sich Notizen.

»Das ist der Kollege Schultheiß«, stellte Schultz den anderen Polizisten vor.

»Mordkommission?«, wiederholte die ältere der beiden Frauen entsetzt, als sich Grotewohl und Köhler zu erkennen gaben. »Was soll das heißen?«

»Gar nichts, Frau Mertens«, beeilte sich Schultheiß zu sagen. »Wir wollen damit überhaupt nichts sagen.«

»Oh mein Gott!«, warf die junge Frau ein und schlug sich die Hand vor den Mund. »Sie denken, er ist tot?«

»Bitte, Frau Hofmeister ...« Schultz, der sichtlich überfordert schien, warf Grotewohl und Köhler einen hilfesuchenden Blick zu.

Köhler hatte ein Einsehen und setzte zu einer Erklärung an: »Wir sind hier, weil Herr Wertheim, der Wachleiter des zuständigen Polizeireviers, ein Bekannter unseres Vorgesetzten ist.« Er ging auf die junge Frau zu. Sie hielt sich immer noch die Hand vor den Mund, dennoch konnte Köhler erkennen, dass sie ausgesprochen hübsch war. Die Ausstrahlung der Frau faszinierte ihn. Erleichtert bemerkte er, dass er sich erstaunlich gut im Griff hatte. Vielleicht lag es daran, dass er derzeit kein Interesse an einer Beziehung hatte. Noch vor wenigen Tagen hatte ihm eine seiner zahlreichen Affären offenbart, heiraten zu wollen, jedoch nicht ihn – und das, während sie mit einer brennenden Zigarette in der Hand nackt, erschöpft und verschwitzt neben ihm gelegen hatte. »Herr Wertheim hat um Unterstützung gebeten. Wir tun unserem Chef streng genommen nur einen Gefallen. Das ist alles.«

»Sie sind also Experten für vermisste Personen?«, hakte die ältere Frau skeptisch nach. Köhler zwang sich, seinen Blick von der jungen Schönheit abzuwenden, und sah nun die ältere Frau an, die zwar ansehnlich, aber längst nicht so gut aussehend wie die Jüngere war. Beide Frauen waren blond und trugen das Haar wirr zusammengebunden. Sie rochen nach Stall.

»Im Grunde genommen sind wir gar nicht hier, Frau …«, antwortete Köhler.

»Karina Mertens«, ergänzte die Angesprochene und hob das Kinn, als käme ihr Name einem Titel gleich. »Ich bin die Besitzerin des Hofes.«

»Ah«, machte Köhler und wandte sich ihr nun vollends zu. »Kann ich ja nicht wissen.« Köhler ließ seinen Blick über die Runde schweifen und seufzte. »Wie wäre es denn, wenn mir irgendjemand erklären würde, warum wir eigentlich hier sind?«

Alte Kamellen

»Das ist schnell erklärt«, hob Schultz an. »Peter Freiwald ist seit drei Tagen nicht mehr aufgetaucht.«

»Und wer ist Peter Freiwald?«, wollte Grotewohl wissen.

»Das ist mein Verlobter«, mischte sich die jüngere Frau ein.

»Entschuldigung«, sagte Grotewohl, die jetzt zum ersten Mal die Frau richtig in Augenschein nahm. Sie war beeindruckt von deren Schönheit. Dabei waren es nicht nur die ebenmäßigen Gesichtszüge. Da war noch mehr. Eine unsichtbare Komponente, die Grotewohl sofort in ihren Bann zog. Und das, obwohl die junge Frau alles andere als ausgehfertig war. Ihr Haar war nachlässig frisiert und zu einem unordentlichen Zopf gebunden. Ihr Gesicht war ungeschminkt und zwischen den Sommersprossen zeigten sich einige kleine Lehmspritzer. Besonders markant wirkten ihre Augen. Sie waren groß, von hellem Grün und wiesen dunkle Einschlüsse auf. Kleine, glitzernde Ohrringe, die lustig hin und her baumelten, hingen an ihren Ohrläppchen und schienen perfekt zu ihr zu passen – wie wahrscheinlich alles, was diese Frau jemals trug. Nicht zu vergessen die ellenlangen Wimpern und die perfekt geschwungenen Brauen. Die jeweiligen Komponenten des Gesichts wären für sich genommen mit Sicherheit nichts Besonderes gewesen, aber in der vorliegenden Kombination waren sie absolut faszinierend. Dazu hatte sie eine atemberaubende Figur. Die eng anliegenden Reiterklamotten ließen keinen anderen Schluss zu. Grotewohl musste sich zwingen, der Frau nicht um den Hals zu fallen und sie zu küssen.

»Wie war Ihr Name noch?«, brachte sie es fertig zu sagen.

»Ich bin Laura Hofmeister. Wie ich schon sagte, bin ich Peters Verlobte und mache mir große Sorgen um ihn. Es ist sonst nicht seine Art, so lange wegzubleiben, ohne sich zu melden. Dieter hat ja mit seinen Leuten schon alles abgesucht – leider ohne Erfolg.« Die junge Frau lächelte Köhler hoffnungsvoll an. »Ich hoffe, Sie können ihm dabei helfen, Peter zu finden.«

Köhler seufzte. »Wie ich die Sache sehe, kennt hier außer uns jeder den Kollegen Wertheim«, stellte er fest. »Scheint ja 'ne große Nummer zu sein. Den möchte ich jetzt auch mal kennenlernen.«

»Das können wir gleich erledigen«, warf Schultheiß ein und deutete mit dem Kinn in Richtung Hofeinfahrt. Alle wandten sich zum Hoftor um, durch das gerade ein Streifenwagen fuhr. Einige Meter vor ihnen kam der Wagen zum Stehen und ein großer Mann stieg aus. Ohne dick zu sein, verfügte er über eine ordentliche Leibesfülle. Sein Haar war grau und an manchen Stellen ausgedünnt. Eine ausgefallene Erscheinung.

»Ah!«, rief er freundlich, als er Grotewohl und Köhler sah. »Sie müssen die Verstärkung aus dem Präsidium sein.« Er trat ein paar Schritte näher.

»Können wir Sie kurz sprechen?«, bat Köhler.

Grotewohl, Köhler und Wertheim entfernten sich einige Meter von der Gruppe. Als sie außerhalb der Hörweite der anderen waren, blieben sie stehen.

»Was genau tun wir hier, Herr Wertheim?«, fragte Köhler.

»Dieter, nennen Sie mich Dieter. Wir sind doch Kollegen.«

»Klar, mach ich«, versprach Köhler. »Also, Dieter, was wird hier gespielt?«

Wertheim zögerte. Es schien ihm unangenehm zu sein.

»Bergen-Enkheim ist klein …«, begann er. »Es ist wie ein Dorf.«

»Wissen wir. Ich bin auch in Frankfurt aufgewachsen. Das allein kann aber nicht der Grund dafür sein, dass wir hier sämtliche Vorschriften und Verfahrensweisen ignorieren.«

Wieder zögerte Wertheim. Dann schien er sich ein Herz zu fassen. »Wir waren zusammen in der Schule.«

»Wer?«, hakte Grotewohl nach.

»Frau Mertens und ich.«

»Na und?«

»Wir hatten da mal was … miteinander. Ihr versteht das doch. Erster Kuss, erstes Mal anfassen und erstes Mal …«

»Ist gut«, warf Grotewohl ein, »wir haben es verstanden.«

Die drei sahen sich an und schwiegen.

»Kann es sein, dass du denkst, dass das hier eine Nummer zu groß für deine Jungs ist?«, vermutete Köhler schließlich.

»Das bringt es in etwa auf den Punkt«, bekannte Wertheim. »Ich habe einfach nicht genug Leute. Es ist eine Katastrophe. Und die, die ich habe, sind alle unerfahren. Ich will das hier nicht verkacken, versteht ihr?« Er schien ehrlich verzweifelt zu sein.

Köhler seufzte. »Na gut«, sagte er.

Wertheim fiel sichtlich ein Stein vom Herzen. Mit Mühe unterdrückte er ein Grinsen.

»Aber den Papierkram macht ihr!«, forderte Köhler. «Wir sind gar nicht hier, klar?«

»Kein Ding.«

Damit war die Sache abgemacht – dachten sie zumindest.

Wenig später saßen Grotewohl, Köhler, Wertheim und die beiden Frauen in der Küche des Wohngebäudes. Die Einrichtung war alt, aber in Schuss. Dennoch war auf den ersten Blick zu erkennen, dass die Investitionen nicht ins Wohnen flossen.

Karina Mertens kam mit frisch gebrühtem Kaffee an den Tisch und goss sich und den anderen ein. Die Tassen wirkten zusammengewürfelt, der Kaffee war jedoch um Längen besser als das lauwarme Zeug, das Köhler und Grotewohl an ihrem Arbeitsplatz gewohnt waren.

»Danke für den Kaffee, Frau Mertens«, bemerkte Köhler. Er zog ein kleines, in schwarzes Leder gefasstes Notizbuch und einen Kugelschreiber aus seinem Sakko.

»Für jeden Fall ein neues Buch?«, fragte Wertheim und grinste.

»So ist es«, bestätigte Köhler emotionslos und machte sich die ersten Notizen. »Wann haben Sie Herrn Freiwald das letzte Mal gesehen?«, wollte er wissen.

»Ich … am Freitag«, antwortete Karina Mertens und nippte an ihrem Kaffee. Sie fletschte die Zähne, als sie die Tasse absetzte. »Hinten in der Halle, da hat er gerade den Anhänger klargemacht.«

»Wofür?«, erkundigte sich Grotewohl.

»Er wollte zu einem Turnier fahren. Nach …« Sie schien zu überlegen. Ihr Blick glitt hilfesuchend zu Laura Hofmeister.

»… Göppingen«, half diese ihr auf die Sprünge.

»Ja, genau, Göppingen.«

Köhler notierte die Information.

»Da ist er nie angekommen, nehme ich an«, schlussfolgerte Wertheim.

»Er ist nie losgefahren«, sagte Mertens kleinlaut.

Köhler und Grotewohl sahen zu den beiden Frauen hinüber. Diese tauschten Blicke, die als abschätzend interpretiert werden konnten.

»Es kam zu einem Streit«, brach es aus Laura Hofmeister heraus.

»Aha!« Köhler horchte auf. »Und worum ging es dabei?«

»Geld … wie immer«, antwortete Mertens. »Wir haben derzeit einen finanziellen Engpass. Deshalb gab es Streit wegen der hohen Startgebühr.« Sie hielt kurz inne, bevor sie weitersprach. »Wir waren auch unterschiedlicher Meinung, was seine Siegchancen anging.«

»Er hätte niemals gewinnen können«, ergänzte Hofmeister. »Das Feld war zu stark besetzt. Aber er hielt sich ja für den größten Springreiter aller Zeiten.«

»Sie reden gerade so, als wäre er tot und nicht vermisst«, bemerkte Köhler.

Die beiden Frauen wirkten verängstigt, schwiegen aber. Ihnen war anzusehen, wie es in ihren Köpfen arbeitete, um das Geschehene richtig einzuordnen.

»Hat jemand Ihren Streit verfolgt?«, wollte Grotewohl wissen.

»Nein.« Hofmeister schüttelte den Kopf. »Wir haben Peter dazu überredet, hierzubleiben. Dann ist er weggegangen.«

»Er hat nicht gesagt, wohin?«, fragte Wertheim.

»Zu Willi vermutlich«, stieß Laura Hofmeister aus.

»Wer ist das?«, wollte Grotewohl wissen.

»Der Wirt des ›Löwen‹, eine Kneipe unten in der Marktstraße.«

Köhler und Grotewohl nickten.

»Und dann ist er nicht mehr heimgekommen.«

»War er denn bei Willi?«, hakte Wertheim nach.

»Wo denn sonst?«, raunte Hofmeister.

»Danach hat ihn niemand mehr gesehen?«

Die Frauen nickten.

»Haben Sie mal versucht, ihn anzurufen?«, fragte Grotewohl.

Die Blicke der beiden Frauen waren alles andere als freundlich, als Hofmeister antwortete: »Natürlich. Mehrfach. Wir sind doch nicht doof!«

»Ich nehme an, er ist nicht rangegangen.«

»Wären Sie sonst hier?«

Eine Zeit lang waren die beiden Frauen kooperativ und auskunftsfreudig, dann jedoch verwiesen sie auf die viele Arbeit auf dem Hof.

Karina Mertens erhob sich vom Tisch. »Jetzt, wo Peter weg ist, müssen wir seine Arbeit auch noch mitmachen, das verstehen Sie doch sicherlich«, sagte sie und beendete damit das Gespräch. »Wir haben Dieter all diese Fragen ja auch schon beantwortet.«

»Sogar noch ein paar mehr«, fügte Laura Hofmeister an.

Grotewohl glaubte, bei ihr so etwas wie ein Augenrollen wahrzunehmen. »Dann können wir uns ja noch mit Herrn Wertheim austauschen«, sagte sie und lächelte.

»Ja«, stimmte Köhler zu. »Und diesen Willi würde ich auch gern kennenlernen.«

»Na dann …« Wertheim stand auf. »Machen wir uns mal auf die Socken.«

»Sie werden Peter doch finden?«, fragte Laura in einem weinerlichen Tonfall.

Köhler nickte. »So oder so. Da bin ich mir ziemlich sicher.«

Der Blick, mit dem Grotewohl ihn bedachte, war vernichtend. Wieder einmal schien Köhler sich seiner wenig sensiblen Art nicht bewusst zu sein, denn er reagierte mit einer stummen Geste der Ratlosigkeit. Die beiden Frauen hatten seinen Fauxpas offenbar nicht bemerkt. Beide waren bereits zur Tür gegangen und warteten darauf, dass die Polizisten das Haus verließen.

»Ich weiß noch nicht mal, ob das legal ist, was wir hier tun«, sagte Köhler, als sie wenig später an seinem Wagen standen.

»Was soll daran illegal sein?«, fragte Grotewohl.

»Keine Ahnung, Verschwendung von Ressourcen der Staatsmacht oder so was.«

Grotewohl lachte schnaubend.

»Ich fühl mich einfach nicht wohl dabei«, fuhr er fort.

»Vielleicht ist dieser Peter ja wirklich tot«, bemerkte Grotewohl trocken. »Dann wären wir wieder in der Spur.«

Köhler starrte sie entsetzt an.

»Was denn?!«

»Wer ist hier unsensibel?«

»Der Unterschied besteht darin«, erklärte Grotewohl in zurechtweisendem Ton, »dass ich solche Kommentare nur dir gegenüber äußere und nicht in der Gegenwart von Menschen, die diese verletzen könnten.«

Köhler hatte nichts darauf zu erwidern. Stattdessen stieg er in sein Schmuckstück und ließ den Motor an.

Wenig später trafen sie auf dem 18. Polizeirevier ein und begaben sich in Dieter Wertheims Büro. Dort tranken sie einen Kaffee – diesmal aus der Pumpkanne der Wache –, der nach irgendwas zwischen eingeschlafenen Füßen und dem unteren Ende eines Laternenpfahls schmeckte.

»Also«, begann Köhler. »Was können wir tun, um den Vermissten zu finden?« Er hielt kurz inne und fuhr schließlich fort: »Will er denn überhaupt gefunden werden?«

»Das ist immer die Frage bei Geschichten wie dieser«, warf Wertheim ein und nahm ächzend auf seinem Bürostuhl Platz. Ohne auf seine Gäste Rücksicht zu nehmen, zog er sich die Schuhe aus. Köhler und Grotewohl tauschten einen verwirrten Blick. »Diese Schuhe bringen mich um«, rechtfertigte sich Wertheim und verzog das Gesicht. »Die sind neu und …«

Köhler nickte verständnisvoll, gleichzeitig lächelte er verkniffen.

»Können Sie uns was über die persönlichen Verhältnisse auf dem Hof sagen?«, fragte Grotewohl.

»Wir hatten uns doch auf das Du geeinigt, oder?«

»Ja, sorry … Dieter.«

Wertheim wedelte mit der Hand und erhob sich. »Wie auch immer …«, sagte er und lief in dem kleinen Büro auf und ab. »Laura Hofmeister ist die heimliche Chefin des Hofes, obwohl Karina Mertens die Eigentümerin ist.«

»Ist Laura nicht etwas zu jung, um die Chefin zu mimen?«, bemerkte Köhler.

Wertheim lachte freudlos und hob die Brauen. »Lasst euch von ihrem Engelsgesicht nicht täuschen. Die Kleine weiß ganz genau, was sie will.«

»Und so, wie ich die Sache sehe, bekommt sie das in der Regel auch«, resümierte Grotewohl.

»Sie ist halt eine Frau mit Biss, was ist daran so schlimm?«, warf Köhler ein.

Grotewohl starrte ihn verwundert an.

»Was denn?«, fragte er.

»Bist du jetzt Feminist geworden, oder was?«

»Ich sage nur, wie es ist«, verteidigte er sich. »Sie ist eine extrem attraktive Frau, die sich nimmt, was sie will. Wenn das ein Mann tut, ist er der große Macher. Warum sollte eine Frau nicht so sein dürfen?«

»Das sind ja ganz neue Töne!« Grotewohl machte ein zufriedenes Gesicht und forderte Wertheim auf, weiterzureden.

»Karina ist Lauras Tante«, fuhr er fort und ließ sich wieder in seinen Bürostuhl fallen, der sich ächzend beschwerte. »Mehr weiß ich auch nicht über die Familienverhältnisse.«

»Was ist mit der Familie des Vermissten?«, wollte Köhler wissen.

»Soweit ich weiß, stammt Peter Freiwald aus irgendeinem Kaff in der Nähe von Fulda. Er hat, wie mir berichtet wurde, keine Familie mehr, ist also komplett alleinstehend. Mal abgesehen von seinen Kontakten hier in Frankfurt. Wie und warum er hierhergekommen ist, entzieht sich meiner Kenntnis. Vermutlich wegen des Jobs auf dem Reiterhof.«

»Gut, jetzt wissen wir das schon mal«, sagte Grotewohl und legte ihren Notizblock in den Schoß. »Auch wenn uns das nicht wirklich hilft. Die Befragung seiner Familie fällt dann wohl aus.«

»Ganz ehrlich …«, sagte Köhler nachdenklich. »Mir läuft das alles ein wenig zu entspannt ab.«

»Wie meinst du das?«, fragte Wertheim.

»Immerhin wird der junge Mann seit mehr als achtundvierzig Stunden vermisst.«

Wertheim schwieg betreten. Er senkte den Blick und seufzte. »Ich habe euch nicht ohne Grund angefordert.«

»Aha!«, antworteten Köhler und Grotewohl im Chor.

»Ich … habe da so meine Zweifel an der Geschichte.«

»Wieso?«, fragte Grotewohl.

»Wegen des Vorfalls im letzten Jahr.«

Köhler wurde ungeduldig. »Jetzt raus mit der Sprache: Was ist hier wirklich los?«

Der Vorfall

»Das Problem ist, dass wir keine offizielle Anzeige vorliegen haben«, sagte Dieter Wertheim.

Ohne auf die Bemerkung einzugehen, schlug Köhler vor, eine rauchen zu gehen. Dabei ging es ihm nicht um die Regulierung seines Nikotinhaushalts, vielmehr wollte er raus aus dem beengten und vor allem stickigen Raum.

»Gerne«, sagte Wertheim und stand auf.

Zu dritt verließen sie die Wache. An der Frontseite des Gebäudes stellten sie sich unter ein schmales Vordach und zündeten sich eine Zigarette an. Gegenüber lehnte die Besatzung der Feuerwache 11 gerade eine Leiter an die Hauswand.

»Was die alles machen müssen …«, wunderte sich Grotewohl, während sie die Feuerwehrleute dabei beobachtete, wie sie auf das Dach ihres eigenen Hauses stiegen.

»Also jetzt noch mal zum Mitschreiben …« Köhler wandte sich an den Wachleiter. »Was ist denn letztes Jahr passiert?«

Wertheim seufzte und erzählte von dem »Vorfall«, wie das damals Geschehene in Bergen-Enkheim genannt wurde.

Ein schmutziger Ford fuhr auf den Hof des 18. Polizeireviers im Florianweg. Ächzend beschwerte sich das altersschwache Gefährt über die unsanfte Behandlung. Das Fahrzeug wurde unter einem der großen Bäume geparkt. Kaum erstarb der Motor, stieg eine Frau in

Reitkleidung auf der Fahrerseite aus. Sie hatte es eilig, denn sie schmiss die Fahrzeugtür zu und hastete in das Polizeirevier.

Wenig später stand sie vor dem Tresen und verlangte nach Dieter Wertheim.

»Karina, was ist denn los?«, fragte der Gesuchte, als er nach einigen Augenblicken den Raum betrat. Wertheim bemerkte sofort, dass seine alte Schulfreundin völlig aufgelöst war.

»Du musst mitkommen!«, rief Karina Mertens und klammerte sich an ihn.

»Was? Wohin und warum?«

Karina sah sich hastig um. »Das sage ich dir draußen. Komm schon!«

Wertheim warf seinen Kollegen einen entschuldigenden Blick zu und folgte der Frau. »Was soll der Aufstand?«, zischte er, kaum dass sie vor die Tür getreten waren. »Ich bin hier der Wachleiter und du blamierst mich mit deinem Auftritt.«

»Sorry, Dieter«, Karina klang zerknirscht, »aber ich glaube, ich habe Mist gebaut.«

»Was ist los?«

»Ich habe Peter eins übergebraten.«

»Was genau meinst du damit?«

»Ich nehme an, er muss ins Krankenhaus.«

»Willst du mich verarschen? Hab ich was verpasst? Ist heute der erste April?«

Sie schüttelte den Kopf und senkte den Blick.

»Was ist mit Peter?«, fragte Wertheim eindringlich.

»Ich … weiß es nicht genau.«

»Warte hier, ich hole die Autoschlüssel.« Er unterstrich seine Forderung mit dem erhobenen Zeigefinger und eilte zurück in die Wache. Noch im Laufen wählte er die 112 und bestellte auf Verdacht einen RTW auf den Hof seiner Jugendfreundin.

»Du fährst mit mir!«, befahl Wertheim wenig später und deutete auf einen der Streifenwagen.

Karina protestierte nicht. Sie fuhren zum Reiterhof, wo sie fast zeitgleich mit dem RTW eintrafen.

»Wo ist er?«, wollte Wertheim wissen.

»In der Küche.«

Wertheim bedeutete der RTW-Besatzung, ihm zu folgen, und rannte los. »Warte hier!«, rief er Karina über die Schulter hinweg zu.

Gemeinsam betraten Wertheim und die drei Sanitäter die Küche. Auf dem Boden liegend fanden sie Peter Freiwald.

»Scheiße!«, stieß Wertheim aus. Er eilte zu dem reglosen Mann, beugte sich über ihn und rief seinen Namen. Ein Stöhnen drang aus dem Mund des Verletzten.

»Gott sei Dank, er lebt!« Der Polizist stand auf und überließ dem Rettungsdienst das weitere Vorgehen.

Kurze Zeit später war Peter Freiwald versorgt. Die Sanitäter hatten ihn auf eine Trage gelegt und er war bei Bewusstsein. Glücklicherweise befand er sich nicht in Lebensgefahr, jedoch war eine Gehirnerschütterung sehr wahrscheinlich. Wertheim atmete erleichtert auf.

Im selben Moment, als der RTW davonfuhr, kam ein verbeulter Kleinwagen auf den Hof gefahren. Laura Hofmeister stieg aus.

»Was ist passiert?«, fragte sie besorgt. »Ist was mit Peter?«

»Alles gut«, antwortete Wertheim. »Es gab einen ... Unfall.«

Hofmeisters angespannter Blick flog zu Karina, die daraufhin den Blick senkte.

»Und?«

»Er wird es überleben.«

Laura ließ die Schultern sinken und nahm ihre Tante in den Arm, die nun hemmungslos weinte.

»Kommt, wir gehen erst mal rein«, schlug Wertheim vor. »Ich habe da noch ein paar Fragen.«

Kurz darauf betraten sie die Küche. Seine Jugendfreundin hatte sich etwas beruhigt und deren Nichte kochte Tee.

»So, jetzt erzähl mal, was passiert ist.«

»Ich kann mich gar nicht so recht erinnern«, sagte Karina mit zittriger Stimme.

»Was ist denn das Letzte, an das du dich erinnerst?«

»Wie Peter vor mir auf dem Boden liegt.«

»Und davor?«

Karina schien nachzudenken. Auf ihrer Stirn bildeten sich zahlreiche Falten.

»Hattet ihr Streit?«, half Wertheim nach.

Karina schüttelte den Kopf. Sie stellte den frisch aufgebrühten Tee auf den Tisch. »Ich weiß auch nicht, aber irgendwie muss ich nach der Flasche gegriffen haben, um sie ihm auf den Kopf zu hauen.«

»Welchen Grund hattest du, das zu tun?«, schaltete sich Laura ein.

Karina hob die Schultern. »Keine Ahnung.«

»Und? Wie ist es ausgegangen?«, erkundigte sich Köhler.

Wertheim sah sein Gegenüber peinlich berührt an. »Die Sache ist irgendwie im Sande verlaufen.«

»Echt jetzt?!«, warf Grotewohl ein. »Warum?«

»Wo kein Kläger, da kein Richter.«

»Ernsthaft?«

Wertheim musterte Grotewohl. »Es gab keine Zeugen, Peter hat nie Anzeige erstattet und Karina hat eine Therapie gemacht. Damit war die Sache erledigt.«

»Ich weiß immer noch nicht, was wir mit der ganzen Sache zu tun haben«, äußerte Köhler zweifelnd, als er und Grotewohl wieder in ihrem Büro an der Adickesallee saßen. Es war spät geworden und sie hatten beschlossen, die weiteren Schritte in Ruhe zu erörtern und am nächsten Tag fortzufahren. »Wir sind doch keine Zielfahnder oder so was. Und wer will es Freiwald verdenken, wenn er Reißaus nimmt?«

»Der Chef will es so, also bekommt er es auch so«, erwiderte Grotewohl und wischte damit die Zweifel beiseite. »Außerdem geht er sowieso bald in Pension, und dann kannst du dich ja auf seinen Stuhl bewerben und alles besser machen.«

»Das wird nix«, warf Müller ein, während er mit verstörtem Blick auf seinen Bildschirm starrte. Die Nachricht, die er soeben gelesen hatte, war offenbar schwer zu verdauen.

»Hä?«, machte Grotewohl und trat an seinen Schreibtisch. »Was redest du da? Wir haben doch schon sein Abschiedsgeschenk gekauft.«

»Hast du die Quittung noch?«, fragte Müller und lehnte sich in seinem Stuhl zurück. Wortlos deutete er mit der flachen Hand auf den Bildschirm. Grotewohl beugte sich nach vorne und las das geöffnete Dokument. Nach einer Weile, in der ihre Augen immer größer geworden waren, sagte sie: »Ja, leck mich am Arsch!«

Klarheit

Helle Aufregung herrschte auf der Etage. Die Nachricht hatte sich schnell herumgesprochen. Im Sekundentakt ging die Tür auf und irgendjemand fragte: »Habt ihr's schon gehört?«

Die Stimmung war eine Mischung aus Unglauben, Freude und Verwirrung.

»Ich versteh ihn nicht«, war der Tenor. »Ich dachte, der wäre lieber heute als morgen gegangen, und jetzt das!« Kopfschütteln, Schulterzucken, noch ein Käffchen, »Darf ich einen Keks haben?«, »Muss weitermachen …«.

»Warum?«, überlegte Köhler zum wiederholten Mal.

»Frag ihn doch selbst«, riet ihm Grotewohl.

Wie auf Kommando flog die Tür auf und Ballauf trat zwei Schritte in den Raum. Verlegenheit machte sich breit.

»Was ist?«, wollte er wissen, als er die sonderbare Stimmung wahrnahm.

»Hier fragen sich alle, was dich dazu bewogen hat, deinen Dienst nun doch nicht zu quittieren.«

Ballauf schnaufte. »Ich hätte das in meiner Mail wohl deutlicher machen sollen«, sagte er mehr zu sich selbst als zu den Anwesenden.

»Da ist was dran«, bekräftigte Grotewohl. Sie verschränkte die Arme vor der Brust und schob nach: »Wir haben dein Abschiedsgeschenk schon gekauft.«

»Oh!« Ballauf wurde rot. »Das hatte ich nicht bedacht.«

»Das macht's nicht besser.« Grotewohl machte aus ihrem Herzen keine Mördergrube. »Ich hoffe, du überlegst es dir nicht noch mal.«

»Nein, meine Entscheidung steht fest. Ich bleibe mindestens zwei weitere Jahre auf meinem Posten.«

»Warum?«, hakte Köhler nach. »Was hast du hier rumgetönt, von wegen: ›Ich hab noch soundso viele Tage, dann könnt ihr mich alle mal!‹« Er erhob sich von seinem Bürostuhl. »Ich verzichte jetzt auf den doppelten Stinkefinger, frage dich aber: Woher der Sinneswandel?«

Ballauf sah sich um. Da sie allein waren und er genügend Vertrauen in Köhlers und Grotewohls Verschwiegenheit hatte, antwortete er: »Es ist wegen Elena.«

»Was ist mit ihr? Ist sie krank?« Grotewohl schien besorgt. Elena war Ballaufs Frau und sie war eine Seele von Mensch. Sie hatten die hübsche Spanierin etliche Male bei Betriebsausflügen und diversen Festen und Geburtstagen erlebt. Außerdem besuchte sie ihren Mann regelmäßig auf dem Präsidium, brachte ihm sein Mittagessen oder schaute einfach nur so vorbei, um ihn aufzuheitern.

»Nein, nein«, wehrte Ballauf ab und hob beide Hände. »Sie ist kerngesund, Gott sei Dank! Aber …« Er zögerte, schien mit sich zu ringen. Dann spuckte er es regelrecht aus: »Sie geht mir auf den Sack. Ich halte es mit ihr zu Hause nicht aus. Elena macht mich wahnsinnig!«

Grotewohl und Köhler starrten ihren Gruppenleiter an.

»Jetzt glotzt nicht so. Da bekommt man ja Schuldgefühle!«

»Das solltest du auch«, stichelte Grotewohl und biss in den Apfel, den sie die ganze Zeit über in der Hand gehalten hatte. Sie kaute wütend und heftete ihren Blick auf Ballauf.

»Ja, ich weiß, sie ist ein Engel. Aber genau das ist das Problem.«

»Versteh ich nicht«, sagte Köhler und legte den Kopf schief.

»Je näher der Tag der Pension rückte, desto schlimmer wurde es. Von Tag zu Tag hat sie mich mehr behandelt wie einen alten Mann.«

»Der du ja auch bist, deshalb schließlich die Pension«, kommentierte Grotewohl und biss erneut in den Apfel.

»Sie behandelt mich wie ein kleines Kind. Tut so, als wäre ich präfinal. Es würde mich nicht wundern, wenn sie bereits mein Begräbnis geplant hätte.«

»Sie kümmert sich doch nur«, verteidigte Köhler Ballaufs Frau. »Sei einfach froh! Du legst die Füße hoch und lässt sie machen.«

»Macho!«, tadelte Grotewohl ihren Kollegen. Der hob nur stumm die Schultern.

»Ich ertrag das nicht. Deshalb habe ich den Antrag auf Verlängerung gestellt – und er wurde bewilligt.«

Köhler und Grotewohl starrten Ballauf schweigend an. Was sollten sie dazu noch sagen?

»Ja, Mann, meine Sache. Und jetzt informiert mich über die Sachlage in Bergen-Enkheim.« Ballauf drückte sich an den beiden vorbei und blieb erwartungsvoll mitten im Raum stehen. Damit war die Diskussion um die Verlängerung seiner Amtszeit beendet.

Grotewohl und Köhler tauschten einen vielsagenden Blick.

»Wir wissen immer noch nicht, warum wir da hingefahren sind«, eröffnete Grotewohl.

»Weil ich euch darum gebeten hatte.«

»Rechtlich gesehen …«, Köhler zögerte und trat an das Kaffeeregal, »eine ziemlich dünne Argumentation.«

Ballauf ignorierte den Einwand und fuhr fort: »Also was ist jetzt mit Freiwald?«

»Keine Ahnung«, bekannte Köhler. »Vermutlich hatte er die Schnauze voll von den beiden Frauen. Die scheinen mir doch sehr dominant zu sein. Zumal die Mertens ja schon mal auf ihn eingeprügelt hat.«

»Wann war das?«, wollte Ballauf wissen.

»Irgendwann im letzten Jahr.« Köhler nippte an seinem Kaffee. »Ist aber im Sande verlaufen. Keine Klage. Mertens hat sich entschuldigt und eine Therapie gemacht, und gut war's.«

»Vielleicht hat er ja nur auf eine Gelegenheit gewartet«, mutmaßte Ballauf.

Grotewohl kniff die Augen zusammen. »Wieso ist dir dieser Fall so wichtig, Sascha?«

Ballauf wirkte ertappt. Eilig straffte er die Schultern und sagte: »Nicht wichtiger als andere Fälle.« Er machte ein paar Schritte auf die Tür zu. »Ich helfe nur einem alten Weggefährten, der mir in der Vergangenheit mehr als einen Gefallen getan hat.« Er schwieg kurz und fügte an: »Nichts Dramatisches. Wir waren zusammen in der Polizeischule und haben uns immer gut verstanden. Während einer fast vierzigjährigen Karriere sammelt sich so einiges an. Ihr müsst nicht überall irgendwas wittern.

»Na dann …«, erwiderte Köhler, womit die Sache geklärt war.

»Bleibt da dran und haltet mich auf dem Laufenden«, merkte Ballauf an. »Ich muss dann auch schon wieder.«

Am nächsten Morgen waren alle im gemeinsamen Büro versammelt. Müller beschäftigte sich mit dem, was er immer tat – er suchte irgendwas in seinem Computer. Köhler vermutete, dass es nicht mehr lange dauern würde, und Müller hätte das gesamte Internet gelesen. Zweimal!

Ihm gegenüber saß Sven Brauer, der aufstrebende Jungbulle, wie Grotewohl ihn bezeichnete. Er war wie immer akkurat gekleidet, was Köhler außerordentlich an ihm schätzte, trug er doch selbst ausschließlich Maßgeschneidertes. Brauer war das Gegenteil von Müller. Er liebte es, in Akten zu wühlen und Verhörprotokolle auf Herz und Nieren zu prüfen. Beide waren Mitte zwanzig und Single. Wobei Müller diesen Status unfreiwillig innehatte, seit er seine letzte Freundin an den Staatsanwalt verloren hatte.

Müller hatte ein eher unauffälliges Äußeres, weshalb er hervorragend für Beschattungen aller Art geeignet war: durchschnittlich groß, durchschnittlich blond und von durchschnittlicher Statur. Vermutlich war er der einzige Mensch, dem Bowlingschuhe auf Anhieb passten. Brauer hingegen war groß, durchtrainiert und hatte eine kerzengerade Körperhaltung. Er fiel auf, ließ sich jedoch sehr schnell verunsichern, was er sich dringend abgewöhnen musste, wollte er in der Mordkommission weiter aufsteigen. Grotewohl hatte es sich mittlerweile zum Hobby gemacht, ihn aus der Reserve zu locken. Köhler schritt da nicht ein, er betrachtete es als gutes Training für die Persönlichkeitsentwicklung des jungen Kollegen.

Nach der kurzen Morgenbesprechung, bei der die Aufgaben verteilt worden waren, trafen Köhler und Grotewohl in der Raucherecke auf dem Lichthof der Etage auf Laußner und seinen siamesischen Zwillingsbruder Schmidt.

»Na, die neuen Babysitter von Bergen-Enkheim«, gab Laußner zur Begrüßung von sich.

»Ist der Aufzug wieder benutzbar?«, konterte Grotewohl und brachte das Grinsen in Laußners Gesicht zum Erstarren.

»Und ich wäre vorsichtig, Laußner«, schob Köhler nach und steckte sich eine Zigarette an. Er blies den Rauch in dessen Richtung. »Wir brauchen bestimmt noch jemanden für die Drecksarbeit. Da denk ich doch an dich.«

»Boah!«, entrüstete sich der Angesprochene. »Warum müsst ihr immer so überheblich sein?«

»Warum musst du immer Stunk machen?«, entgegnete Grotewohl.

»Keine Ahnung.« Laußner zuckte mit den Schultern. »Ich glaube, das liegt daran, dass ich euch zwei Superstars nicht leiden kann.«

»Neid ist die höchste Form der Anerkennung.« Köhler zitierte Wilhelm Busch und grinste.

Während Laußner seine Kippe im Aschenbecher zerquetschte, schubste er Schmidt an. »Komm, wir hauen ab, hier ist mir die Gesellschaft zu elitär!«

Schmidt, der sich aus der Konversation rausgehalten hatte, deutete auf seine halb aufgerauchte Zigarette und sagte: »Ich bin noch nicht fertig.«

»Dann wirf sie halt weg.«

»Die sind sauteuer, die Dinger!«

»Dann eben nicht. Ich hau ab.« Ungeahnt elegant wandte Laußner seinen massigen Körper ab und verließ den Innenhof. Schmidt sah ihm nach und schüttelte den Kopf. Er schaute Grotewohl und Köhler an. Sein Blick strahlte Verlegenheit aus.

»Sorry, aber der hat mal wieder Stress mit seiner Ex-Frau. Sorgerecht und so.«

»Schon okay. Du musst dich nicht für ihn entschuldigen«, sagte Grotewohl versöhnlich.

Schmidt nahm einen tiefen Zug und inhalierte den Rauch bis in die letzte Alveole. Dann drückte er die Zigarette aus, straffte die Schultern und sagte: »Grotte … Shaft. Ich weiß, das klingt jetzt blöd, aber ich find euch echt in Ordnung.«

Er ließ die beiden völlig perplexen Kollegen stehen und folgte seinem Freund.

Ballauf hatte die Legende um seine Dienstverlängerung nicht zu Ende gedacht. Er war unzufrieden. Außerdem ärgerte er sich, dass er seine Frau vor seinen Kollegen in ein schlechtes Licht gerückt hatte. Das hatte sie nicht verdient. Er fühlte sich wie ein Verräter. Der er im Grunde auch war. Und jetzt zog er Elena da auch noch mit hinein. Wie lange sollte das gut gehen?

Seit Jahren war er Informant für Fjodor Melnikow, den ungekrönten König des Frankfurter Bahnhofsviertels. Ballauf setzte sich an seinen Schreibtisch und vergrub das Gesicht in den Händen. Wie hatte es nur dazu kommen können? Hatte er eine Wahl gehabt? Es gab immer eine Wahl, so sagte man zumindest. Doch am Ende entschied man sich stets für das kleinere Übel oder eben den schnöden Mammon.

»Oh Mann!«, stieß er aus und warf sich in seinem Bürostuhl zurück. Die Lehne schwang nach hinten und knallte gegen einen der Aktenschränke. Es war ihm egal. Eine Schramme im Aktenschrank war in jedem Fall leichter zu reparieren als der Schaden, den er angerichtet hatte.

Melnikow hatte ihn vor einigen Wochen angerufen. Der Verbrecher hatte ihn mit einem Wegwerfhandy ausgestattet, das ausschließlich der Kommunikation zwischen ihnen beiden diente. Ballauf war gerade dabei gewesen, seinen Schreibtisch zu entrümpeln, schließlich lagen nur noch ein paar Wochen bis zu seiner Pension vor ihm, da konnte man schon mal den alten Mist entsorgen. Er hatte sich überwinden müssen, den Anruf entgegenzunehmen.

»Ja, was gibt's?«, hatte Ballauf ins Telefon gebellt. Ein neuer Auftrag von Melnikow war das Letzte, was ihm zu diesem Zeitpunkt gelegen gekommen wäre.

»Warum so unfreundlich?«, hatte die ihm wohlbekannte Stimme des Unterweltbosses gefragt und seine Laune war in ein tiefes Loch gefallen.

»Sprich! Ich hab zu tun.«

»Sascha, was soll das? Ich dachte, wir wären Freunde!«

»Wir waren nie Freunde. Also komm zum Punkt, ich bin nicht mehr lange dein Laufbursche.«

»Genau darüber wollte ich mit dir reden, mein Lieber.«

Ballauf war das Blut in den Adern gefroren.

Wie gewonnen …

Grotewohl und Köhler beschlossen, noch einmal nach Bergen-Enkheim zu fahren.

»Irgendwie finde ich den Fall merkwürdig«, sagte Grotewohl auf dem Weg zum Parkplatz, wo sie wenig später in Köhlers Oldtimer einstiegen.

»Was meinst du?«, wollte Köhler wissen.

»Keine Ahnung, aber ich glaube, da ist was faul.«

»Du guckst zu viel Tatort«, bemerkte Köhler und lenkte sein Schmuckstück vorsichtig auf die Adickesallee. »Im wahren Leben zählen Fakten.«

»Gut.« Grotewohl wandte sich ihm zu. »Was haben wir denn für Fakten?«

»Peter Freiwald ist weg.«

Grotewohl wartete einen Moment, doch Köhler sprach nicht weiter. »Dein Ernst?«, fragte sie nach einer Weile.

»Mehr haben wir nicht.«

»So wirst du nie Ermittler des Jahres.«

»Na gut, da ist was faul, das gebe ich zu«, lenkte Köhler ein. »Und dass er weg ist, steht außer Frage.«

»Was ist mit der Prügelaktion von der Mertens?«

»Erscheint mir ziemlich wirr, das muss ich zugeben.«

»Warum haut die dem einfach eine Flasche über den Schädel?«

»Vielleicht hat er sie genervt.«

»Dann müsste ich dir jeden Tag eine Flasche auf dem Kopf zerdeppern.«

Köhler grunzte und ersparte sich eine Erwiderung. Er wusste, dass sie es nicht ernst meinte. »Was wissen wir denn über den Vorfall?«, fragte er stattdessen.

»Eigentlich nur das, was uns Dieter erzählt hat.«

»Genau. Wir sollten uns mal die Akten dazu ansehen.«

»Ich setze Müller darauf an.«

»Gut, aber lange können wir uns nicht mehr mit der Sache aufhalten. Wir sind für diesen Fall einfach nicht zuständig. Wenn das der Falsche rausbekommt, gibt's auf die Mütze.«

»Da bin ich deiner Meinung.«

Wenig später fuhren sie auf den Hof der historischen Polizeiwache in Bergen-Enkheim. Große Bäume spendeten Schatten. Köhler weigerte sich jedoch, darunter zu parken, da er Angst hatte, ein Vogel könnte den Lack seines Mercedes beschädigen. Direkt gegenüber fuhr einer der Feuerwehrmänner gerade einen überdimensionalen Lüfter aus der Halle.

»Was zum …«, stieß Köhler aus und staunte über das seltsam anmutende Gerät.

»Frag mich nicht, ich weiß es nicht«, sagte Grotewohl, die so etwas auch noch nie gesehen hatte.

Wie paralysiert standen sie im Hof des 18. Polizeireviers, als Wertheim zu ihnen stieß. Er war soeben von einer Besorgungsfahrt zurückgekehrt. »Das ist so eine Art Windmaschine«, kommentierte er. »Macht einen Höllenlärm und 'ne Menge Wind.«

»Wofür braucht man so was?«

Wertheim hob die Schultern. »Zum Windmachen.«

»Die haben immer so coole Sachen!«, stellte Köhler mit einem Anflug von Neid fest.

»Der Arbeitgeber stellt denen sogar Gummihandschuhe«, ergänzte Grotewohl.

Mit verklärtem Blick betrachteten die beiden Ermittler die Feuerwehrleute noch eine Weile.

»Dafür verdienen sie nur die Hälfte von uns«, beendete Wertheim die Schwärmerei und schlug vor, drinnen weiterzureden, da das Windgerät jeden Moment jegliche Kommunikation unmöglich machen würde.

»Bevor wir hier ins Detail gehen, Dieter«, begann Grotewohl, kaum dass sie das Büro des Revierleiters betreten hatten, »wir werden hier nicht ewig ermitteln. Wenn jemand rausbekommt, dass wir in diesem Fall mitmischen, gibt's Stress, und auf den hab ich keinen Bock.«

»Ja … natürlich.« Wertheim legte die Tasche mit den Besorgungen auf den Schreibtisch. »Ich bin schon dankbar, dass ihr überhaupt gekommen seid. Die Familie liegt mir am Herzen, und da …«

»… hast du den alten Gefallen eingefordert, schon klar«, vollendete Grotewohl den angefangenen Satz. »Ich hätte einen Vorschlag.« Sie machte eine rhetorische Pause, in der Wertheim auf seinem Bürostuhl Platz nahm und Grotewohl mit einer Geste aufforderte, weiterzureden. »Wir sprechen mit diesem Willi und unser Kollege im Büro checkt noch mal die Aktenlage. Dann war's das hier für uns, dann müsst ihr den Jungen selbst finden.«

»Und wenn er tot ist, ruft ihr uns wieder an.«

»Shaft!« Grotewohl fuhr herum.

»Was denn?«

»Du bist so ein Grobklotz, Mann!«

»Aber so ist es doch.« Köhler sah den Fehler nicht. »Dann sind wir auch wieder zuständig.«

Grotewohl stützte die Fäuste in die Hüften und legte den Kopf schief.

»Schon gut«, mischte sich Wertheim ein. »Ich hab verstanden. Ich bedanke mich für jede Hilfe, die ich von euch bekomme, und habe vollstes Verständnis. Ein Vermisstenfall wird nicht vom K11 bearbeitet, das ist unsere Sache hier vor Ort.«

»Also, wo finden wir diesen Willi?«

»Hab ich meinen Namen gehört?«

Ein Mann, sogar noch einen Tick größer als Köhler und vermutlich Mitte sechzig, stand im Türrahmen, den er mit seiner Masse beinahe zur Gänze ausfüllte. Sein Haar war grau, schütter und gelockt. Sein Gesicht war unrasiert und er trug eine Jeansjacke, aus der sein Bauch herausragte. Darunter war ein blaues Poloshirt zu erkennen, das seine besten Tage hinter sich hatte. Eine abgewetzte Jeanshose rundete das Bild ab. Trotz der altmodisch anmutenden Erscheinung hatte der Mann Stil.

»Aufs Stichwort«, bemerkte Wertheim und sprang auf. Er begrüßte den Mann herzlich und stellte ihn als Willi Hammerschmidt vor. Dieser war der Wirt des »Löwen« und damit vermutlich der Mann, der Peter Freiwald als Letzter gesehen hatte. Die beiden Kollegen aus dem Präsidium stellten sich ebenfalls vor.

»Prima, dass du gekommen bist, Willi!« Wertheim bat den Riesen ins Zimmer und lotste alle Anwesenden an den Besprechungstisch, der einen großen Teil des Büros einnahm. »Ich hatte Willi gebeten, heute hierherzukommen, damit ich ihn in der Sache befragen kann«, klärte Wertheim mit Blick auf Köhler und Grotewohl auf.

»Dass Sie gekommen sind, ist sehr nett von Ihnen«, sagte Köhler und holte sein Notizbuch heraus.

Hammerschmidt kniff die Augen zusammen und zeigte auf Köhler. »Entschuldigen Sie, aber sind Sie zufällig mit Gerd Köhler verwandt?«, fragte er.

»Woher kennen Sie meinen Vater?«

»Das war Ihr Vater!?« Hammerschmidts Augen weiteten sich. »Wahnsinn!«

Köhler war perplex und ihm fiel zunächst keine Erwiderung ein.

»Ich habe mal vier Jahre in Bristol gewohnt, in den Achtzigern. Da hat Ihr Vater bei City gespielt. Er war richtig gut. Dann ist diese Sache passiert …«

»Ja, die … Sache«, erwiderte Köhler einsilbig und senkte für einen kurzen Moment den Blick.

»Wie geht es Ihrem Vater?«

»Er ist tot.«

»Oh.« Hammerschmidt errötete.

»Ist lange her.« Die Stimmung war dahin, doch Köhler fing sie wieder ein. »Wir sollten lieber über den verschwundenen Mann reden.«

In diesem Moment klingelte das Telefon. Wertheim entschuldigte sich und trat an seinen Schreibtisch. Er hob den Hörer des Festnetzanschlusses ab und bellte ein »Ja?!« hinein. »Oh, du bist es … Ja? … Oh, das ist … Klar! … Sicher … Das freut mich … Ja, dann kommen wir gleich mal zu euch hoch … Nichts zu danken. Mach's gut!« Er legte auf und drehte sich zu den übrigen Anwesenden um.

»Wie es aussieht, ist Peter Freiwald wieder aufgetaucht.«

... so zerronnen

»Aber auch gleich wieder verschwunden.«

»Wie bitte?«

»Das war gerade Karina am Telefon«, erklärte Wertheim. »Sie hat erzählt, dass Peter heute Nacht sein Auto geholt hat und verschwunden ist.«

»Woher weiß sie, dass er das Auto geholt hat?«

»Sie hat es auf der Überwachungskamera gesehen.«

»Und jetzt?«, wollte Hammerschmidt wissen.

»Tja, gute Frage.« Wertheim schien ratlos.

Erneut klingelte das Telefon. Wertheim hob ab, gab gelegentlich ein Brummen von sich, fragte: »Wo?«, sagte: »Aha« und versprach, sofort zu kommen. Dann legte er auf. »Jetzt wird's absurd«, sagte er und kratzte sich am Kopf.

Grotewohl und Köhler sahen ihn fragend an.

Wertheims Blick hob sich. »Peter Freiwalds Auto wurde gefunden.«

»Das ist doch prima!«, warf Hammerschmidt ein. Er klatschte sich mit beiden Händen auf die Schenkel und stand auf. »Dann kann ich ja gehen.«

»Kannst du.« Wertheim nickte. »Aber halte dich bitte zur Verfügung. Das Ganze wird immer kurioser und du wirst sicher noch ein paar Fragen beantworten müssen.«

Hammerschmidt hielt in der Bewegung inne. Wertheim gab ihm zu verstehen, dass er sich bei Bedarf bei ihm melden werde, und schickte ihn nach Hause.

»Also, was ist los?«, wollte Grotewohl wissen, nachdem Hammerschmidt die Tür hinter sich geschlossen hatte.

»Wenn ich es richtig sortiert bekomme, ist Peter Freiwald heute Nacht zurückgekehrt, hat sich sein Auto geschnappt und ist damit in den Wald gefahren. Dort ist der Wagen gefunden worden. Ausgebrannt!«

»Und Freiwald?«

»Von ihm keine Spur.«

»Wie sicher ist es, dass es Freiwald war, der das Auto geholt hat?«, hakte Grotewohl nach. »Kann es nicht jemand anderes gewesen sein? Wir wissen ja alle, wie unscharf diese Überwachungskameras sind. Gerade wenn's dunkel ist.«

»Karina war sich sicher, dass sie auf den Bildern der Überwachungskamera Peter erkannt hat.«

Köhler zog die Stirn kraus. »Irgendwas stinkt hier gewaltig.«

»Da bin ich ausnahmsweise mal deiner Meinung, Shaft.«

Als sie im Auto saßen, sah Grotewohl Köhler schweigend an. Hinter ihnen fuhr Wertheim mit seinem Dienstwagen.

»Was ist?«, fragte Köhler nach einer Weile, als sie vom Florianweg auf die Vilbeler Landstraße einbogen und den Oldtimer den steilen Berg hochquälten.

»Die Sache, von der Hammerschmidt sprach, als es um deinen Vater ging. Was für eine Sache denn?«

»Das ist privat.«

»Aha«, kommentierte Grotewohl und richtete ihren Blick auf die Straße.

Sie fuhren eine Weile schweigend, bis Köhler an der roten Ampel zur Marktstraße anhielt. »Er ist besoffen aus dem Bett einer … Frau gefallen und hat sich dabei die Schulter gebrochen.«

»Du musst es mir nicht erzählen«, erwiderte Grotewohl und unterdrückte ein Grinsen.

»Hab ich aber jetzt.«

»Das ehrt mich.«

Wenig später fanden sich die drei Polizisten am ausgebrannten Wrack von Freiwalds Auto wieder. Dampf stieg auf und rund um das Fahrzeug waren die Reste des mit Schaum vermischten Löschwassers zu sehen. Es roch nach Lagerfeuer und chemischen Rückständen. Der Caddy war als solcher nicht mehr zu erkennen – das Fahrzeug war bis auf das Skelett verbrannt.

»Was genau soll das?«, murmelte Köhler.

Grotewohl zündete sich eine Zigarette an, blies den Rauch in die Luft und legte den Kopf schief. »Gehen wir es doch mal durch«, schlug sie vor. »Es kann sich um einen Zufall handeln. Irgendjemand klaut ausgerechnet dieses Auto, fährt eine Weile damit rum und steckt es dann in Brand.«

»Einfachste Idee«, meinte Köhler. »Aber unwahrscheinlich und ziemlich langweilig.«

»Langweilig?«, vergewisserte sich Grotewohl. »Seit wann sind wir hier im Kino? Je langweiliger, desto besser, desto einfacher, desto logischer, mein Lieber.«

»Ja, ich versteh schon. Aber ich glaube nicht daran; das wollte ich ausdrücken.«

Grotewohl zeigte sich besänftigt. »Wir müssen die Überwachungsbilder sichten. Ich wette, dass Peter Freiwald dieses Auto heute Nacht nicht gefahren hat.«

»Weibliche Intuition?«

»Nenn es, wie du willst, aber in der Sache ist ein Riesenknoten. Den will ich lösen, bevor irgendjemand rausfindet, dass wir gar nicht hier sein dürfen.«

Sie stiegen in Köhlers Mercedes und fuhren ohne Umwege zum Hof von Karina Mertens. Vor dem Einbiegen in den Feldweg zierte sich Köhler zunächst, doch Grotewohls drohender Blick ließ ihn mit einem ergebenen Seufzer hineinfahren. Diesmal aber noch vorsichtiger als das erste Mal. Endlich parkte Köhler den Oldtimer behutsam auf dem Innenhof des Gestüts.

Sie fanden die Besitzerin des Hofes im Stall. Mertens schob einen Schubkarren, der mit Mist beladen war. Sie trug Gummistiefel, Reiterhosen und ein vermutlich selbstgebatiktes T-Shirt. Als sie die beiden Ermittler bemerkte, stellte sie den Karren vor sich ab und wischte sich mit dem Handrücken den Schweiß von der Stirn. Im Gegenlicht war Staub zu sehen, der in der Luft wirbelte.

»Und?«, eröffnete sie. »Haben Sie Peter gefunden?«

»Nein, aber sein Fahrzeug.«

Mertens' Blick zeigte Unverständnis.

»Es steht im Vilbeler Wald … ausgebrannt.«

»Ausgebrannt?«

»Ausgebrannt!«

»Warum sollte Peter so etwas tun?« Sie lächelte unsicher. »Er braucht doch das Auto.«

»Wir wissen nicht, ob er es war.«

»Wer sonst? Was sagt er denn dazu?«

»Wir haben Peter nicht gefunden, das erwähnte ich doch bereits.«

Karina Mertens schwieg. Sie konnte das soeben Gehörte scheinbar nicht verarbeiten.

»Was ist los?«, fragte Laura Hofmeister, die aus einer Pferdebox kam. Auch sie trug Arbeitskleidung. Köhler hatte fast vergessen, welche Ausstrahlung diese Frau hatte. Selbst in dieser schmutzigen Situation war sie äußerst attraktiv.

»Sie sagen, dass Peter sein Auto unten im Vilbeler Wald verbrannt hat«, erklärte Mertens.

Köhler hob den Zeigefinger, um das Gesagte richtigzustellen, doch Grotewohl kam ihm zuvor.

»Was stimmt mit Ihnen nicht?«, fragte sie. »Sie hören gar nicht richtig zu! Wir haben gesagt, dass wir Peter Freiwalds Auto ausgebrannt im Wald gefunden haben, Herrn Freiwald jedoch nicht.«

»In was hat er sich da nur reingeschafft?«, fragte Mertens abwesend und schüttelte den Kopf.

»Also, noch mal zum Mitschreiben«, hakte Hofmeister nach. »Sie haben das Auto, aber über Peters Verbleib wissen Sie nichts.«

»Das ist die Kurzversion.«

Hofmeister sackte sichtlich in sich zusammen. Ihr Blick verriet Enttäuschung.

»Könnten wir bitte die Bilder der Überwachungskamera sehen?«, fragte Grotewohl.

»Sicher«, antwortete Hofmeister. »Folgen Sie mir!«

Wenig später waren Köhler, Grotewohl und die beiden Frauen um Hofmeisters Laptop versammelt. Angestrengt sahen sie auf den Bildschirm. »Selbst die Bildqualität der Aufnahmen von der ersten Mondlandung war besser als das hier«, motzte Grotewohl.

»Vermutlich«, gab Köhler zu. »Da ist ja kaum was zu erkennen.«

»Sorry«, entgegnete Hofmeister. »Aber die Kamera war günstig. Eine teurere können wir uns nicht leisten.«

Auf dem kurzen Film war ein Mensch zu sehen, der an der Scheune vorbei zu Peter Freiwalds Auto lief, einstieg und davonfuhr.

»Das kann jeder sein«, urteilte Grotewohl und ließ die Schultern hängen.

Köhler wandte sich an die beiden Frauen. »Könnte es sich dabei um Peter handeln?«

»Auf jeden Fall!«, antwortete Mertens. »Wer sollte es sonst sein?«

»Wer hatte denn alles einen Schlüssel für das Auto?«, wollte Grotewohl wissen.

»Peter und ich«, sagte Hofmeister. »Und ich habe meinen noch.« Sie kramte in ihrer Hosentasche, holte einen Schlüsselbund heraus und hielt ihn hoch. »Hier ist er.«

»Würden Sie bitte den Film auf einen USB-Stick kopieren?«; fragte Köhler. »Vielleicht können unsere Experten was rausholen.«

»Klar, kein Problem.«

»Das ist vielleicht ein komischer Fall«, sinnierte Köhler, als sie in seinen Wagen einstiegen.

»Das kannst du laut sagen.«

»DAS IST VIELLEICHT EIN KOMISCHER FALL!«, wiederholte Köhler, diesmal sehr laut. Grotewohls Blick bedurfte keines Kommentars. Köhler grinste und startete den Motor des historischen Gefährts.

Eine knappe halbe Stunde später trafen die beiden Ermittler in ihrem Büro auf Müller und Brauer und trugen ihre Gedanken zusammen.

»Also was haben wir?«, eröffnete Köhler, der an das Whiteboard getreten war. Ohne auf eine Reaktion aus der Runde zu warten, schrieb er und sagte: »Einen vermissten jungen Mann, ein ausgebranntes Auto, total unbrauchbare Aufnahmen einer Überwachungskamera und das Wissen, dass die Chefin dem Mann vor einem halben Jahr eine Flasche über den Kopf gezogen hat.«

»Was ist mit dem Wirt?«, wollte Brauer wissen.

»Nix, wieso? Was soll mit dem sein?«

»Na ja …« Brauer wirkte nach wie vor unsicher. Er war jetzt schon fast ein Jahr Bestandteil der Gruppe und schien sich immer noch als der Neue zu fühlen. Obwohl er ausgezeichnete Arbeit leistete, mangelte es ihm an Selbstvertrauen. Er senkte den Blick und sprach leise weiter. »Er hat ihn vermutlich zuletzt gesehen. Vielleicht kann er doch weiterhelfen.«

»Den haben wir einfach sitzen lassen, als das ausgebrannte Auto gefunden wurde«, stellte Köhler fest.

»Das war dumm«, gab Grotewohl zu.

»Er ist ja nicht aus der Welt.« Köhler winkte ab. »Den befragen wir noch.«

»Ich glaube, Freiwald ist schon lange tot«, warf Müller ein. Alle Blicke richteten sich auf ihn.

»Und was bringt dich zu der Schlussfolgerung?«

Müller stand auf und trat neben Köhler an das Whiteboard. »Was soll denn der Scheiß? Wieso haut der ab – ohne Auto, wohlgemerkt – und kommt dann mitten in der Nacht zurück, um die Karre zu holen, die er vorher tagelang nicht gebraucht hat? Und zufällig sind die Bilder der Überwachungskamera total mies!« Er drehte sich um und fixierte Grotewohl mit einem fragenden Blick. »Was würdest du tun, wenn Leonie auf einmal von der Bildfläche verschwindet?«

»Ich würde ausflippen«, antwortete Grotewohl. »Und wenn sie irgendwann zurückkäme, würde ich ihr den Marsch blasen.«

»Aber zuerst würdest du die Nachbarschaft durchkämmen, oder?«

»Klar!«

»Und was haben die beiden Frauen getan?«

Köhler schärfte seinen Blick, als in ihm eine Erkenntnis erwachte. »Die haben einfach weitergemacht, als wäre nichts gewesen. Die haben überhaupt nicht nach ihm gesucht.«

Müller grinste breit. »Exakt!«

»Du meinst …«

»So leid es mir tut, wir suchen nach einer Leiche.«

»Na, jetzt übertreib mal nicht«, warf Köhler ein. »Immerhin haben die beiden Frauen Peter Freiwald auf dem 18. Revier als vermisst gemeldet.«

Müller zog skeptisch eine Braue nach oben. »Da stimmt doch was nicht.«

»Das steht außer Frage.«

Im Trüben fischen

»Jetzt übertreibt ihr aber«, pflichtete Ballauf Köhler bei, als er von Müllers Schlussfolgerung erfuhr. Er war in das Büro der Ermittlergruppe gerufen worden, weil die Meinungen im Raum bezüglich Freiwalds Verbleib auseinandergingen. »Nun macht mal halblang«, fuhr er fort und kratzte sich am Kopf. »Nur weil einer ein paar Tage verschwindet und sein Auto ausgebrannt im Wald gefunden wird, ist er noch lange nicht ermordet worden.«

»Denkt doch mal nach«, bat Müller. »Die streiten sich, der Junge geht weg, kommt nicht wieder, pennt vielleicht bei einem Freund.« Er wandte sich an Brauer. »Wir sollten übrigens noch mal überprüfen, ob er hier Freunde hat, vielleicht ein paar Bekannte, Verwandte oder irgendwas in der Richtung.« Während Brauer diesen Gedanken notierte, sprach Müller wieder zu Ballauf. »Dann kommt er mitten in der Nacht zurück, schnappt sich sein Auto und setzt es im Wald in Brand, weil ihm kalt ist, nur um gleich darauf wieder in der Versenkung zu verschwinden?«

»Und dann die Sache mit der Flasche«, streute Grotewohl ein.

»Was für eine Sache mit was für einer Flasche?« Ballauf blickte fragend in die Runde.

Brauer schaltete sich ein. »Ich hab mir mal die Akten gezogen.« Er sortierte seine Notizen und trug vor: »Das war letztes Jahr im Oktober. Da hat die Mertens dem Freiwald angeblich aus dem Nichts in der Küche von hinten eine Flasche über den Kopf gezogen.«

»In welcher Küche?«, wollte Ballauf wissen.

»Na, in der auf dem Reiterhof.«

»Aha.«

»Jedenfalls hat sie ihm gehörig eine verpasst. Er musste sogar ins Krankenhaus«, fuhr Brauer fort. »Und das Kuriose ist, dass die gar keinen Streit hatten. Die hat ihm einfach so die Flasche auf den Kopf geballert.«

»Sie muss doch einen Grund gehabt haben.«

»Keinen, der in der Akte stehen würde. Laut ihrer eigenen Aussage hat sie einfach den Drang verspürt, ihm die Flasche auf den Kopf zu hauen.«

»Und was hat Freiwald dazu gesagt?«

»Der kann sich an nichts erinnern. Gehirnerschütterung. Retrograde Amnesie.«

»Retro… was?«

»Kurzzeitiger Gedächtnisverlust. Das hat man bei einer Gehirnerschütterung. Ich sag nur Christoph Kramer im WM-Finale 2014.«

Köhler grinste. Grotewohl hob fragend die Brauen und Ballauf sagte: »Ach so.«

»Was war denn da?«, wollte Grotewohl wissen.

Köhler kicherte und setzte zu einer Erklärung an: »Christoph Kramer erlitt aufgrund eines Zusammenpralls mit einem seiner Gegenspieler eine Gehirnerschütterung und fragte dann den Schiedsrichter, ob es das WM-Finale sei, in dem er sich gerade befinde. Total verpeilt.«

Ballauf, Müller und Köhler lachten fies und Grotewohl schüttelte den Kopf.

»Jetzt mal Spaß beiseite«, forderte Köhler die Kollegen auf und holte sie damit in die Gegenwart zurück. »Das war kein Zufall mit der Flasche. Das war gezielt. Sozusagen ein Attentat.«

»So doof kann doch keiner sein«, meinte Ballauf.

»Du weißt, was Einstein gesagt hat?«

Ballauf schüttelte den Kopf.

»Zwei Dinge sind unendlich, das Universum und die menschliche Dummheit.«

»Nur dass er sich beim Universum nicht sicher sein konnte«, ergänzte Grotewohl.

»Trotzdem.« Ballauf schüttelte den Kopf. »Das ist mir zu dünn.«

»Die beiden Frauen haben nicht nach ihm gesucht!«

»Sie hatten mit dem Hof zu tun«, entgegnete Ballauf. »Weißt du, wie viel Arbeit ein Reiterhof macht? Und wenn dann noch einer fehlt …« Er ließ den Satz unvollendet. »Außerdem kann man sich ja mit Arbeit auch von seinen Sorgen ablenken.«

»Wir sollten trotzdem weiter nachbohren. Mit den Angestellten, Lieferanten, Mietern, Reitschülern und so weiter reden.«

»Shaft hat recht, Boss«, sprang Grotewohl ihrem Kollegen bei. »Wir wissen viel zu wenig.«

Ballauf schwieg und schien zu überlegen. »Habt ihr das Bewegungsprofil seines Handys überprüft?«, fragte er schließlich.

»Brauer ist dran«, sagte Müller.

»Jip, bin ich«, warf Brauer ein, ohne von seinem Bildschirm aufzublicken. »Ich hab mal übers BKA eine stille SMS rausgeschickt. Wir werden sehen, was passiert.«

»Ihr seid doch bekloppt!« Ballauf zeigte sich kritisch. »Ihr solltet mir einen alten Gefallen bezahlen und macht eine Mordermittlung daraus. Das war so nicht gedacht.«

»Tja, das kommt davon, wenn man seine Schulden nicht selbst bezahlt.« Grotewohl empfand kein Mitleid.

»Dann hättest du Laußner und Schmidt schicken sollen, die wären bei Willi in der Kneipe gestrandet, und gut ist.«

Ballauf schwieg. Er wusste, dass sie recht hatte.

»Ah, da ist ja schon die Antwort!«, verkündete Müller.

Die anderen sahen ihn neugierig an. Das Ergebnis überraschte sie alle.

Dirk Homburg schob den mit Mist vollbepackten Schubkarren über den Reiterhof. Er trug Reithosen, die in kniehohen schwarzen Stiefeln steckten. Sein Oberkörper wurde von einem braunen T-Shirt bedeckt, das mit dunklen Schweißflecken übersät war. Er schob den Mist auf den Sammelplatz hinter der Scheune und kippte den Schubkarren aus. Dann schickte er sich an, die nächste Ladung aus dem Stall zu holen.

»Wie lange brauchst du noch?«, rief Laura Hofmeister ihm vom Wohnhaus aus zu.

Homburg blieb stehen und versuchte herauszufinden, woher die Stimme kam. Er schirmte die Augen mit der Hand gegen die Sonne ab und blinzelte. Dann sah er Laura.

»Hallo Laura!«, rief er und hob die Hand zum Gruß.

»Ich hab dich was gefragt«, hakte sie nach. »Also, wie lange noch?«

»Keine Ahnung.« Er sah sich um. »Vielleicht eine halbe Stunde.«

»Du hast zwanzig Minuten, dann kommst du rüber ins Lager. Ich brauche dort deine Hilfe.« Ohne eine Reaktion abzuwarten, ging Laura zurück ins Haus.

»Ja, ist gut, ich beeil mich!«, rief Homburg ihr hinterher und legte einen Zahn zu.

Exakt zwanzig Minuten später stand er vor dem Lager des Reiterhofes, das eigentlich eine kleine Baracke war. »Laura?«, rief er, weil er sie nirgends ausmachen konnte.

Keine Antwort. Er trat ein. Das Lager war vollgestopft mit größtenteils zerstörten Gebrauchsgegenständen. Karina hatte verboten, irgendetwas wegzuwerfen, was noch annähernd als Ersatzteil genutzt werden konnte. Und so gelangte jeder Schrott in den Schuppen, wo er unter Umständen jahrelang vor sich hingammelte.

»Da bist du ja!«, sagte Laura. Wie aus dem Nichts stand sie plötzlich vor ihm. Homburg erschrak. Laura lachte.

»Was dachtest du denn, wer kommt?« Sie schüttelte den Kopf. »Du bist zwar ein guter Arbeiter, gleichzeitig aber schreckhaft wie ein Lipizzaner.«

Homburg lächelte verlegen. »Was soll ich tun?«, fragte er und sah sich suchend um.

»Nichts«, entgegnete Laura. »Ich mach das.« Sie trat auf ihn zu, zog ihm mit einer wendigen Bewegung das T-Shirt aus und küsste ihn.

»Das ist ja was«, sagte Köhler und blickte noch genauer auf den Bildschirm. Darauf war ein Kartenausschnitt zu sehen. »Der ist auf dem Hof!«

»Sein Handy ist auf dem Hof«, gab Grotewohl zu bedenken. »Das heißt nicht, dass er auch dort ist.«

»Stimmt.«

»Das wird ja immer kurioser.«

Alle Blicke waren jetzt auf Ballauf gerichtet. Er sah von einem zum anderen und sagte: »Also gut. Aber dezent!« Er hob den Zeigefinger, um seine Forderung zu untermauern. »Wenn es wirklich so ist, wie ihr denkt, dann sollten wir vorsichtig sein, damit wir sie nicht aufscheuchen. Bringt mir irgendetwas, womit ich den Staatsanwalt überzeugen kann.«

Sein Melnikow-Telefon vibrierte. Er richtete seinen Blick auf das Display und verzog das Gesicht. »Da muss ich rangehen.« Seine Miene wirkte streng. »Dezent!«, wiederholte er, wandte sich ab und drückte auf die Annahmetaste des Handys.

»Was ist denn jetzt noch?«, blaffte er ins Handy, während er den Raum verließ. Er schloss die Tür hinter sich, sah sich im Flur um und lauschte seinem Gesprächspartner. Schließlich entgegnete er bemüht beherrscht: »Weißt du was, Fjodor, du Arschloch? Am liebsten würde ich die Bombe platzen lassen und deinen Verbrecherladen hochnehmen.« Er lauschte erneut. »Na und, dann geh ich halt mit unter. Aber du gehst mir dermaßen auf den Sack! Außerdem musst du mir erst mal was beweisen. Wem glaubt man wohl eher: einem stadtbekannten Mafioso oder einem altgedienten Bullen, der gerade seine Dienstzeit verlängert hat?« Er schwieg. »Ist mir scheißegal!«, blaffte er. »Mach, was du willst. Such dir einen anderen Blödmann. Ich bin raus.« Er legte auf. Dann ging er in sein Büro und suchte die Bestimmungen für Kronzeugenregelungen heraus.

Während Müller und Brauer weiter die Akten durchwühlten und versuchten, so viel wie möglich über Karina Mertens, Laura Hofmeister und Peter Freiwald herauszubekommen, fuhren Grotewohl und Köhler noch einmal nach Bergen-Enkheim.

»Wir sollten uns auch mit den Angestellten und den Mietern der Pferdeboxen unterhalten«, schlug Köhler vor.

»Das übernimmst du«, bestimmte Grotewohl.

»Jawoll, Boss!«, erwiderte Köhler mit irritiertem Blick.

Grotewohl entging der Unterton nicht. »Ich bin resistenter«, sagte sie erklärend.

»Wogegen?«

»Sagen wir es mal so: Ich bin in einer festen Beziehung.«

»Was soll das denn heißen?«, entgegnete Köhler ungehalten.

»Du hast dich schon mal von einer schönen Frau beeinflussen lassen.«

»Die jetzt aber im Knast sitzt, meine Liebe, weil ich sie dorthin gebracht habe. Falls sich Eure hochwohlgeborene Resilienzkönigin erinnert.« Köhler war jetzt in Fahrt. »Außerdem habe ich sie abgewehrt. Sie hat mich angemacht und nicht umgekehrt.«

Grotewohl schwieg. Sie war sich darüber im Klaren, dass sie ungerecht war. Aber Laura Hofmeister war gefährlich, das spürte sie. »Ich habe einfach Sorge, dass du die kleine Hofmeister zu lasch angehst.«

»Wieso sollte ich sie überhaupt angehen? Sie vermisst ihren Verlobten, von dem wir nicht wissen, ob er tot oder einfach nur abgehauen ist.«

»Ich wollte damit lediglich sagen …«

»… dass ich mir von schönen Frauen den Kopf verdrehen lasse und meinen Job deshalb nicht richtig mache?«

»So war das nicht gemeint.«

»So kam es aber auf meiner Seite an.«

Grotewohl schwieg.

»Vielleicht willst du ja auch mit der scharfen Braut reden, weil dein Urteilsvermögen eingeschränkt ist, während ich mich mit den nach Mist stinkenden, pickeligen Pferdemädchen abgeben muss«, fuhr Köhler auf. »Schon scheiße, wenn beide auf denselben Frauentyp abfahren, was?«

»Ich ...«, begann Grotewohl, brach aber ab. »So war das nicht gemeint.«

»Oh, das denke ich aber schon.« Köhler war inzwischen gar nicht mehr zu beruhigen. »Der arme notgeile Singlemann, der gerade von seiner Fickfreundin verlassen wurde, weil sie heiraten will. Der hat natürlich jetzt so dicke Eier, dass er sich die Erstbeste schnappt, die in sein Beuteschema passt.«

»Du wirst vulgär.«

»Und du bist ein ... Arsch!«

Den Rest der Fahrt schwiegen beide.

Homburg hatte sich gerade die Hose hochgezogen, als Laura ihn ansprach: »Und jetzt mach den Stall fertig.« Sie band ihre Haare zu einem Knoten zusammen und schickte sich an, die Baracke zu verlassen.

»Ich liebe dich, Laura!«, entfuhr es Homburg. Er wollte das nicht sagen, aber in ihrer Gegenwart war er machtlos.

Laura hielt in der Bewegung inne und sah ihn an. Dann lächelte sie abschätzig und sagte: »Ich weiß, Dirk.« Sie tätschelte ihm die Wange und kehrte ihm den Rücken zu.

»Und du?«, schob Homburg nach. »Liebst du mich auch?«

Sie drehte sich zu ihm um, immer noch das Lächeln im Gesicht. »Sei nicht albern!«, schloss sie und ging.

Homburg ließ die Schultern sinken und spürte, wie etwas in ihm zerbrach. Um nicht in Starre zu verfallen, folgte er Laura, die mit raumgreifenden Schritten in Richtung Wohnhaus unterwegs war. »Ich würde alles für dich tun, das weißt du, oder?«, rief er und verfiel in einen Laufschritt.

Wütend fuhr sie herum und sah sich um. »Du verdammter Volltrottel. Hör auf damit!«

»Aber ich kann ohne dich nicht mehr sein.«

»Sag mal, kapierst du es nicht?« Sie machte einen Schritt auf ihn zu. »Du bist mir nicht gewachsen.«

»Aber eben im Lager, da …«

Sie lachte humorlos. »Das war bedeutungsloser Sex. Ich hatte einfach Lust. War ja auch nicht unser erstes Mal, nicht wahr?«

»Und ich dachte, ich bedeute dir was.«

»Tust du ja auch.« Versöhnlich strich sie ihm über die Wange. »Doch vergiss nicht, dass ich immer noch mit Peter verlobt bin.«

»Ich dachte …«

Weiter kam er nicht, denn in diesem Moment rollte ein schwarzer Mercedes Benz – offensichtlich ein Oldtimer – auf den Hof.

»Wer ist das denn?«, wollte Homburg wissen.

»Bullen«, zischte Laura und setzte ihr feinstes Lächeln auf.

Schlecht gelaunt stiegen die beiden Ermittler am nächsten Morgen aus Köhlers Mercedes. Diesmal war er ohne zu zögern in die Einfahrt zum Mertenshof gefahren, was Grotewohl wohlwollend kommentierte, Köhler jedoch mit einem mürrischen Grunzen abtat. Schweigend gingen sie auf Laura Hofmeister zu. Die junge Frau stand neben einem Mann, der den Anschein erweckte, für die Arbeiten im Stall zuständig zu sein.

Hofmeister kam ihnen entgegen. »Haben Sie Peter gefunden?«, fragte sie. Ihre Stimme klang aufgeregt.

»Nein, leider nicht«, antwortete Köhler. »Aber wir haben da noch ein paar Fragen und würden gerne mit Ihren Angestellten und den Mietern der Pferdeboxen sprechen.«

»Sicher.«

Köhler zog sein Notizbuch heraus. »Wie viele Angestellte haben Sie?«

»Ich? Gar keine.«

Köhler stutzte.

»Der Hof gehört meiner Tante, schon vergessen?«

»Die Frage war jetzt nicht so kompliziert, Frau Hofmeister.« Grotewohl hatte keine Lust auf -derartige Spielchen und grätschte deshalb dazwischen. »Sie kommen mit mir und mein Kollege sieht sich hier mal um.« Entschlossen packte sie Laura Hofmeister am Arm und zog sie in Richtung des Hauses.

Köhler heftete währenddessen seinen Blick auf den Mann, der wie ein begossener Pudel inmitten des Hofes stand. »Darf ich fragen, wer Sie sind und welches Ihre Aufgaben sind?«

Der Mann nickte. »Mein Name ist Dirk Homburg und ich bin hier als Pferdewirt und Reitlehrer angestellt. Manchmal nennt man mich auch den Stallmeister.« Er blickte Hofmeister und Grotewohl hinterher. »Was ist eigentlich los?«

»Ganz ehrlich, Herr Homburg ... das wissen wir nicht so genau.«

Während Köhler mit Homburg auf dem Hof blieb, verschwand Grotewohl mit Laura Hofmeister im Wohnhaus. »Wie war noch mal Ihr Name?«, hakte Köhler nach.

»Homburg. Dirk Homburg. Und wer sind Sie?«

»Hauptkommissar Köhler, Kripo Frankfurt.«

»Ich wusste gar nicht, dass die Kripo Vermisstenanzeigen bearbeitet.«

»Man lernt nie aus«, entgegnete Köhler. »Also, was genau ist Ihre Aufgabe hier am Hof?«

»Wie gesagt: Ich bin der Stallmeister«, antwortete Homburg.

»Das habe ich schon mitbekommen«, merkte Köhler an. »Ich bin aber leider nicht vom Fach. Könnten Sie deshalb Ihre Stellenbeschreibung präzisieren?«

»Ich kümmere mich um die Mieter der Pferdeboxen, sehe zu, dass alles sauber ist, die Pferde gefüttert und gestriegelt werden, reite die Tiere und bin gelegentlich für Reparaturen zuständig.«

Köhler nickte und notierte sich ein paar Stichworte. »Was noch?«, wollte er wissen.

»Ich gebe außerdem Reitunterricht, aber das gehört nicht zu den Aufgaben eines Stallmeisters. Für mich ist das sozusagen ein Nebengeschäft.«

»In welchem Verhältnis stehen Sie zu Frau Mertens?«

»Ich bin ihr Angestellter.«

»Und zu Frau Hofmeister?«

Homburg zögerte.

Köhler sah ihn unverwandt an und bemerkte, wie Homburgs Blick von ihm weghuschte. Der Stallmeister räusperte sich. »Wenn Sie mich so fragen«, sagte er schließlich, »ist das gar nicht richtig geklärt.«

»Aha«, machte Köhler und wartete auf weitere Ausführungen.

»Irgendwie ist sie die Juniorchefin. Denkt sie zumindest.«

»Sie ist die Nichte von Frau Mertens, stimmt's?«

»Ja.«

»Ist sie denn am Hof beteiligt?«

»Soweit ich weiß, nicht.«

»Was macht sie dann hier?«

»Ist das wichtig?«

»Für mich schon. Ich möchte die Zusammenhänge begreifen.«

»Und Sie denken, dass Peter dadurch wieder auftaucht, oder was?«

Homburg war Köhler eine Spur zu flapsig. »Ich sage Ihnen doch auch nicht, wie Sie ein Pferd zu striegeln haben, oder?«, gab er scharf zurück. »Also lassen Sie mich meinen Job machen und ich rede Ihnen nicht in Ihren rein.«

Homburg senkte den Blick.

»Dann noch mal von vorn: Können Sie mir jetzt sagen, was Frau Hofmeisters Aufgabe oder Position ist, oder nicht?«

Homburg seufzte. »Sie ist die heimliche Chefin.«

»Sie ist sehr attraktiv, nicht wahr?«

»Was hat das denn mit dem Fall zu tun?«

»Nichts, war nur eine Feststellung.« Köhler unterdrückte ein Grinsen. Es machte ihm Spaß, den jungen Mann aus der Reserve zu locken. »Ich glaube, sie verdreht den Männern ganz schön den Kopf.«

»Mag sein.«

»Oh, da bin ich mir sicher.«

Homburg schwieg. Es war ein vielsagendes Schweigen.

»Aber Sie wissen schon, dass Frau Hofmeister und Herr Freiwald verlobt sind.«

»Ja, das weiß hier jeder.«

»Und? Sind die beiden glücklich miteinander?«

»Was weiß denn ich?«

»Sie wohnen doch auch hier, oder nicht?«

»Ja.« Homburg nickte mit dem Kinn in Richtung des Wohnhauses. »Ich habe die Dachgeschosswohnung. Sie gehört zum Job.«

Köhler nickte und sah sich das Haus genauer an. »Ziemlich alter Kasten.«

»So ist es. Aus dem 19. Jahrhundert.«

»Dünne Wände?«

Homburg schnaubte. »Aus Pappmaché.«

»Dann bekommen Sie doch sicherlich so einiges von dem mit, was im Haus vor sich geht.«

»Worauf wollen Sie hinaus?«

Köhler zögerte zunächst und beschloss, die Katze noch nicht aus dem Sack zu lassen. »Würden Sie mich ein wenig herumführen?«

»Klar.« Homburg machte eine einladende Geste. »Kommen Sie, ich zeige Ihnen alles.« Er musterte Köhler. »Ich hoffe, Sie machen sich nicht Ihre schicken Klamotten dreckig. Ihr verdient wohl ziemlich gut bei der Kripo.«

Köhler ließ das Gesagte unkommentiert. Er hatte sich daran gewöhnt, auf seinen exklusiven Kleidungsstil angesprochen zu werden. Mit der Zeit hatte er gelernt, es zu ignorieren.

Grotewohl hatte mit Karina Mertens und Laura Hofmeister am Küchentisch Platz genommen.

»Wird es lange dauern?«, fragte Hofmeister. »Wir haben viel zu tun, vor allem jetzt, wo Peter weg ist.«

»Das klingt nach einem Vorwurf.«

»Ist es ja auch!«, schnaubte Hofmeister. »Während er sich eine Auszeit nimmt, ersticken wir hier in Arbeit.«

»Sie denken also, dass er sich eine Auszeit nimmt.«

»Was soll es denn sonst sein?«

Grotewohl wechselte das Thema. »Gibt es außer Ihnen noch weitere Angestellte?«

»Nächste Woche fängt eine Aushilfe an. Ansonsten war's das.«

»Nur der Vollständigkeit halber: Wie heißt die neue Aushilfe?«

»Sibylle Schröter.«

Grotewohl nickte und machte sich eine Notiz. »Und die fängt nächste Woche an«, wiederholte sie.

Hofmeister nickte. »Falls nichts dazwischenkommt.«

»Was soll denn dazwischenkommen?«, fragte Grotewohl und griff damit die als Floskel gemeinte Antwort auf.

»Kann ja immer was passieren«, erwiderte Hofmeister und warf der Ermittlerin einen giftigen Blick zu.

Grotewohl beließ es dabei. Die Warnung, solche Floskeln vorsichtig zu verwenden, schien angekommen zu sein. Sie hob die Brauen, ließ wenig zufrieden ihren Notizblock sinken und sah die beiden Frauen eine nach der anderen an. Während Hofmeister ihrem Blick mit Leichtigkeit standhielt, vergrub Mertens ihr Gesicht in einer Tasse. »Sie ziehen also nicht in Betracht, dass Herr Freiwald unfreiwillig verschwunden ist.«

»Denken Sie etwa, er wurde entführt?«, entrüstete sich Hofmeister. »Warum sollte jemand so etwas tun? Wir haben kein Geld und auch sonst nichts, wofür sich eine Entführung lohnt.«

»Vielleicht geht es ja gar nicht um ein Lösegeld.«

»Sondern?«

»Hatte Herr Freiwald Feinde?«

»Was ist denn das für eine Fernsehkommissarfrage?«

Grotewohl sah Hofmeister fordernd an. »Also, hatte er welche?«, setzte sie nach. »Oder hatte er womöglich Wettschulden oder so was in der Art?«

»Natürlich nicht. Zumindest weiß ich nichts davon.«

»Würden Sie es denn wissen, wenn es so wäre?«

»Ja, das wüsste ich. Ich bin seine Verlobte.«

»Das muss nichts heißen.«

»Wir führen eine sehr harmonische Beziehung.«

»Dann ist ja alles gut.«

»Eben.«

»Wenn Ihre Beziehung so harmonisch ist, warum sollte er dann … abhauen, wie Sie es nennen?«

Hofmeister wirkte ertappt. »Vielleicht braucht er eine Auszeit«, entgegnete sie trotzig und verschränkte die Arme vor der Brust. »Wenn ich wüsste, warum, müssten wir Sie nicht bemühen. Er wird sicher wieder auftauchen.«

»Wenn das so ist, dann brauchen wir ihn ja nicht mehr zu suchen.«

Hofmeisters Blick war schwer zu deuten. Grotewohl schien sie auf eine Idee gebracht zu haben.

»Na dann …«

Grotewohl schnalzte mit der Zunge. »So einfach ist das jetzt leider nicht mehr.«

»Wieso?«

»Weil wir Grund zu der Annahme haben, dass Herr Freiwald in massive Schwierigkeiten geraten ist – womöglich steckt noch viel mehr hinter seinem Verschwinden.«

»Wie meinen Sie das?«

»Ich bitte Sie. Das ist doch offensichtlich.«

»So?«

Grotewohl holte tief Luft und zählte auf: »Er verschwindet genau an dem Tag, an dem er auf ein für ihn wichtiges Turnier fahren will. Das wiederum haben Sie ihm verboten.«

»Verboten ...« Hofmeister schnaubte. »Ich habe ihn davon überzeugt, nicht zu fahren. Ich kann ihm doch nichts verbieten!«

»So kam es aber bei uns an.« Wieder sah Grotewohl die beiden Frauen prüfend an. »So haben Sie es uns auch dargestellt.«

»Wenn Sie meinen.«

Grotewohl nervte das pubertäre Verhalten der jungen Frau, hübsch hin oder her. Sie wurde ihr immer unsympathischer. Ein gutes Aussehen war eben nicht alles.

»Sie behaupten, er sei in die Kneipe gegangen, um seinen Frust zu ertränken. Tatsächlich wissen wir nicht, ob er wirklich bei Willi war.«

Erstmals meldete sich Karina Mertens zu Wort: »Haben Sie Willi denn gar nicht gefragt?«

»Das werden wir noch tun«, erwiderte Grotewohl ausweichend und wechselte das Thema. »Wie wichtig war Herrn Freiwald sein Handy?«

»Er hat es immer in der Hand gehabt, wie jeder heutzutage«, antwortete Mertens.

»Aha.«

»Warum fragen Sie?«, wollte Hofmeister wissen.

»Weil sein Handy hier ist.«

»Hier im Haus?«

»Zumindest irgendwo auf dem Gelände.«

»Unmöglich!«, platzte es aus Mertens heraus. »Er ist nie ohne sein Handy unterwegs.«

Grotewohl meinte in Hofmeisters Blick zu erkennen, dass sie die vorschnelle Antwort Ihrer Tante missbilligte, und sah die Jüngere fragend an.

»Ja, das stimmt. Peter war nie ohne sein Handy unterwegs.«

»Könnte ich mal kurz einen Blick in Herrn Freiwalds Räumlichkeiten werfen?«

»Sicher.«

Gemeinsam gingen die drei Frauen ein Stockwerk nach oben. Augenblicke später standen sie in Freiwalds Zimmer.

»Wohnt er alleine hier?«, erkundigte sich Grotewohl.

»Wir schlafen getrennt. Er schnarcht.«

Grotewohl nickte. Dann sah sie sich um. Nirgends konnte sie ein Handy entdecken. »Darf ich mich genauer umsehen?«

Hofmeister machte eine zustimmende Geste und Grotewohl begann mit der Suche. Zunächst öffnete sie ein paar Schubladen, dann inspizierte sie den Inhalt des Schranks und sah sogar unter dem Bett nach. Kein Handy.

»Kann ich mal in Ihrem Zimmer nachsehen?«

Hofmeister hob abwehrend die Hände. »Nein!«

Grotewohl war erstaunt.

»Es ist nicht aufgeräumt«, erklärte die junge Frau. »Außerdem mag ich keine Fremden in meinem Zimmer. Ich kann Ihnen zudem mit Sicherheit sagen, dass Peters Handy dort nicht zu finden ist.«

»Es macht mir nichts aus, wenn Unordnung herrscht«, wagte Grotewohl einen erneuten Versuch. »Haben Sie etwas zu verbergen?«

»Natürlich nicht!«

»Na dann …«

Hofmeister zögerte. Sie warf einen hilfesuchenden Blick zu ihrer Tante. Diese gab ihr zu verstehen, dass es ja nicht schaden könne.

Grotewohl zeigte sich kompromissbereit. »Ich mache Ihnen einen Vorschlag«, sagte sie. »Wir rufen es einfach mal an. Vielleicht klingelt es ja irgendwo.«

»Das wird nichts bringen.«

»Warum?«

»Er hatte sein Handy grundsätzlich auf ›lautlos‹.«

»Ich probier's trotzdem. Kann ich die Nummer haben?«

Hofmeister zögerte, nannte Grotewohl dennoch die Nummer. Als sich die Verbindung aufbaute, dann aber nur die Mailbox ansprang, legte Grotewohl auf.

»Darf ich jetzt einen Blick in Ihr Zimmer werfen?«

Laura Hofmeister war anzusehen, dass sie sich gegen diesen Gedanken sträubte. »Also gut«, sagte sie nach einigem Zögern. »Aber nur kurz. Und ich will nichts über die Unordnung hören!«

»Versprochen.«

Wenig später standen sie in Hofmeisters Zimmer, das auf Grotewohl einen aufgeräumten Eindruck machte. Sie sagte jedoch nichts dazu. Nach einer kurzen Suche war klar, dass auch hier das Handy nicht zu finden war.

»Aber es muss bei Ihnen auf dem Gelände sein. Wir haben es orten lassen.«

»Aha«, machte Hofmeister und es klang missbilligend.

»Was dachten Sie denn?« Grotewohl war überrascht. »Das ist ja wohl das Erste, woran man denkt, wenn man jemanden sucht, oder nicht?«

»Ich bin Pferdewirtin, was weiß ich von Polizeiarbeit?« Hofmeister holte ihr Handy hervor. »Alles, was ich weiß, ist, dass Peter mir am Samstag noch eine Nachricht geschickt hat. Darin steht, dass er Abstand von mir braucht und …«

»Das sagen Sie erst jetzt?«, knallte Grotewohl dazwischen.

Hofmeister wirkte überrascht. Die Schuld von sich weisend, breitete sie die Arme aus. »Aber ich habe es doch Dieter erzählt!«

»Haben Sie die Nachricht von Ihrem Verlobten noch? Kann ich sie sehen?«

Hofmeister zögerte. Es schien ihr unangenehm zu sein. »Ich hab sie gelöscht.«

»Warum?«

»Weil ich wütend war!«, ereiferte sie sich.

Grotewohl verzichtete auf weitere Vorwürfe. »Was genau stand in der Nachricht?«

Hofmeister hob die Schultern und schob die Unterlippe vor. »Nur dass er Abstand braucht und ich ihn in Ruhe lassen soll.«

Bemüht geduldig bohrte Grotewohl weiter: »Wenn Sie mir den exakten Wortlaut der Nachricht nennen könnten, würde uns das sehr helfen.« Sie zückte ihren Notizblock.

Hofmeister hob den Blick und dachte nach. »Ich brauch Abstand. Gib mir ein paar Tage. Mach dir keine Sorgen.«

»Das war alles?«

Hofmeister nickte.

»Warum haben Sie dann am Montag eine Vermisstenanzeige aufgegeben, wenn er da gerade mal drei Tage weg war? Abgesehen davon, dass er Ihnen am Samstag noch geschrieben hat.«

»Wo sollte er denn sein?«, brauste Hofmeister auf. »Er hat doch sonst niemanden!«

»Freunde, andere Verwandte, flüchtige Bekanntschaften …«, zählte Grotewohl auf.

»Nein, er hat niemanden außer uns. Seine Familie war nicht besonders groß und sie sind alle früh gestorben.«

Grotewohl ließ sich dazu hinreißen, diesen Umstand zu bedauern.

»Ja, nicht wahr?«, warf Mertens ein. »Deshalb sind wir ernsthaft in Sorge. Peters Auto stand ja noch hier, wo sollte er also sein?«

Grotewohl dachte einen Moment lang nach. Sie musste zugeben, dass das alles ziemlich rätselhaft war. Gemeinsam gingen sie zurück zur Küche. »Tja«, fuhr sie fort und hielt kurz inne. »Sie könnten uns sehr helfen, wenn Sie selbst noch mal nach dem Handy Ausschau halten. Wir können ja schlecht den ganzen Hof absuchen.«

»Das machen wir«, versprach Mertens.

»Eine Bitte hätte ich da noch«, schob Grotewohl hinterher.

»Ja?«

»Ich brauche eine Liste mit allen, die hier auf dem Hof ein Pferd untergestellt haben. Außerdem wäre es gut zu wissen, wer Ihnen das Futter liefert und wer hier angestellt ist – Gartenarbeiten, sonstige Dienstleistungen und so weiter. Schlichtweg eine Liste mit den Namen all derjenigen, die bei Ihnen ein und aus gehen. Schaffen Sie das?«

Laura Hofmeister rollte mit den Augen. Offensichtlich war es ihr lästig, sich um die Angelegenheit zu kümmern. Mertens hingegen versprach, die Liste schnellstmöglich zu erstellen.

Verdichtung

Grotewohl trat aus dem Haus. Etwa zeitgleich beendete Köhler den Rundgang mit Homburg und kam auf den Innenhof. Sie verabschiedeten sich vom Stallmeister und stiegen in Köhlers Schmuckstück.

»Wir müssen unbedingt noch mit dem Wirt reden«, merkte Grotewohl an.

»Na dann«, sagte Köhler und startete den Motor. »Wenn wir schon mal unterwegs sind …«

Wenig später betraten sie den Gastraum des »Löwen«. Willi Hammerschmidt stand hinter dem Tresen und räumte Gläser ins Regal. Das Wirtshaus war rustikal eingerichtet und sah ganz nach Dorfschenke aus. Eine lange Theke in dunkler Holzoptik dominierte den Raum. Davor waren einige Barhocker positioniert. Fünf Sitznischen waren durch hölzerne Wände voneinander getrennt. Der Boden war gefliest. Alles in allem ein Ambiente, das zum Trinken animierte. Für ein romantisches Dinner mit der Angebeteten war es eher ungeeignet.

»Ah, die Polizei!«, begrüßte Willi Hammerschmidt die beiden Ermittler. »Haben Sie Peter endlich gefunden?«

»Leider nicht«, eröffnete Köhler. »Deshalb wollten wir mit Ihnen reden.«

»Gerne.« Hammerschmidt unterbrach seine Arbeit und schenkte ihnen seine volle Aufmerksamkeit. »Wie kann ich helfen? Möchten Sie was trinken? Geht aufs Haus.«

Beide verneinten höflich.

»Wann hat Herr Freiwald den ›Löwen‹ am Freitag verlassen?«, fragte Köhler und griff nach seinem Notizbuch.

»Gar nicht.«

»Wie bitte?«

»Er war am Freitag nicht hier.«

Grotewohl und Köhler tauschten einen verwunderten Blick.

»Ich hab mich schon die ganze Zeit gefragt, was Dieter von mir wollte.«

»Wir hatten die Information, dass Peter Freiwald am Freitag nach einem Streit mit Frau Hofmeister und Frau Mertens zu Ihnen gegangen ist, um seinen Frust runterzuspülen«, sagte Köhler.

»Ich weiß nicht, wo er das getan hat. In meinem Lokal jedenfalls nicht.«

»Aber er war doch hier Stammgast?«

»Ja«, bestätigte der Wirt. »Sicher.« Er kniff die Augen zusammen. »Aber warum sagen Sie das in der Vergangenheitsform? Das beunruhigt mich.«

»Sorry, alte Angewohnheit«, erwiderte Köhler und ermahnte sich zu einer geeigneteren Wortwahl. »Wissen Sie zufällig, in welchen Gasthäusern Herr Freiwald sonst noch verkehrte?«

»Nee. Ich frag da grundsätzlich nicht nach.«

»Das wird ja immer abstruser«, bemerkte Köhler. »Besten Dank für Ihre Kooperation.«

Als Köhler und Grotewohl ins Präsidium zurückgekehrt waren, setzten sie sich mit dem Rest ihrer Ermittlergruppe zusammen, um den Fall zu diskutieren. Zunächst informierten sie über die neuesten Erkenntnisse. Köhler war bei seinem Rundgang mit

Homburg nichts Besonderes aufgefallen. Der Hof war einigermaßen in Schuss, zwar an der ein oder anderen Ecke renovierungsbedürftig, aber ansonsten unauffällig. Man sah, dass Geld fehlte. Das war die einzige Erkenntnis, die Köhler hatte gewinnen können.

»Also, was haben wir?«, erkundigte sich Ballauf schließlich und antwortete gleich selbst darauf: »Einen Vermissten, dessen Handy noch aktiv ist. Eine dubiose Gestalt, die ihr Auto nimmt, es im Wald keine fünfhundert Meter weiter verbrennt und sich dann in Luft auflöst. Außerdem das seltsame Verhalten seiner Verlobten und einen Kneipenbesuch, der keiner war.«

»Hinzu kommen die undurchsichtigen Verhältnisse auf dem Reiterhof«, ergänzte Müller.

»In welchem Radius können wir Handys orten?«, fragte Ballauf.

»Im Umkreis von fünfhundert Metern«, antwortete Brauer.

»Geht's nicht genauer?«

»Leider nein.«

»Also kann das Handy überall innerhalb eines Kilometers rund um den Hof sein.«

»Korrekt.«

»Wir können ja wohl kaum das halbe Enkheimer Ried nach dem Teil durchkämmen.«

»Ich wette, es ist noch auf dem Hof.«

»Wenn du wetten willst, geh an die Börse!«, schnaubte Ballauf. »Das ist alles so ein …« Er suchte nach dem passenden Wort und fuhr nach einer Weile fort: »Wischiwaschi.«

»Wie lange hält ein Akku?«, fragte Köhler in die Runde.

»Kommt auf den Akku an«, sagte Müller. »Kann ein paar Stunden sein, aber auch zwei Tage.«

»Merkst du was?«

»Hä?«

»Heute ist Mittwoch.«

»Ja, und?«

»Du hast das Handy gestern geortet.«

»Und?«

»Freiwald wird seit Freitag vermisst und hat am Samstag angeblich noch eine Nachricht verschickt. Also war es mindestens bis Samstag funktionsfähig«, erklärte Köhler. »Wenn wir davon ausgehen, dass ein Akku zwanzig, längstens dreißig Stunden hält, hat er es entweder zwischendurch aufgeladen oder er hat eine bahnbrechende Technologie in seinem Handy.«

»Oder jemand anderes hat es.«

»Warum sollte derjenige es dann aufladen?«

»Der Fall stinkt zum Himmel!«, grollte Ballauf.

»Sag ich doch«, pflichtete ihm Grotewohl bei.

Köhler räusperte sich. »Und was machen wir jetzt?«

»Ich ruf den Staatsanwalt an«, beschloss Ballauf und sprang auf.

Müller schnaubte verächtlich.

»Du musst ja nicht mit ihm reden«, ergänzte Ballauf und verließ das Büro.

Grotewohls Handy klingelte. Sie warf einen Blick auf das Display, hob skeptisch die Brauen und nahm das Gespräch an. »Grotewohl«, meldete sie sich und lauschte. »Ah, hallo Frau Hofmeister.« Köhler schreckte neugierig hoch, woraufhin ihn Grotewohl mit der erhobenen Hand zurückhielt. »Oh, das ist gut. Wo haben Sie es gefunden? ... Aha ... Sehr gut ... Ja? ... Oh ... Sind Sie sich sicher? ... Gerne. Wir kommen dann morgen noch mal vorbei. Es wäre schön, wenn Ihre Tante dann auch die versprochene Liste der Menschen parat hätte, die bei Ihnen … Okay … Super. Also bis morgen.« Sie legte auf und schickte ihren Blick in die Ferne.

Köhler sah Grotewohl eine Weile an, dann fragte er ungeduldig: »Dürfen wir an den Neuigkeiten teilhaben?«

»Oh, klar!« Sie wirkte, als tauchte sie aus einer Scheinwelt auf. »Ich habe nur nachgedacht«, sagte sie.

»Schön, worüber?«

Grotewohls Blick klärte sich. »Laura Hofmeister hat das Handy gefunden.«

»Wo?«

»Unten, am Misthaufen, wo Freiwalds Auto stand.«

»Ha, also doch!«, stieß Köhler aus.

»Der Akku war allerdings leer.«

»Logo.«

»Frau Hofmeister hat es dann aufgeladen und nach Hinweisen durchsucht.«

»Verdammt. Das hätte sie uns überlassen sollen!«

»Was willste machen?«, bemerkte Grotewohl. »Ist verständlich.«

»Macht's nicht besser.« Köhler war sauer. »So hübsch sie ist, so blöd isse.«

»Jetzt übertreib mal nicht.«

»Nimmst du sie etwa in Schutz?«, brauste Köhler auf. »Die hat doch bisher nichts zur Klärung des Falles beigetragen. Im Gegenteil!«

»Sie ist ein Mensch, der macht, was er will. Sie schert sich nicht um andere. Das bekommst du nicht aus der raus. Dafür solltest gerade du Verständnis haben.«

Köhler schnaubte.

»Jetzt sei mal froh, dass sie uns so schnell angerufen hat.«

»Das sei ihr auch geraten.«

»Bist du immer noch sauer, dass du sie nicht befragen durftest?«

»Quatsch!«, machte Köhler. »Wo ist das Handy jetzt?«

»Wertheim hat es abgeholt und schickt es direkt ins Labor.«

»Gut!«

Grotewohl sah auf die Uhr. »Wo bleibt denn Ballauf?«

Im selben Moment flog die Tür auf und ihr Gruppenleiter trat ein. »Also ...«, sagte er, die Tür noch in der Hand. »Berner will morgen früh einen detaillierten Bericht. Dann entscheidet er.«

Jetzt sah auch Köhler auf die Uhr und klatschte in die Hände. »Na dann bis morgen, Herrschaften, ich hab ein Spiel.«

»Mittwochs?«, hakte Grotewohl nach.

»Pokal.«

Drei Stunden später saß Köhler frisch geduscht im Vereinsheim. Tobi, der Präsident, setzte sich zu ihm an den Tisch. Er war knappe vierzig Jahre alt, sein Haar war schütter, seine Haut von der vielen frischen Luft gebräunt. Er war der Inhaber einer Gartenbaufirma, verschlagen und mit allen Wassern gewaschen. Ein Mann, der lieber handelte, als zu diskutieren. Etwas grobschlächtig, aber das Herz am rechten Fleck.

»Shaft, was war denn heute los?«, fragte er süffisant und knallte dem Polizisten die flache Hand auf das Schulterblatt. »Nur drei Tore. Du baust ab.«

»Trotzdem verloren.« Köhler war bedient. Er hasste es zu verlieren. Das Weizenbier, das er beim Hineingehen bestellt hatte, wurde ihm gebracht. Köhler nahm einen tiefen, frustrierten Schluck.

Tobi schnüffelte. »Samma«, sagte er, »riecht's hier nach Stall?«

»Sorry, das bin ich«, gestand Köhler. »Hatte keine Zeit mehr, mich umzuziehen.«

»Bist du jetzt bei den Berittenen, oder was?« Tobi lachte schallend.

»Und wenn's so wäre?«

»Sorry.« Tobi lachte jetzt noch lauter. »Ich kann dich mir nicht auf einem Pferd vorstellen. Außerdem müsstest du da Uniform tragen, und das würde so gar nicht zu deinem extravaganten Kleidungsstil passen.«

»Blödmann!«

»Ich dich auch«, entgegnete Tobi, der mittlerweile ebenfalls sein Bier bekommen hatte, und stieß mit Köhler an. »Geht auf mich«, fügte er an.

»Dann schmeckt's gleich besser«, bemerkte Köhler freudlos.

»Jetzt mach dir nicht ins Hemd, Shaft. Die spielen drei Klassen höher als wir.«

»Trotzdem scheiße. In der ersten Runde raus ist doch kacke!«

»Pff…«, machte Tobi. »Klar, mit den Zuschauereinnahmen aus der nächsten Runde hätten wir neue Spieler kaufen können. Wären bestimmt zwölf oder dreizehn gekommen.«

Köhler lachte, obwohl ihm nicht danach war. Tobi schaffte es immer wieder, ihn zu erheitern.

»Jetzt mal ehrlich«, fuhr dieser fort. »Du stinkst wie ein Ackergaul. Hast du einen Stall ausgemistet?«

»So ähnlich.«

»Erzähl!«

»Wir haben da einen Fall auf einem Reiterhof in Bergen-Enkheim.« Er nahm einen Schluck von seinem

Bier, unterdrückte einen Rülpser und fuhr fort. »Ich hab dort heute mal einen Rundgang gemacht.«

»In Bergen-Enkheim?«

»Jip. Sag ich doch.«

»Doch hoffentlich nicht bei der ollen Mertens.«

Köhler horchte auf. »Kennst du die etwa?«

Tobi stieß einen missbilligenden Laut aus. »Die blöde Kuh schuldet mir noch viertausend Tacken.«

»Was?« Köhlers Augen weiteten sich.

»Klar. Ich hab ihr letztes Jahr den Hof neu gemacht und die Olle hat nicht bezahlt.«

»Ach?«

»Behauptet, ich hätte es nicht richtig gemacht.« Er nahm einen gierigen Schluck und knallte das Glas vor sich auf den Tisch. Wütend fuhr er fort: »Angeblich hätte ich die falschen Steine genommen und die Beete seien nicht angegangen. Dabei blüht die Scheiße wie der verdammte Garten Eden.«

»Und jetzt?«

»Anwalt!«

Fundsache

Am darauffolgenden Morgen traf sich die Ermittlergruppe in dem zweckmäßig eingerichteten Besprechungsraum der Abteilung. Neben Grotewohl und Köhler waren auch Müller, Brauer und Ballauf zugegen.

»Wo bleibt Berner?«, motzte Müller und warf einen Blick auf die Uhr. »Der Lackaffe denkt offenbar, wir hätten die Zeit mit Löffeln gefressen.«

Köhler und Grotewohl tauschten einen vielsagenden Blick. Müller und der Staatsanwalt hatten ein besonderes Verhältnis. Vor einem knappen Jahr hatte Berner dem jungen Kollegen die Freundin ausgespannt und war mittlerweile sogar mit ihr verlobt. Dass es dabei einzig und allein um das Geld des wohlhabenden Staatsanwaltes ging, war für alle außer für Berner offensichtlich. Die Frau hatte es sogar als Grund dafür genannt, mit Müller Schluss zu machen. Angeblich, so hatte sie vorgegeben, war er ihr nicht gut genug aufgestellt. Alle Versuche der Belegschaft, Müller davon zu überzeugen, dass sie es nicht wert war, um sie zu kämpfen, waren fehlgeschlagen. Noch immer hegte er einen Groll gegenüber dem Staatsanwalt, der in diesem Moment schwungvoll durch die Tür gestürmt kam. Er knallte seine sündhaft teure Lederaktentasche im Retrolook auf den Tisch und wirkte gehetzt.

»Morsche zusammen!«, warf er in die Runde. »Sorry, aber ich musste noch einen Umweg machen.«

»Wohl die Freundin erst noch zur Schule gebracht?«, murmelte Müller mehr zu sich selbst.

»Wie bitte?«

»Nix.«

Berner strafte Müller mit einem missbilligenden Blick. Grotewohl hob ermahnend die Brauen, woraufhin Müller ihr mit einer Geste zu verstehen gab, dass er sich ab sofort professionell verhalten werde.

Berner war das Abziehbild eines Hipsters. Sein beneidenswert üppiges Haupthaar war grau meliert und wurde von Gel der Sorte »ultrastrong« in Form gehalten. Sein Gesicht wurde dominiert von einem ebenso grau melierten, ordentlich gestutzten Vollbart, der oberhalb des Mundes an beiden Seiten nach oben gezwirbelt war. Mit Vorliebe trug er Sakkos im Schottenmuster – wahlweise in Grün oder in Rot. Seine Beine waren in Skinny-Jeans gehüllt, die ihm bis zu den Knöcheln reichten. Seine Füße steckten für gewöhnlich in Chucks oder in braunen Naturlederstiefelletten. Eine Fliege am Hemdkragen und Hosenträger vervollständigten seinen Look beinahe zur Karikatur.

Heute trug Berner die Variante in Grün mit Chucks.

»Also«, eröffnete er und schlug die Beine übereinander. »Warum bin ich hier?«

»Wir haben einen merkwürdigen Fall in Bergen-Enkheim«, erklärte Ballauf. »Wir denken, dass es sich um ein Gewaltverbrechen handelt.«

»Sie denken das?«, wiederholte Berner mit fragendem Blick.

»Ja, denn im Grunde ist es ein Vermisstenfall«, ergänzte Köhler.

»Was mache ich dann hier?«, wollte Berner wissen, er blieb jedoch sitzen.

»Wir denken, dass der Vermisste tot ist, und das nicht freiwillig.«

Berner verzog zunächst keine Miene. Dann schob er die Unterlippe vor und machte eine auffordernde Geste. »Und? Kommt da noch was?«

Jetzt ergriff Grotewohl das Wort. »Es geht um einen Mann namens Peter Freiwald. Er wird seit letztem Freitag vermisst, also seit fast einer Woche. Nach einem Streit mit seiner Verlobten und deren Tante, auf deren Reiterhof er lebt und arbeitet, wurde er nicht mehr gesehen.«

»Weiter!«, forderte Berner, immer noch unbeeindruckt.

»Die Vermisstenmeldung traf am Montag auf dem 18. Revier in Bergen-Enkheim ein. Dort wurden umgehend die Ermittlungen aufgenommen. Zunächst wurde vermutet, dass Freiwald am Freitag in seine Stammkneipe – den ›Löwen‹ – gegangen ist, um dort seinen Frust zu ertränken.«

Berner hob die Hand. »Lassen Sie mich raten«, bat er. »Er hat dort besoffen das Licht ausgemacht und wurde von da an nie wieder gesehen?« Er grinste süffisant.

»Nicht ganz, Herr Staatsanwalt«, wandte Köhler ein. »Freiwald war gar nicht da! Und ich bitte Sie, bis zum Ende unseres Berichts den Fall ernst zu nehmen und erst dann zu entscheiden, ob Sie ihn lächerlich finden oder nicht.«

Das saß! Berner gefror das Grinsen und ihm stieg eine angedeutete Röte ins Gesicht. Räuspernd richtete er sich auf und bat Grotewohl, weiterzureden.

Grotewohl hob ihre rechte Hand und tippte beim Aufzählen mit der anderen Hand an ihre ausgestreckten Finger. »Kein Lebenszeichen von Freiwald seit einer Woche. Sein Konto wurde nicht angerührt, das hat Brauer heute Morgen erst überprüft. Wobei da ohnehin nur ein paar Euro drauf waren. Seine Kreditkarten sind auch unangetastet. Sein Handy wurde auf dem Hof gefunden, obwohl er ohne das Teil nirgendwohin ging, wie uns glaubhaft versichert wurde. Er hat weder Verwandte noch Freunde in kurzfristig erreichbarer Nähe, bei denen er unterkommen könnte. Ich war in seinem Zimmer auf dem Reiterhof. So wie ich das sehe, sind noch jede Menge Kleidungsstücke vorhanden, also hat er vermutlich keine Koffer gepackt. Wir haben keinerlei unbekannte Verletzte, die auf seine Beschreibung passen, weder in den Frankfurter Krankenhäusern noch im gesamten Umland. Peter Freiwald ist wie vom Erdboden verschluckt.«

Berner zog die Stirn in Falten. Er schien zu begreifen.

»Hinzu kommt das Verhalten der Angehörigen«, ergänzte Köhler. »Sein Verschwinden scheint seiner Verlobten nicht wirklich nahezugehen. Stattdessen hat sie sich darüber beschwert, dass jetzt die ganze Arbeit auf dem Hof an ihr hängen bleibt.«

Berner holte tief Luft und hob die Brauen. »Ich gebe zu, das klingt sehr dubios.« Er setzte sich aufrecht hin und sah einen nach dem anderen an. »Irgendwie erinnert mich das an Schrödingers Katze. Peter Freiwald ist gleichzeitig tot und lebendig.«

Grotewohl und Köhler warfen sich einen angespannten Blick zu.

»Allerdings ist mir das zu wenig«, fügte der Staatsanwalt an.

Enttäuschung machte sich breit. Grotewohl, in der Wut aufstieg, wollte gerade zur Gegenrede ansetzen, als ihr auf dem Tisch liegendes Telefon hektisch zu brummen begann. Alle übrigen Anwesenden musterten die Ermittlerin. Die ungestellte Frage, warum sie ihr Handy nicht auf »lautlos« gestellt hatte, schwebte im Raum. Grotewohl warf dennoch einen Blick auf das leuchtende und vibrierende Gerät. Sie erkannte den Anrufer und hob den Zeigefinger. »Sorry, das könnte für den Fall wichtig sein«, erklärte sie und nahm das Gespräch entgegen. »Hallo Herr Sauerteig«, sagte sie vernehmlich, damit jeder im Raum mitbekam, dass der Chef der Spurensicherung am anderen Ende der Leitung war. Sofort war der Fauxpas des klingelnden Handys vergessen und alle Anwesenden starrten neugierig auf Grotewohl.

»Warum ich dich auf einmal sieze? Damit jeder hier weiß, mit wem ich spreche. Wir sind gerade im Meeting. Geht's um Bergen-Enkheim? ... Gut, warte, ich stell dich auf Lautsprecher.« Sie legte das Handy auf den Tisch und alle beugten sich nach vorne, um besser hören zu können. Grotewohl teilte Sauerteig mit, wer alles mithörte, und sagte: »So, Willi, leg los, was hast du für uns?«

»Morsche zusammen!«, hörten sie den Spurensicherer sagen. »Wir haben das Auto – oder besser gesagt das, was davon übrig geblieben ist – auf den Kopf gestellt.«

»Und?«, drängelte Grotewohl.

»Wir haben Blut gefunden.«

Grotewohl grinste und musterte den Staatsanwalt. »Sehr gut!«, lobte sie.

»Warte, es kommt noch besser.«

Die Spannung im Raum wuchs weiter an.

»Wir haben gerade einen Anruf vom 18. Revier erhalten. Dort wurde ein Portemonnaie abgegeben.« Sauerteigs Stimme erstarb.

»Boah, jetzt mach es nicht so spannend!« Grotewohl wurde hippelig.

»Die Brieftasche ist eindeutig von Peter Freiwald. Alle seine Papiere, Ausweise und Kreditkarten sind darin. Das Geld ist natürlich weg, logo. Aber es ist voller Blut.«

Grotewohls Blick glitt zum Staatsanwalt. »Und?«, fragte sie ihn und grinste süffisant. »Immer noch zu wenig?«

Dieter Wertheim hatte sich in seinen Dienstwagen gesetzt, ohne ihn anzulassen. Er saß einfach nur auf dem Fahrersitz und starrte durch die Windschutzscheibe. Wie lange er das Lenkrad bereits fest umklammert hielt, vermochte er nicht zu sagen, als er schließlich, begleitet von einem tiefen Seufzer, den Motor startete.

In gemächlichem Tempo fuhr er den Neuen Weg hinauf. Dabei gewährte er allen, die ihm auf der steilen, engen Straße entgegenkamen, großzügig die Vorfahrt und blieb konstant unter dem Tempolimit. Er wollte es sich nicht eingestehen, aber insgeheim hegte er die Hoffnung, dass irgendetwas dazwischenkam und er seine Fahrt abbrechen musste. Doch es half nichts. Zehn Minuten später erreichte er den Reiterhof seiner Jugendfreundin.

Er parkte den Polizeiwagen sorgfältig, stoppte den Motor und musste sich zum Aussteigen zwingen. Schließlich schlenderte er über den Hof zum Wohnhaus. Um diese Zeit würden Karina und Laura vermutlich am Frühstückstisch sitzen, nachdem sie wie immer früh aufgestanden waren und die ersten morgendlichen Arbeiten auf dem Hof bereits erledigt hatten. Wertheim war mit den Frauen vertraut genug, um ohne zu klingeln einzutreten. In der Küche, in der er die beiden tatsächlich beim Frühstück antraf, klopfte er kurz an den Türrahmen und grüßte.

»Hallo Dieter!« Karina schien sich zu freuen, ihn zu sehen. »Was führt dich zu dieser frühen Stunde zu uns?«

Laura hingegen war offenbar nicht so naiv zu glauben, dass er ihr und ihrer Tante einen Höflichkeitsbesuch abstattete. »Was wohl!«, murrte sie und stellte ihre Kaffeetasse auf den Tisch. »Drei Mal darfst du raten, Tante Karina.« Sie verdrehte die Augen, als wollte sie andeuten, ihre Tante sei nicht ganz bei der Sache.

»Ich fürchte, es gibt schlechte Nachrichten«, sagte Wertheim mit gesenktem Blick.

Die Frauen schwiegen und sahen ihn gespannt an. Als keine der beiden etwas sagte, fuhr er fort: »Wir haben Grund zu der Annahme …« Er räusperte sich, holte tief Luft und setzte neu an: »Wir glauben, dass Peter etwas zugestoßen ist.«

Karina schlug sich die Hand vor den Mund und unterdrückte einen Schrei. Laura gefror in der Bewegung. Sie wurde blass.

»Es tut mir leid, aber leider verdichten sich die Hinweise, dass wir mit dem Schlimmsten rechnen müssen.« Wertheim kam sich hilflos vor.

»Was … bringt euch zu der Annahme?«, stieß Hofmeister aus. Eine Träne lief ihr die Wange herunter. Ihr stand Angst ins Gesicht geschrieben.

Wertheim begutachtete verlegen seine Fingernägel. Ihm fehlten die Worte. Manchmal hasste er seinen Beruf.

»Nun sag schon!«, forderte Karina und riss ihn damit aus seinem Phlegma. Sie hatte nicht laut gesprochen, dafür aber umso eindringlicher. Wertheim sah ihr jetzt direkt ins Gesicht. Sie war mal eine echte Schönheit gewesen. Damals. In der Schule, als er sich in sie verliebt hatte. Er liebte sie immer noch, das wusste er auf einmal. Auch wenn die harte Arbeit auf dem Reiterhof und das Leben Spuren in ihrem Gesicht hinterlassen hatten. Der Revierleiter versuchte sich zu erinnern, warum aus ihnen nichts geworden war, und zwang sich schließlich zu einer Antwort. »Das erklären euch besser die beiden aus der Stadt. Ich bin nur hier, damit ihr es nicht von Fremden erfahrt.«

»Sehr anständig von dir, Dieter«, sagte Karina leise, beinahe flüsternd.

Laura hatte ihre Hände in den Schoß gelegt und starrte auf die Tischdecke, als wollte sie deren Muster verinnerlichen. Sie weinte tonlos.

Wertheim, der sich der Situation entziehen wollte, zeigte mit dem Daumen in Richtung Ausgang. »Also … ich muss dann mal wieder«, sagte er. »Es tut mir leid, dass ich keine besseren Nachrichten für euch hatte.«

»Dafür kannst du ja nichts.« Karina stand vom Küchentisch auf, trat auf ihn zu und blieb direkt vor ihm stehen. Sie war einen halben Kopf kleiner als der Polizist, der nicht zurückwich. Dass sie nach Stall roch, war Wertheim egal. Er bereute es zutiefst, sie verlassen zu haben, und zwar für eine Frau, die heute kaum noch mit ihm sprach, die ihn langweilte und mit beiden Händen sein Geld ausgab. Karina war schon immer seine einzige Liebe gewesen, daran bestand kein Zweifel. Ihre Augen hatten, wie er es von früher kannte, eine hypnotische Wirkung auf ihn, während sie ihm mit den Fingern ihrer rechten Hand über die Wange strich.

»Danke, dass du gekommen bist«, hauchte sie. Karina lächelte ihn an und Wertheim war kurz davor, sie zu küssen. Vielleicht hätte er es getan, hätte Laura in diesem Moment nicht lautstark ihren Kaffee umgerührt und gefragt, wie es nun weitergehen würde.

Wertheim zuckte zusammen und trat einen Schritt zurück. Er räusperte sich. »Ich nehme an, dass die Kollegen sich bei euch melden werden … früher oder später. So genau weiß ich das ehrlich gesagt auch nicht.« Sein Blick huschte zwischen den beiden Frauen hin und her. Laura starrte noch immer auf die Tischdecke, während Karina tiefe Traurigkeit ausstrahlte und seinen Beschützerinstinkt weckte. Wertheims Resilienz war aufgebraucht. »Ich muss dann wirklich los«, entschied er. »Wenn was ist … ihr habt meine Nummer.«

»Danke, Dieter«, erwiderte Karina. »Wir wissen das zu schätzen.«

Wertheim nickte den beiden Frauen kurz zu und ergriff die Flucht.

Suche

»Was denkst du, Shaft?«, fragte Grotewohl, die neben Köhler in dessen Mercedes saß, und beobachtete, wie die Landschaft an ihnen vorbeizog. »Ist er tot?«

Köhler antwortete nicht sofort. Er schien unschlüssig. »Keine Ahnung, Grotte«, sagte er schließlich. »Aber viel Hoffnung mache ich mir nicht.«

»Hat das mit dem Hund geklappt?«

»Jip.«

»Sehr gut.«

»Wir treffen sie vor Ort.«

Schweigend fuhren sie an der Fertighausausstellung vorbei und beide hingen ihren Gedanken nach. Dieser Fall war in jeder Hinsicht anders, als sie es gewohnt waren. Normalerweise stand der Mörder mit rauchendem Colt neben dem gerade erschossenen Ehepartner oder so was in der Art. Für gewöhnlich gab es eine Leiche und eindeutige Beweise für ein Gewaltverbrechen. So profane Dinge wie Kugeln in lebenswichtigen Organen oder Messer, die Öffnungen in Körper gerissen hatten, wo sie nicht hingehörten. Charakteristisch halt. In derartigen Fällen war die Zuständigkeit nicht wegzudiskutieren. Die Sache in Bergen-Enkheim hingegen bereitete den beiden Ermittlern mehr Kopfschmerzen, als ihnen lieb war.

»Was, wenn er doch einfach durchgebrannt ist?«, fragte Grotewohl.

»Gut für ihn.«

Grotewohl lachte freudlos. »Schlecht für uns.«

Köhler verzog den Mund. »Wer soll uns einen Vorwurf machen?«, fragte er schließlich. »Ich seh die Sache so: Wenn er wieder auftaucht, gibt's ein großes Hallo und die Wo-warst-du-Arsch-die-ganze-Zeit-ich-hab-mir-Sorgen-gemacht-Nummer. Am Ende sind dann alle glücklich. Schlimmstenfalls ziehen uns Schmidt und Laußner vier Wochen lang damit auf, und fertig.«

»Und wenn nicht?«

Köhler hob die Schultern. »Dann machen wir einfach unseren Job und fangen den Mörder. Wie immer.« Er grinste breit und bog auf die Umgehungsstraße ein. Kurz darauf parkte er sein Fahrzeug an einer Stelle ganz am Rande des Reiterhofs, weil er dort am wenigsten Staub vermutete. Insgeheim plante er bereits, sein Schmuckstück später ausgiebig zu reinigen. »Der Staub ist eine Katastrophe für den Lack«, schimpfte er und schloss die Tür seines Mercedes mit größter Sorgfalt.

»Dann nutze einen Firmenwagen wie die übrigen Kollegen auch, du Snob!«, war alles, was Grotewohl an Mitleid aufbringen konnte.

»Sind die mit dem Hund schon da?« Köhler sah sich um.

Grotewohl wollte gerade antworten, als ein Transporter auf den Hof fuhr. »Wenn man vom Teufel spricht …«, bemühte sie das Sprichwort und deutete auf den Kastenwagen, auf dessen Seite in weißen Buchstaben auf blauem Untergrund ein Hinweis stand, der besagte, dass es sich um die Polizeihundestaffel handelte. Der Wagen, der offensichtlich zu schnell fuhr, zog eine enge Kurve und hielt direkt neben Köhlers Mercedes. Dabei wurde einiges an Staub aufgewirbelt.

Köhler riss der Geduldsfaden. »Dieser gottverdammte …«, stieß er aus und stürmte auf die Fahrerseite des

Transporters zu. Kurz bevor er die Tür erreichte, flog diese auf und ein lachender Polizist stieg aus. Es handelte sich um Markus Nerlinger, ein Baum von einem Mann, knapp zwei Meter groß und fast ebenso breit. Er war ein ehemaliger Footballspieler, der laut eigener Aussage kurz davor gestanden hatte, in die NFL zu wechseln, was jedoch daran gescheitert war, dass er sich dann doch lieber für eine Karriere bei der Polizei entschieden hatte. Bis heute hatte er diese Entscheidung angeblich nicht bereut. Allerdings stimmte das nicht. Er hatte die Legende bewusst gestreut, um sich ein wenig besser zu fühlen. Die offizielle Version und damit die Wahrheit über seine verhinderte Profikarriere in den USA war eine Knieverletzung – wie immer, wenn ein Sportler erzählte, dass er beinahe Profi geworden wäre. Was allerdings stimmte, war die Tatsache, dass er einst die Aufnahmeprüfung der GSG 9 bestanden, seine Frau allerdings ein Veto eingelegt hatte. Darüber hinaus war er ein echter Frankfurter Bub, wie man hier sagte.

Nerlingers Gesicht war voller Haare. Ein massiver Vollbart versteckte den größten Teil seiner Wangen und sein dichtes, rotblondes Haupthaar trug er zu einem Dutt am Hinterkopf gebunden. Alles in allem eine beeindruckende Masse Mensch, mit der man sich keinen Ärger einhandeln wollte.

»Shaft, alter Babbsack, wie sieht denn dein Auto aus? Kannste ruhig mal wieder waschen, die Schrottkiste.« Nerlinger lachte brüllend. Seine Stimme war tief wie der Marianengraben und dröhnte wie der Bass einer Stereoanlage.

Zu Grotewohls Erstaunen verflog Köhlers Wut auf der Stelle. Er lachte ebenfalls dröhnend und ging mit ausgebreiteten Armen auf den Hünen zu. »Nerlinger, du altes Arschloch!«, rief er fröhlich und umarmte den Kollegen. Als sie sich gegenseitig auf die Schultern schlugen, fürchtete Grotewohl, dass sie im Begriff waren, einander Trümmerbrüche zuzufügen.

»Mann, hab ich dich lange nicht gesehen!«, sagte Köhler und musterte seinen Freund. »Ich wusste gar nicht, dass du jetzt bei den Hunden bist.«

»Du bekommst ja wohl gar nichts mit. Da bin ich schon seit fast fünf Jahren.« Nerlinger lachte erneut. »Und du jagst immer noch die ganz schlimmen Jungs?«

»Klar, kann nichts anderes.«

Grotewohl räusperte sich. »Ihr könnt euch nachher gerne ein Zimmer nehmen, Kollegen, aber wir sind nicht zum Feiern hier.«

Köhler drehte sich um und deutete auf Grotewohl. »Darf ich vorstellen: mein Gewissen.«

Grotewohl reichte dem Kollegen die Hand und sie stellten sich gegenseitig vor. »Ich will die Stimmung nicht in den Keller ziehen«, sagte sie, »aber wir haben es hier mit einer ziemlich ernsten Angelegenheit zu tun. Da wäre es angebracht, die nötige Seriosität an den Tag zu legen.« Damit erinnerte Grotewohl die Männer an ihren Auftrag. »Ich mache mich jetzt auf die Suche nach den beiden Damen des Hofes. Ihr könnt ja schon mal den Hund klarmachen.« Grotewohl streckte Köhler die flache Hand entgegen.

»Was?«

»Den Beschluss!«

Köhler tastete sein Jackett ab. Schließlich griff er in die Innentasche und holte einen Umschlag hervor, den er Grotewohl in die Hand drückte. »Hier, bitte, Chef«, kommentierte er die Aktion. »Darf ich, ohne zu fragen, pinkeln gehen, wenn ich muss?«, fügte er grinsend an.

Grotewohl, die für diesen Kommentar nur einen strafenden Blick übrig hatte, entfernte sich.

Nerlinger und Köhler sahen sich wortlos an. Als Grotewohl außer Hörweite war, bemerkte der Hundeführer: »Na, die hat ja wohl die Hosen an, mein Lieber.«

»Die hat sogar Haare auf den Haaren!«, erwiderte Köhler und grinste. »Aber sie ist die beste Partnerin, die man sich vorstellen kann.«

Nerlinger stupste Köhler an. »Läuft da etwa was zwischen euch?«

»Ich fürchte, da hätte ihre Frau was dagegen«, antwortete Köhler trocken.

Nerlinger zog die Brauen hoch und schwieg. Schließlich klatschte er in die Hände. »Dann lassen wir mal den Hund los.«

Gemeinsam traten sie an das Heck des Transporters. Dabei unterhielten sie sich über ihr augenblickliches Wohlergehen und ihren Werdegang. Köhler und Nerlinger hatten gemeinsam bei der Polizei angefangen und gleichzeitig die Ausbildung durchlaufen. Schon damals hatten sie einen sehr guten Draht zueinander gehabt. Nach der Ausbildung jedoch hatten sie sich aus den Augen verloren, zumal Nerlinger für einige Zeit in Kassel bei der Bereitschaft stationiert gewesen war, während Köhler in Frankfurt seiner Wege ging.

»Wir sollten unbedingt mal wieder einen trinken gehen, mein schwarzer Freund«, sagte Nerlinger und blieb dabei ernst.

»Ich weiß nicht«, entgegnete Köhler. »Du bist ein Bulle, das kommt in meiner Kneipe gar nicht gut an.«

Nerlinger schmunzelte. »Immer noch schlagfertig, Shaft!« Er öffnete die Heckklappe des Transporters. »Darf ich vorstellen, das ist Susi.« In einem Käfig saß …

»Ein Pudel!«, rief Köhler belustigt.

Nerlinger fand das offenbar gar nicht lustig. Stattdessen sah er Köhler streng an und sagte leicht pikiert: »Das ist kein Pudel, du ungebildeter Kretin. Das ist ein Lagitto Romagnolo. Ein italienischer Spürhund der Extraklasse.«

Köhler blieb bei seiner Meinung. »Sieht aus wie ein zu groß geratener Pudel.«

Nerlinger schüttelte den Kopf, öffnete den Käfig und holte den Hund heraus. »Komm, Susi, wir gehen Leichen suchen. Lass dich von diesem bösen Mann nicht beleidigen. Das haben wir nicht nötig.«

Köhler unterdrückte ein Lachen. »Na, dann zeig mal, was dein Pudel draufhat!«

Nerlinger ignorierte die erneute Spitze. »Wo sollen wir anfangen?«, fragte er stattdessen.

Landluft

Ballauf hatte seit Tagen nicht mehr richtig geschlafen, denn sein Nervenkostüm war ziemlich ramponiert. Nicht nur einmal hatte er sich gefragt, ob er die richtige Entscheidung getroffen hatte. Doch jetzt war es zu spät. Außerdem konnte er mit der Lüge einfach nicht mehr leben.

»Hallo Schatz«, begrüßte ihn Elena, als er nach Hause kam. Sie bereitete gerade in der offenen Küche das Abendessen zu. Wie immer gab es eine kalte Kleinigkeit, die sie am Esstisch im Wohnzimmer einnahmen und bei der sie einander die Ereignisse des Tages erzählten. Sie hatten zwei gemeinsame Kinder, Julius und Emma, die beide in anderen Städten studierten, was Ballauf derzeit mehr als recht war, auch wenn sie ihm fehlten.

Elena war Spanierin. Sie war zwar zierlich, aber zäh. Obwohl sie erst im Alter von vierzehn Jahren nach Deutschland gekommen war, sprach sie perfekt und akzentfrei Deutsch. Ihre Haare waren lang und dunkelbraun gefärbt. Die fast schwarzen Augen dominierten ihr gesamtes Erscheinungsbild. Elena war stets gut gelaunt und hatte eine durchweg positive Lebenseinstellung. Und sie hatte ein Gespür für den Gemütszustand ihres Gegenübers. Ihr hohes Maß an Empathie ermöglichte es ihr auch diesmal zu erkennen, dass ihren Mann etwas bedrückte.

»Was ist los, Sascha?«, fragte sie und sah ihm tief in die Augen.

»Nichts, alles gut«, erwiderte Ballauf und biss in sein Sandwich.

Elena nahm einen Schluck Tee und musterte ihn über den Rand ihrer Tasse hinweg. Dann setzte sie die Tasse ab und biss ihrerseits in ein Sandwich. Eine Weile aßen sie schweigend.

»Elena?«, unterbrach Ballauf schließlich die Stille. »Ich hab Scheiße gebaut.«

Elena faltete die Hände im Schoß und sah ihn schweigend an. Dann schüttete er ihr sein Herz aus.

Susi war unermüdlich. Sie suchte beinahe das gesamte Gelände ab. Hinter dem Haus schlug die Hündin in einem kleinen Geräteschuppen an. Doch die Hoffnung auf den Durchbruch zerbrach angesichts der verwesten Leiche einer Katze, die sich vermutlich in den Schuppen gezwängt und dort ihren Tod gefunden hatte.

»Immerhin funktioniert der Pudel«, war Köhlers Kommentar.

Susi wurde belohnt und suchte weiter. Wenig später standen sie vor dem Misthaufen des Hofes, der sich meterhoch in der dafür vorgesehenen Betonwanne auftürmte. Köhler konnte den Gestank kaum ertragen, weshalb er ein paar Meter zurückwich. Nur zu gern überließ er der Hündin und ihrem Führer die Arbeit, nach Hinweisen zu suchen.

Routiniert ließ er seinen Blick über das Gelände schweifen. Dabei entdeckte er einen weiteren Misthaufen, der etwas außerhalb auf einer Streuobstwiese lag.

Dirk Homburg gesellte sich zu ihm. »Guten Tag«, sagte er. »Schon was gefunden?«

Köhler grüßte ebenfalls und verneinte. »Warum haben Sie zwei Misthaufen?«, fragte er und deutete in Richtung der Wiese.

»Das ist ganz einfach zu erklären«, gab Homburg zurück. Er schien in der Rolle des Fachmannes aufzugehen. »Der Mist von diesem Bereich hier«, er zeigte auf die gut gefüllte Betonwanne, »wird an die Bauern der Gegend verteilt. Die wiederum verteilen ihn auf ihren Äckern.«

»Und was geschieht mit dem Mist da drüben?«, wollte Köhler wissen.

»Den nehmen wir für unsere Futterwiesen.«

Köhler nickte. »Damit decken Sie quasi Ihren Eigenbedarf.«

»So könnte man es ausdrücken.« Homburg lachte gequält. »Wir haben nicht genug Land, um den gesamten anfallenden Mist zu verarbeiten, und die Bauern freuen sich über günstigen Dünger.«

Köhler nickte. Das ergab einen Sinn. Er hing dem Gedanken noch ein wenig nach, als ihm auffiel, dass neben dem Misthaufen ein Auto geparkt worden war, bevor es jemand entfernt haben musste. Die Spuren waren deutlich zu sehen. War das der Parkplatz von Freiwalds Auto? Einem Instinkt folgend, schlenderte Köhler hinüber. Hier war der Boden holprig und zum Teil mit Unkraut überwuchert. Es war gut zu erkennen, dass an diesem Ort gelegentlich Autos wendeten oder parkten. Köhler suchte den Boden ab, fand aber nichts, was von Interesse gewesen wäre.

»Also, hier ist auch nix!«, hörte er Nerlinger rufen. Instinktiv hob Köhler den Kopf und war für den Bruchteil einer Sekunde geblendet. Wie ein Blitz stach ihm ein Gegenstand ins Auge. Nach kurzem Suchen entdeckte er eine goldfarbene Armbanduhr, die vor ihm im Gras lag. Er streifte sich Einmalhandschuhe über, zog einen durchsichtigen Plastikbeutel aus seiner Innentasche und legte die Uhr behutsam hinein.

»Herr Homburg!«, rief er.

»Ja?«, antwortete der Stallmeister.

»Kennen Sie diese Uhr?«

Homburg kam herbeigeeilt und inspizierte den Inhalt des Beutels, den Köhler ihm auf Augenhöhe präsentierte. Dann nickte er. »Sieht aus wie die, die Peter immer getragen hat.«

»Könnte sie das tatsächlich sein?«

Homburg hob die Schultern. »Schon möglich«, antwortete er. »Aber die Dinger gibt es auf jedem Jahrmarkt für ein paar Euro.«

Er hob die linke Hand und zog mit seiner Rechten den Hemdsärmel zurück. »Sehen Sie, ich habe auch so eine. Nur in Silber.«

Tatsächlich trug Homburg das gleiche Modell.

»Aber Herr Freiwald besaß eine solche Uhr, das ist sicher?«

Homburg nickte eifrig. »Auf jeden Fall!«

Köhler bedankte sich und ließ Homburg zurück an seine Arbeit gehen.

Nach einer weiteren Stunde, in der Susi weder tote Tiere noch die Überreste eines Menschen gefunden hatte, brachen sie die Suche ab.

»Also, wenn die Leiche hier irgendwo wäre, hätte Susi sie gefunden«, behauptete Nerlinger. »Sie ist unser absolutes Toptier.«

»Suchpudel des Monats, oder was?«, scherzte Köhler und erntete einen missbilligenden Blick des Hundeführers.

Nerlinger blieb ernst. »Wenn es hier eine Leiche gibt, hätte Susi sie gefunden. Darauf verwette ich meinen Bart.«

»Na, dann muss es stimmen.«

Während Köhler mit Nerlinger und dem Hund den Hof nach einer Leiche absuchte, hatte Grotewohl das zweifelhafte Vergnügen, den beiden Damen des Hauses die Situation zu erklären. Sie hatten am Küchentisch Platz genommen.

»Wie kommen Sie darauf, dass sich Peter hier irgendwo auf dem Gelände befindet?«, fragte Laura Hofmeister gewohnt unhöflich.

Grotewohl fiel zwar erneut ihre unfassbar fesselnde Ausstrahlung auf, es gelang ihr aber, sich gegen diese Magie zur Wehr zu setzen. »Irgendwie beschleicht mich das Gefühl, dass Sie gar nicht wollen, dass Herr Freiwald gefunden wird.«

Hofmeister schnaubte.

Gleichzeitig ergriff Mertens das Wort: »Natürlich will sie Peter wiederhaben! Allerdings ist sie von der Situation überfordert. Ihr Verlobter ist verschwunden und Sie tun die ganze Zeit so, als wäre er längst tot.«

Grotewohl konnte sich gerade noch zurückhalten zu erwähnen, dass sie es kaum für möglich hielt, dass Peter Freiwald noch lebte. »Wir müssen vom Schlimmsten ausgehen«, sagte sie mühsam. »Natürlich suchen die Kollegen auch weiterhin nach ihm. Es gibt ja nicht nur zwei Polizisten in Frankfurt.«

»Entschuldigen Sie.« Hofmeister zeigte sich reumütig und trug ein gekünstelt wirkendes Lächeln zur Schau. Grotewohl hoffte inständig, dass sie bei diesem Anblick nicht zusammengezuckt war. Was für eine Frau!, dachte sie und zwang sich zur Disziplin.

»Ich bin ein wenig ... angespannt, seit Peter verschwunden ist.« Hofmeister barg für einen kurzen Augenblick den Kopf in ihren Händen. »Es ist halt meine Art, den Dingen zu begegnen«, sagte sie, als sie wieder aufblickte. »Ich bin eher wütend, gleichzeitig aber auch verängstigt, und weiß nicht, wie ich damit umgehen soll.« Sie legte den Kopf in den Nacken und unterdrückte ein Schluchzen. »Das alles überfordert mich!«

Mertens trat hinter ihre Nichte und massierte ihr den Nacken. »Wie lange werden Sie denn nach ihm suchen, bevor Sie ihn ... aufgeben?«, fragte sie. Sie sah Grotewohl nicht an, stattdessen glitt ihr Blick aus dem Fenster. Beinahe verträumt starrte sie in die Ferne.

»Keine Ahnung«, bekannte Grotewohl. »Es kommt immer darauf an, ob wir es als sinnvoll erachten, an der Suche festzuhalten.«

»Und wenn Sie ihn nicht finden?«

Grotewohl überlegte, was die Fragerei zu bedeuten hatte. Sie kniff die Augen zusammen und sagte so überzeugend wie möglich: »Wir werden ihn finden.«

Mertens nickte abwesend und Hofmeister starrte aus verweinten Augen ins Leere. Grotewohl fand den Anblick befremdlich.

Plötzlich rumpelte es an der Tür, die kurz darauf geräuschvoll aufgestoßen wurde. Jemand knallte eine Tasche auf den durchgetretenen Boden der kleinen Lobby und verbreitete Unruhe.

Die Frauen zuckten zusammen und tauschten fragende Blicke.

Mertens stand auf, um zu sehen, wer für den Lärm verantwortlich war. Sie kam bis zur Küchentür und erstarrte, als sie erkannte, wer in das Haus hineingestürmt war.

»Sibylle?!«, rief sie und griff sich mit einer Hand an die Brust. »Schön, dass du da bist.«

Der Name kam Grotewohl in Verbindung mit dem aktuellen Fall bekannt vor. Trotzdem schien ihr Blick die unausgesprochene Frage anzudeuten, um wen es sich bei der Besucherin handelte. Im selben Moment setzte Hofmeister zu einer Erklärung an.

»Sibylle ist unsere neue Pferdewirtin – wir hatten Ihnen doch von ihr erzählt. Sie fängt am Montag an und wohnt auch bei uns.« Hofmeister erhob sich ebenfalls und ging zur Tür. »Ich hatte in all dem Trubel fast vergessen, dass sie heute kommt.«

Grotewohl nickte. Jetzt erinnerte sie sich wieder. Es musste sich um Sibylle Schröter handeln.

Die neu Hinzugekommene betrat die Küche, zog ihre Jacke aus, warf sie über eine Stuhllehne und begrüßte Grotewohl per Handschlag, ohne nach ihrem Namen zu fragen. Dann schnaufte sie durch und erkundigte sich mit Blick auf die auf dem Tisch stehenden Tassen, ob ein Kaffee für sie übrig sei. Mertens bejahte, nahm eine vierte Tasse aus dem Schrank und goss ihr ein.

Sibylle Schröter war Anfang zwanzig und hatte braunes Haar, das ihr in offenbar schwer zu bändigenden Locken vom Kopf fiel. Ihre Augen waren auffällig schmal, als hätte sie asiatische Vorfahren. Schröter war klein und sehr dünn – beinahe zu dünn. Ihre Kleidung wirkte unspektakulär und schien willkürlich gewählt. Zumindest war kein Stil zu erkennen. Sie umklammerte ihre Tasse mit beiden Händen und blies hinein, um den darin befindlichen Kaffee abzukühlen.

»Und wer sind Sie?«, fragte sie Grotewohl schließlich und schenkte ihr ein Lächeln.

»Sabine Grotewohl, Polizei Frankfurt.«

Schröter trank und nickte gleichzeitig.

Eine Zeit lang sagte keine der vier Frauen etwas.

»Haben Sie die Liste angefertigt, Frau Mertens?«, durchbrach Grotewohl die Stille.

»Welche Liste?«

»Um die ich Sie gebeten hatte.«

Mertens dachte kurz nach. Dann erhellte sich ihre Miene. »Ach die … Ja klar, die ist fertig.« Sie ging zum Küchenschrank und zog eine Schublade auf. »Hier ist sie«, sagte sie und überreichte Grotewohl ein Blatt Papier.

Die Polizistin warf einen Blick darauf. Es handelte sich um den Ausdruck einer Tabelle. Übersichtlich sortiert nach Name und Funktion. Grotewohl war überrascht.

»Das sind alle Namen, die mir in der kurzen Zeit eingefallen sind«, sagte Mertens entschuldigend.

»Nein, nein«, wehrte Grotewohl ab, »schon gut. Das ist … sehr übersichtlich!«

»Danke.«

»Wenn Ihnen noch jemand einfällt, können wir die Liste natürlich jederzeit ergänzen.«

»Was macht der Hund da?«, fragte Laura Hofmeister, die am Fenster stand und den Vorhang zur Seite geschoben hatte, um besser hinausschauen zu können.

»Das ist ein Suchhund«, sagte Grotewohl ausweichend.

»Und wonach sucht der?«

»Nach Herrn Freiwald.«

Hofmeister drehte sich um. Sie schien wütend zu sein. »Das ist doch nicht etwa ein Leichenspürhund?« Ihren Blick auf Grotewohl geheftet, stützte sie sich an der nächstbesten Stuhllehne ab.

»Ich fürchte doch.«

Mertens stieß einen spitzen Schrei aus, Hofmeister erstarrte und Schröter schlug sich die Hand vor den Mund. Die neue Pferdewirtin schien verwirrt, sie hakte jedoch nicht nach.

»Es tut mir leid, aber wir gehen davon aus, dass Herr Freiwald tot ist.«

»Und warum sucht Ihr Hund dann den Hof ab?«, fragte Hofmeister, ihre Augen zu Schlitzen verengt. »Denken Sie etwa, dass ...«

»Wir denken nicht, wir überprüfen«, fuhr Grotewohl dazwischen. »Wir suchen nach Fakten, Hinweisen und Indizien. Das ist unser Job.«

»Aber doch nicht hier!«

»Irgendwo müssen wir anfangen. Und es gibt Hinweise, dass Herr Freiwald zu einem späteren Zeitpunkt als Samstag noch auf dem Hof war. Denen gehen wir nach.« Sie schaute in die Runde. »Und ich muss mich bestimmt nicht vor Ihnen rechtfertigen.« Sie faltete die Liste, die sie noch immer in der Hand hielt, zusammen und steckte sie in die Innentasche ihres Blazers. »Halten Sie sich bitte zur Verfügung«, fügte sie mit strenger Miene an und verließ die Küche.

Draußen angekommen, atmete Grotewohl durch. Sie war froh, dieser seltsamen Situation entkommen zu sein. Auf dem Hof begegnete ihr Köhler.

»Hier, Grotte, schau mal«, sagte er und hielt ihr die Uhr im Plastikbeutel entgegen. »Die gehört vermutlich Freiwald.«

»Wo hast du die gefunden?«

»Hinten an einem Misthaufen.«

Grotewohl nickte stumm.

»Was zum ...«, stieß Köhler aus und lief auf sein Auto zu. »Verdammte Hacke!«

»Was ist denn?«

»Da!«, brüllte er und deutete auf den hinteren Kotflügel seines Mercedes. Er leckte seinen Zeigefinger ab und rieb damit über eine bestimmte Stelle.

Grotewohl kniff die Augen zusammen. »Was ist da?«

»Ein Kratzer, Herrgott!« Köhler richtete sich auf und sah sich um. Nur wenige Meter entfernt stand ein weißer, klapprig anmutender Opel Corsa. »Bestimmt war der das«, sagte er und deutete auf den Wagen.

»Wie kommst du darauf?«

»Weil der Kratzer weiß ist und das Auto da auch.«

»Jetzt beruhig dich mal wieder.« Grotewohl betrachtete den Kotflügel von Köhlers Wagen. Als sie nichts Auffälliges bemerkte, beugte sie sich vor und trat ganz nah an das Fahrzeug heran. »Also, ich kann nix sehen.«

»Was?!«, ereiferte sich Köhler. »Das ist doch eindeutig. Ich flipp aus!«

Grotewohl winkte ab. Wenn Köhler in diesem Zustand war, gab es kein Entkommen. Er stürmte zum Wohnhaus. Wenig später kam er mit Sibylle Schröter im Schlepptau wieder auf den Hof.

»Hier!«, keifte er und deutete auf den Kotflügel, auf dem beim besten Willen kein Kratzer zu erkennen war. »Waren Sie das?«

»Was genau meinen Sie?«, fragte Schröter und beugte sich vor.

Köhler tobte, zeterte, brüllte und drohte. Grotewohl blieb ruhig und gab Schröter zu verstehen, dass alles in Ordnung sei und das Theater bald ein Ende finden werde.

»Ich hab nichts gemacht«, sagte sie ein wenig unsicher. »Ich war nicht einmal in der Nähe Ihres Wagens.«

Köhler hatte aufgehört zu schimpfen, war aber immer noch auf Krawall gebürstet.

»Da ist nix«, sagte Grotewohl eindringlich. »Sie können wieder reingehen, Frau Schröter. Entschuldigen Sie den Auftritt.«

»Lässt du die jetzt damit durchkommen?« Köhlers Stimme klang, als wäre er einem hysterischen Anfall nah.

»Boah, Shaft, du Psycho. Da ist nix!«

Er wollte zur Gegenrede ansetzen, doch Grotewohl schnitt ihm das Wort ab.

»Jetzt halt die Klappe und steig ein. Wenn du willst, helf ich dir am Samstag beim Polieren deiner verdammten Karre.«

Sie wartete seine Reaktion nicht ab und stieg auf der Beifahrerseite ein. Köhler hatte nun kein Publikum mehr.

Verstärkung

Kaum zurück im Polizeipräsidium, traf sich die gesamte Ermittlergruppe im Besprechungsraum.

»Weiß Berner Bescheid?«, erkundigte sich Köhler.

»Ist auf dem Weg«, antwortete Ballauf, der irgendwie verändert wirkte.

Köhler fiel das auf, brachte es aber nicht zur Sprache. Er hatte andere Dinge im Kopf. »Wollen wir warten, bis er da ist?«, fragte er stattdessen.

Im selben Moment flog die Tür auf und der Staatsanwalt betrat die Bühne. Anders konnte man es nicht formulieren. Alle starrten den Mann an und schwiegen. Nur mühsam unterdrückte Grotewohl ein Lachen.

»Hab ich mich im Kalender geirrt oder ist schon wieder Fasching?«, fragte Köhler schließlich.

Für Grotewohl gab es kein Halten mehr. Sie brach in schallendes Gelächter aus. Die anderen Anwesenden konnten ihre Gefühle besser im Zaum halten, mussten aber allesamt grinsen.

»Ich weiß nicht, was diese Albernheiten sollen, aber ich habe im Anschluss an dieses Treffen, das wir im Übrigen möglichst kurz halten werden, ein Charity-Golfturnier.«

»Und das steht unter dem Motto ›Golfen wie in den 1920er-Jahren‹?«, vergewisserte sich Ballauf, immer noch grinsend.

Berner schaute an sich herunter. Er trug eine Art Nickerbocker-Hose, die in seinen Socken steckte – beides in Weiß. Auf dem Kopf trug er eine ebenfalls weiße

Schiebermütze, die völlig überdimensioniert wirkte. Sein Outfit wurde komplettiert durch ein blütenweißes Hemd mit Fliege, über dem er eine schwarze Cordweste trug.

»Das ist tatsächlich ein Mottoturnier. Und ich verstehe Ihre Belustigung in keiner Weise.« Berner schien offenkundig gekränkt zu sein. »Sie haben einfach nicht das geistige Niveau für derartige Dinge.« Sein Versuch, die Peinlichkeit durch Arroganz zu kaschieren, misslang gründlich. Er musterte Köhler. »Gerade Sie, Herr Köhler, sollten anständige Kleidung zu schätzen wissen.«

»Tu ich ja auch.« Köhler grinste. »Aber lassen wir das. Jeder kann rumlaufen, wie er will.«

»Das denke ich auch«, zischte der Staatsanwalt. »Und jetzt setzen Sie mich in Kenntnis. Ich bin in Eile.«

Köhler gab einen kurzen Bericht über die Ergebnisse des erneuten Besuchs auf dem Reiterhof und schloss mit folgender Bitte: »Aus all den genannten Erkenntnissen und Verdachtsmomenten ersuche ich Sie, Herr Staatsanwalt, bei dem zuständigen Richter um die Beantragung und Befürwortung eines Durchsuchungsbefehls für den Reiterhof der Frau Mertens in Bergen-Enkheim.«

Berner schwieg. Er legte die Stirn in Falten und schien unentschlossen. »Wissen Sie, was mir fehlt, Kollegen?«, sagte er schließlich.

Niemand antwortete darauf; alle waren gespannt auf den Grund für sein Zögern.

Also sprach er weiter. »Zwei Dinge: eine Leiche und das Motiv.«

»Die Leiche liegt irgendwo auf dem Gelände, da bin ich mir sicher«, sagte Köhler.

»Sie haben einen Leichenspürhund eingesetzt, soweit ich informiert bin«, konterte Berner. »Und der hat nicht angeschlagen. Das ist für mich ziemlich eindeutig.«

»Na und?!«, fuhr Köhler hoch. »Vielleicht hatte das Vieh Schnupfen.«

»Wir haben aber auch kein Motiv«, gab Berner zu bedenken.

»Ich nehme an, es geht um Geld.« Köhler war sich bewusst, dass er hier auf den Zug ins Tal der Spekulation sprang, hatte aber keine andere Idee.

»Wie kommen Sie darauf?«, wollte Berner wissen und auch die anderen sahen ihn erwartungsfroh an.

»Es geht immer ums Geld«, antwortete Köhler. »Der Reiterhof hat offensichtlich ein Solvenzproblem. Ich weiß von mindestens einem Fall, in dem für eine Dienstleistung nicht bezahlt wurde. Deshalb bin ich fest davon überzeugt, dass wir diesbezüglich noch mehr finden, wenn wir nur richtig suchen.« Als alle schwiegen, fuhr er fort. »Führt man sich den Zustand des Hofes vor Augen, ist nicht zu übersehen, dass es an allen Ecken und Enden fehlt und dringend renoviert werden müsste. Da ist so einiges marode.«

»Ich geb Shaft recht«, pflichtete Grotewohl ihm bei. Zufrieden lehnte sich Köhler zurück und überließ seiner Partnerin das Feld. »Wenn wir mal zusammenfassen, was wir haben.« Sie hielt die Hand hoch und zählte, jeweils einen Finger in die Luft streckend, auf: »Zunächst einmal das verbrannte Auto, dann die fehlenden Spuren, was Peter Freiwald betrifft, das Handy, das er zurückgelassen hat, das gefundene Portemonnaie und die Uhr beim Misthaufen. Außerdem war er nicht in der Kneipe. Sein Zimmer sieht aus, als wäre er nur mal kurz auf dem Klo. Selbst wenn er abgehauen ist, wovon lebt er? Er hat nichts, aber auch gar nichts dabei. Läuft der nackt durch Sachsenhausen und macht einen auf Touristenattraktion?«

Bei dem Gedanken, dass Peter Freiwald das Erbe des nackten Jörg angetreten haben könnte, musste Köhler grinsen. Der nackte Jörg war ein skurriler Bewohner des Stadtteils Sachsenhausen auf der südlichen Mainseite Frankfurts. Er hatte laut eigener Aussage eine Kleiderallergie, die es ihm hochrichterlich erlaubte, nackt durch die Stadt zu laufen. Alles, was er trug, waren Badeschlappen und ein Walkman, in dem er eine Kopie des Gerichtsbeschlusses mit sich führte.

»Ich muss meinem Team zustimmen«, schaltete sich Ballauf ein. »Die Sache stinkt zum Himmel. Das wäre außerdem nicht der erste Mordfall ohne Leiche. Auch ich bin davon überzeugt, dass Peter Freiwald tot ist, und ganz gewiss nicht freiwillig.«

Alle Augen waren nun auf den Staatsanwalt gerichtet. Sein Outfit war kein Thema mehr. Hier und jetzt würde sich entscheiden, wohin die Reise ging.

»Also gut.« Berner schlug mit der flachen Hand auf den Tisch. »Das volle Programm. Stellen Sie den Reiterhof auf den Kopf. Ich kümmere mich um die notwendigen Befugnisse.« Er erhob sich, rückte sich die Mütze zurecht und schob nach: »Aber ich hoffe für Sie, dass Sie endlich Beweise finden.« Er warf einen strengen Blick in die Runde und verabschiedete sich.

Für einen Moment herrschte Ruhe und das Ermittlerteam blickte dem davoneilenden Staatsanwalt hinterher.

Ballauf war derjenige, der das Schweigen brach. »Ihr habt es gehört. Bereitet alles vor! Personal wird erst mal nicht aufgestockt. Außer für die Durchsuchung natürlich. Aber mehr Ermittelnde gibt's nicht.« Er stand auf. »Wenn was ist, meldet euch. Ich bin in meinem Büro.«

»Gut«, sagte Köhler, sobald Ballauf aus dem Raum war, und übernahm damit das Kommando. »Ich will, dass dieser Reiterhof komplett durchkämmt wird. Müller, du sorgst für entsprechende Manpower. Ruf dir eine Hundertschaft zusammen. Sven, du gehst die Liste durch, die Karina Mertens Grotte gegeben hat. Versuche, so viel wie möglich über die Leute rauszufinden und ob es irgendein Problem mit denen und Mertens gibt. Du rufst sie am besten alle an. Falls jemand zickt, mach einen Vermerk, den nehmen wir dann ins Visier. Außerdem vervollständigst du die Liste, falls es Hinweise darauf gibt.«

Köhler holte sich von beiden die Bestätigung ab und wandte sich schließlich an Grotte: »Und wir zwei gehen noch mal alles durch, bis die Durchsuchung steht. Vielleicht finden wir etwas, das wir bisher übersehen haben.« Er sah einen nach dem anderen an. »Noch Fragen?« Niemand reagierte. »Gut, dann an die Arbeit!«

Brauer und Müller sprangen auf und folgten Köhlers Aufforderung. Grotewohl hingegen blieb sitzen und grinste frech.

»Was?«, fragte Köhler, der damit begonnen hatte, seine Unterlagen zu ordnen.

»Du bist so sexy, wenn du den Chef raushängen lässt!«

Auferstehung

»Ich bin ein wenig verwirrt«, sagte Sibylle Schröter und stellte ihre Kaffeetasse auf den Tisch. »Was ist denn hier los? Warum sucht die Polizei nach Peters Leiche? Das macht mir Angst!«

Hofmeister und Mertens tauschten einen Blick; Erstere ergriff das Wort. »Peter ist … verschwunden.«

Schröter blieb ruhig. Sie kannte Peter kaum. Nur beim Einstellungsgespräch hatte sie ihn kurz gesprochen. Das war jetzt zwei Monate her. »Was genau meinst du mit ›verschwunden‹?«

»Er ist weg. Wie vom Erdboden verschluckt!«, sagte Mertens.

Schröters Blick huschte ungläubig zwischen den beiden Frauen hin und her. Dann sagte sie: »Und da habt ihr die Polizei eingeschaltet?«

»Ja.« Hofmeister nickte. »Sie werden ihn schon finden.«

Betretenes Schweigen füllte den Raum. Hofmeister und Mertens senkten den Blick.

»Ihr denkt doch nicht etwa, dass Peter … etwas zugestoßen ist?«

»Er ist seit fast einer Woche weg«, gab Mertens zu bedenken. »Wir gehen vom Schlimmsten aus.«

Schröters Hand flog an ihren Mund. Sie war entsetzt. »Das ist ja furchtbar!«, nuschelte sie, senkte die Hand wieder und stand auf. »Und ich platze hier einfach so rein.«

»Dafür kannst du ja nichts.« Hofmeister lächelte milde. »Komm, ich zeig dir alles. Bring erst mal deine

Klamotten rein, danach führe ich dich über den Hof.« Die beiden verließen die Küche.

Mertens wartete, bis sich ihre Nichte und ihre neue Pferdewirtin weit genug vom Haus entfernt hatten. Dann griff sie nach einem Tablett, stellte ein kleines Frühstück mit Brot, Wurst, Käse und Kaffee darauf und trug es durch die Kellertür. Sorgfältig achtete sie darauf, dass diese hinter ihr verschlossen war. Dann stieg sie hinab. Sie hatte einige Mühe, die steile Treppe hinunterzugehen, ohne das Tablett fallen zu lassen.

Unten angekommen, beleuchtete ein schwaches Licht das niedrige Kellergewölbe. Mertens stellte das Tablett auf einer schmalen Werkbank ab und machte sich am danebenstehenden Schwerlastregal zu schaffen. Mit einiger Mühe schob sie es zur Seite. Eine Pressspanplatte kam zum Vorschein. Mertens schob auch diese zur Seite. In der dahinter befindlichen Wand tat sich ein Loch auf, das groß genug war, dass ein Mensch hindurchsteigen konnte. Mertens griff nach dem Tablett, trug es durch das Loch und sagte: »Guten Morgen, Peter. Frühstück, mein Lieber!«

Kurz nach der Mittagspause trafen alle an der Ermittlung Beteiligten zusammen. Köhler hatte ein Whiteboard eingerichtet, das als Übersicht diente. Darauf waren die Fakten und die bisherigen Ermittlungsergebnisse festgehalten.

»Die immer noch zentrale Frage lautet: Wo ist Peter Freiwald?«, eröffnete er das Brainstorming. »Ich bin fest davon überzeugt, dass er sich irgendwo auf dem Gelände befindet.«

Brauer hob die Hand.

»Wir sind hier nicht in der Schule, Junge«, tadelte ihn Köhler. »Wenn du was zu sagen hast, dann sprich!«

»Sorry.« Brauer ließ die Hand sinken. Er holte tief Luft und sagte: »Wonach suchen wir eigentlich: nach einer Leiche oder einem Lebenden?«

Köhler sah ihn verwundert an. »Ich dachte, das sei mittlerweile klar.«

Brauer presste die Lippen zusammen. »Nicht wirklich«, sagte er nach einem Augenblick des Nachdenkens.

»Wir – also zumindest ich – gehen davon aus, dass Peter Freiwald tot ist, und das unfreiwillig.« Köhler schaute in die Runde. »Gegenstimmen?«

Brauer war anzusehen, dass er zögerte.

»Was?«, blaffte Köhler. »Lass es raus!«

»Also, wir haben den Hund über den Hof gejagt. Der hat nichts gefunden.«

»Und?«

»Wir haben es mit dem besten Spürhund der Stadt zu tun.«

»Ich bin bei Shaft«, sprang Grotewohl ihrem Kollegen zur Seite. Sie stand auf und trat an das Whiteboard. »Wenn wir uns die Fakten ansehen, mache ich mir wenig Hoffnung, dass wir Peter Freiwald lebend finden werden.« Sie deutete der Reihe nach auf die an der Wand festgehaltenen Fakten. »Wir haben die Uhr, wir haben das Portemonnaie, wir haben keinerlei Lebenszeichen von ihm, wir haben das verbrannte Auto …«

»Aber keine Beweise«, beharrte Brauer.

»Was ist mit den Aufnahmen der Überwachungskamera?«, wollte Müller wissen.

»Die haben wir uns angesehen«, erwiderte Brauer. »Völliger Schrott. Darauf kannst du noch nicht mal ein

Eichhörnchen von einem Elefanten unterscheiden, so schlecht ist die Qualität.«

»Kann mir mal einer erklären, warum die NSA aus dem Weltall die Farbe meiner Unterhose in HD erkennen kann, während eine Überwachungskamera nur zwischen hell und dunkel unterscheidet?«

Vereinzelt wurde gekichert.

»Aber es hätte durchaus Peter Freiwald sein können«, warf Brauer ein.

»Ja, klar … oder der Papst.«

»Geschenkt. Was noch?«, forderte Köhler Brauer auf. »Lass uns an deinen Überlegungen teilhaben.« Er sagte das ohne Ironie, schließlich war er sich selbst nicht hundertprozentig sicher, wonach sie hier suchten.

»Mein Verstand sagt mir, dass der Mann tot ist. Alles spricht dafür.«

»Aber …«

Brauer verzog das Gesicht. »Keine Ahnung, irgendwas fehlt.«

»Klar!«, rief Müller. »Die Leiche.«

»Das ist es nicht«, widersprach Brauer. »Es ist das Gesamtbild. Es fühlt sich einfach nicht … richtig an. Da ist mehr.«

Die kleine Gruppe schwieg. Insgeheim konnten sie Brauer nur zustimmen.

»Ganz ehrlich«, sagte Grotewohl schließlich. »Sven hat recht. Das passt alles nicht zusammen.«

»Was hat denn die Liste ergeben?«, erkundigte sich Köhler. »Vielleicht hilft uns das weiter.«

Brauer blätterte in seinen Notizen. »Viel ist es nicht«, begann er seinen Bericht. »Aber eines ist sicher: Der Reiterhof hat keinen guten Ruf.«

»Inwiefern?«

»Alle, die ich bisher erreicht habe, waren eher negativ eingestellt, als ich ihnen erklärte, worum es geht.« Er machte eine kurze Pause, in der er die Aufzeichnungen mit den Aussagen durchsuchte. »Zum Beispiel der Futterlieferant. Der war stinksauer, als ich vom Mertenshof anfing. Die würden ihre Rechnungen immer erst nach der zweiten Mahnung bezahlen, und dann noch nicht einmal vollständig. Er drohte damit, den Hof nicht mehr zu beliefern, zögert aber noch, weil er die Mertens seit der Schule kennt und sie im Grunde mag.« Er blätterte weiter. »Die Mieter der Pferdeboxen haben fast alle damit begonnen, sich nach einem anderen Stall umzusehen, weil sie mit den Bedingungen nicht einverstanden sind. Sie bemängeln vor allem den baufälligen Zustand der Ställe, das minderwertige Futter und das schlechte Preis-Leistungs-Verhältnis. Ein paar der Mieter sind offenbar richtig wütend.«

Köhler nickte. »Ich weiß von einem Garten- und Landschaftsbauer, dass Karina Mertens seine Rechnung nicht bezahlt hat«, erzählte er. »Das passt also ins Bild.«

»In welches Bild?«, fragte Grotewohl. »Dass die Mertens Geldprobleme hat? Haben wir die nicht alle?«

Köhler sah Grotewohl vielsagend an.

»Ja, alle außer du halt …«, ergänzte sie.

Müller ergriff das Wort. »Mal davon abgesehen, wer hier wie viel Geld und welche Probleme damit hat: Was hat das mit unserem Fall zu tun?«

Ballauf seufzte. Endlich hatte er sich mit seiner Frau ausgesprochen und ihr alles gebeichtet. Er hatte erwartet, dass sie ausflippen würde. Stattdessen hatte Elena ihn in den Arm genommen und gesagt: »Wir schaffen das … gemeinsam.«

Das hatte ihm den Boden unter den Füßen weggerissen und es hatte kein Halten mehr gegeben. Minutenlang hatte er seinen Gefühlen freien Lauf gelassen und geheult wie ein Schlosshund, den man gerade kastriert hatte. Alles war aus ihm herausgebrochen: die jahrelange Angst, erwischt zu werden, das Gefühl, den eigenen Berufsstand in Verruf gebracht und die Kollegen belogen zu haben, das schmutzige Geld sowie die erdrückende Schuldenlast, die ihn überhaupt erst zum Spitzel für Fjodor Melnikow hatte werden lassen. All das Leid, das er damit verursacht hatte, und das tonnenschwere schlechte Gewissen, das auf seinen Schultern lastete, waren in diesem Moment brachial zum Vorschein gekommen.

Jetzt, einen Tag nach seiner Beichte, saß er im Büro seines Anwalts. Elias Goldblum war ein ehemaliger Klassenkamerad aus Grundschultagen, mit dem Ballauf all die Jahre über in Kontakt geblieben war. Gemeinsam suchten sie nach einer Strategie, Melnikows Organisation zu Fall zu bringen und Ballauf selbst dabei schadlos zu halten.

»Wie genau soll das funktionieren?«, fragte Ballauf, obwohl er bereits ahnte, was sein Freund und Anwalt plante. Goldblum war ein unscheinbarer Mann. Etwa eins achtzig groß, graue Haare, blaue Augen, dunkler Anzug. Unauffällig, schlank und gewitzt. Ein mit allen Wassern gewaschener Strafverteidiger. Nach mehr als vierzig Jahren war er immer noch Feuer und Flamme für seinen Beruf. Finanziell hatte er längst ausgesorgt und hätte sich mit Leichtigkeit auf einer griechischen Insel Cocktails bis an sein Lebensende servieren lassen können. Doch der Beruf faszinierte ihn noch genauso wie an dem Tag, an dem er beschlossen hatte, Jura zu studieren. Es ließ ihn einfach nicht los. Der Job hatte ihn vier Ehen gekostet und entsprechend horrende Unterhaltszahlungen. Zum Glück hatte er ab Ehefrau Nummer drei Verträge abgeschlossen, die ihm einen ausreichenden Anteil seines Vermögens zusicherten, falls auch die jeweils aktuelle Ehe scheiterte. Nach der vierten Scheidung hatte er es sattgehabt und inzwischen beschränkte er sich auf gelegentliche und immer mal wieder wechselnde Bekanntschaften.

»Wir berufen uns auf die Kronzeugenregelung«, beschloss Goldblum.

Ballauf dachte kurz darüber nach. »Wie geht die Sache dann für mich aus?«

Goldblum runzelte die Stirn. »Wir reden hier vom Unterweltboss Frankfurts. Jeder weiß, wer Fjodor Melnikow ist und welche Verbrechen er begangen hat, und das seit Jahren.« Er holte tief Luft. »Ich will es mal so ausdrücken, mein Freund: Al Capone wurde letztendlich wegen Steuerhinterziehung eingebuchtet, und du bist nicht bei der Steuerfahndung.«

»Du willst also damit sagen, dass ich zu wenig zu bieten habe, um für die Kronzeugenregelung infrage zu kommen?«

»Vermutlich ja, aber ich denke, dass es trotzdem unsere einzige Chance ist, dich einigermaßen straffrei aus der Sache herauszubekommen.«

Ballauf war mit der Antwort nicht zufrieden, allerdings überraschte sie ihn auch nicht. Er fuhr nach Hause, um über die Sache nachzudenken.

Eine Stunde später saß er vor seinem PC und starrte auf ein leeres Word-Dokument. Mit einem tiefen Seufzer tippte er das Wort »Selbstanzeige«.

Karina Mertens plagte das schlechte Gewissen. Sie hatte große Mühe, nach dem Willen ihrer Nichte zu agieren. Doch sie war machtlos. Zu schwach, zu wenig Einfluss, ausgeliefert. Sie kam einfach nicht gegen Laura an, also fügte sie sich. An dem Tag, an dem sie Peter in sein Gefängnis gebracht hatten, war es richtig schlimm gewesen. Aber auch da hatte sie sich nicht in der Situation gesehen zu widersprechen. Sie dachte daran, wie Peters Zustand von Tag zu Tag immer schlechter geworden war.

»Wie lange wollt ihr Weiber mich hier noch festketten?«, hatte er sie heute Morgen gefragt, nachdem er sein kleines Frühstück hinuntergeschlungen hatte. Karina hatte die ganze Zeit über bei ihm gesessen. Der Raum, in dem sich Peter befand, war eine alte Sickergrube, die nach dem Zweiten Weltkrieg bei Umbauarbeiten zugemauert und vergessen worden war. Karina war beim Aufräumen im benachbarten Vorratskeller auf den Raum gestoßen. Ein Stein war aus der Wand gefallen und hatte die Öffnung offenbart. Zunächst hatte Karina sich nichts dabei gedacht, doch irgendwann war ihr der Vorfall wieder eingefallen und sie hatte die Wand aufgebrochen, den Raum gereinigt und ihn als Lagerplatz genutzt. Derzeit diente er als Gefängnis für Lauras Verlobten. Als am Sonntag Geräusche aus dem Keller zu ihr in die Küche gedrungen waren und sie gemeint hatte, ihre Nichte reden gehört zu haben, war sie hinuntergeeilt und hatte einen Koffer, dessen verstreuten Inhalt und vor allem Blut gesehen. »Was ist denn hier passiert?«, hatte sie gerufen.

»Peter ist die Treppe runtergefallen«, war Lauras Antwort gewesen. Völlig emotionslos hatte sie zwischen ein paar von Peters Kleidungsstücken, dem kleinen Pokal von einem der wenigen Turniere, bei denen er unter die ersten drei gekommen war, einer Kaffeetasse und einigem anderen Kleinkram auf dem Boden gekniet und in einem Ordner geblättert.

»Peter ist wieder da?«

»Ja. Und ich glaube, es ist besser, wenn er gleich wieder verschwindet.«

Was die Polizei (noch) nicht wusste

Laura war in Gedanken. Sie überlegte, ob ihr Plan aufgehen würde, und dachte an den Tag zurück, als Peter auf einmal wieder vor ihr gestanden hatte. Er hatte tatsächlich versucht, sich aus dem Staub zu machen. Zwei Tage lang war er in der Frankfurter Innenstadt auf Sauftour gewesen, und nachdem er sich in einem billigen Hotel ausgenüchtert hatte, war er am Sonntag nach Bergen-Enkheim zurückgekehrt, um seine Sachen zu packen, getrieben von dem festen Willen, die Beziehung zu ihr endlich zu beenden. So in etwa hatte er es ihr zumindest erzählt. Ihre ewigen Streitereien und die Bevormundung durch sie, seine Verlobte, seien ihm schon lange auf die Nerven gegangen, hatte er gesagt. Nur habe er bisher nicht den Mut gehabt, sie zu verlassen. Er sei schließlich auch finanziell von ihr abhängig, trotz all der Zahlungsprobleme, denen sich der Hof gegenübergestellt sah. Ohne ihre Unterstützung wäre er völlig mittellos. Zuletzt sei er an einem Punkt angelangt, an dem es ihm schlichtweg egal gewesen sei. Mit dem Gedanken, dass er schon irgendwie durchkommen würde, hatte er den Entschluss gefasst zu gehen. Im Geiste ließ Laura die Minuten nach seiner Rückkehr Revue passieren:

»Wovon willst du denn leben, du Nichtsnutz?«, hatte sie ihn gefragt.

Er lachte schnaubend und gab sich gelassen. »Da wird sich schon was finden. Und wenn ich mobile Toiletten mit der Hand reinigen muss. Alles ist besser als die Knechtschaft bei dir.«

»Du undankbarer Wicht!«, zischte sie. »Alles, was du bist, hast du mir zu verdanken.«

»Ha!«, rief Peter. »Was genau soll das sein? Dass ich mich Tag und Nacht abrackere für nichts? Der Hof ist durch deine Führung am Abgrund. Die Schulden reichen bis unters Dach, die Mieter laufen euch davon und keine Bank gibt Karina auch nur noch einen Cent. Gib es zu: Du hast den Hof zerstört!«

»Es ist auch deine Schuld«, wandte sie ein, obwohl sie wusste, dass er recht hatte. »Du taugst weder als Pferdewirt noch als Turnierreiter und schon gar nicht als Liebhaber. Ohne meine Hilfe wäre Karina längst pleite.«

Peter hörte ihr nicht mehr zu. Stattdessen trug er eine offensichtliche Gleichgültigkeit zur Schau. Na klar, er wusste seit Langem, dass sie ihn bei jeder Gelegenheit betrog. Tatsächlich war er nur ein Spielzeug für sie. Jemand, der da war, wenn sie nach ihm pfiff. Ihr Schoßhündchen. Bisher hatte er es nicht wahrhaben wollen oder die Schuld bei sich gesucht, wenn es mal wieder Streit gegeben hatte, doch damit schien jetzt Schluss zu sein.

»Ist mir schnuppe, was aus dem Hof wird und mit wem du in die Kiste steigst. Ich bin raus. Mir ist es auch egal, wer meinen Platz einnimmt.« Er lachte schnaubend. »Ich glaube sowieso, dass du den Überblick verloren hast, bei der Masse an Schwänzen, die du lutschst.«

Wütend hob Laura die Hand und klatschte sie ihm ins Gesicht. Es musste höllisch wehtun, doch er ließ sich nichts anmerken. Tränen stiegen ihm in die Augen, die vor Zorn blitzten.

»Such dir einen anderen Sklaven«, sagte er mit bebender Stimme. Damit ließ er sie stehen und stieg die Treppe nach oben.

»Wo willst du hin?«, schrie sie ihm hinterher. »Wir sind noch nicht fertig!«

»Oh doch. Wir sind so was von fertig!«, erwiderte Peter und setzte seinen Weg fort. Wenig später betrat er sein Zimmer und fing an, einen Koffer zu packen. In seiner Wut ging er wahllos vor.

»Ohne mich bist du nichts!«, wütete Laura, die ihm gefolgt war und mit vor der Brust verschränkten Armen im Türrahmen stand.

Mit genervtem Blick drehte er sich zu ihr um. »Ich verfluche den Tag, an dem ich dir begegnet bin!«, spie er ihr entgegen. »Du hast mein Leben zerstört, und das hole ich mir jetzt wieder zurück.«

»An der Zerstörung bist einzig und allein du schuld«, entgegnete Laura. Innerlich kochte sie. Laura war es nicht gewohnt zu verlieren. Sie war es, die verließ, nicht die, die verlassen wurde. Männer vergötterten sie, ja sie fraßen ihr aus der Hand und tanzten nach ihrer Pfeife. Diese dummen Typen, die sie reihenweise um den kleinen Finger wickelte wie andere einen Bindfaden. Niemand schrieb ihr etwas vor, niemand verließ sie und niemand bestimmte über ihr Leben. Sie war der Mittelpunkt der Erde. Alles drehte sich um sie. Sie, Laura Hofmeister, war die Sonne.

»Geh mir aus dem Weg!«, befahl er ihr, als er mit dem Koffer in der Hand vor ihr stand. Sie zuckte zusammen, rührte sich aber nicht vom Fleck.

»Ich sage es nicht noch einmal«, drohte Peter. Als Laura ihn wütend anfunkelte, packte er sie am Arm und schob sie zur Seite. Sie wehrte sich zwar, konnte aber gegen seine von der harten Arbeit auf dem Hof gestärkten Arme nichts ausrichten. Laura geriet ins Straucheln, stolperte über die Türschwelle und landete unsanft auf dem Hosenboden. Mit einem abfälligen Grinsen stieg Peter über sie hinweg und ging die Treppe hinunter. Als hätte sein Grinsen etwas in ihr ausgelöst, verlor Laura die Kontrolle und fand sich in einem Nebel aus Wut, verletztem Stolz, Trotz und Unsicherheit wieder. Mit starrem Blick rappelte sie sich auf und eilte ihm die wenigen Stufen, die er ihr voraus war, hinterher. Dann trat sie ihm in den Rücken.

Peter verlor das Gleichgewicht und stürzte die steile Treppe hinab. Dabei überschlug er sich mehrfach. Wie von selbst öffnete sich der Koffer, den er gepackt hatte und dessen Inhalt sich nun auf den Stufen verteilte. Unten angekommen, rührte sich Peter zunächst nicht.

Laura, die ein paar Stufen über ihm stehen geblieben war, begutachtete ihr Werk. Zufrieden sah sie auf ihn hinab. »Niemand verlässt mich!«, brüllte sie. »Niemand, hörst du?« Wie in Zeitlupe stieg sie die restlichen Stufen hinunter und stolperte beinahe über die verstreut herumliegenden Kleidungsstücke. Peter versuchte indessen, sich aufzurappeln. Mühsam schaffte er es in den Vierfüßlerstand. Blut lief ihm aus der Nase.

»Du saust mir den Flur ein«, schimpfte Laura. »Steh auf, du Waschlappen!«

Peter machte Anstalten, ihrer Aufforderung Folge zu leisten, es gelang ihm jedoch nicht. Alles, was er von sich gab, war ein Stöhnen.

»Oh Mann!«, sagte Laura. Ungeduldig hielt sie ihm eine Hand entgegen, um ihm aufzuhelfen. Es dauerte eine Weile, bis Peter auf wackligen Beinen stand. Er wirkte desorientiert. Sein Blick suchte nach Halt, fand aber keinen. Verwundert starrte er Laura an, ohne sie richtig wahrzunehmen. Sie führte ihn in die Küche und stieß ihn auf einen Stuhl, auf dem er zusammengesunken sitzen blieb.

Dort ließ sie den Angeschlagenen zurück und machte sich daran, das Chaos, das Peter angerichtet hatte, zu beseitigen. Wenig später waren die Spuren seines Sturzes und seiner unerwarteten Rückkehr nicht mehr zu sehen.

»Das ist absurd!«, rief Karina, die mit Laura in der Küche saß. Sie hatten Peter ins Wohnzimmer gebracht und ihn auf die Couch gelegt. Er schlief, nachdem ihm Laura ein paar Tabletten eingeflößt hatte, die eigentlich zur Beruhigung für Pferde auf der Reise gedacht waren.

»Jetzt denk doch mal nach.« Laura packte ihre Tante an beiden Armen und beugte sich nach vorne. »Wir wären mit einem Schlag schuldenfrei.«

»Und Peter?« Karinas Stimme klang weinerlich. »Der muss doch mitmachen.«

»Das lass mal meine Sorge sein.«

»Das letzte Mal ist es auch schiefgegangen«, wandte Karina ein. »Ich will nicht wieder in die Klapsmühle.«

»Du hast doch damit gar nichts zu tun«, versicherte ihr Laura. »Das ist die Gelegenheit!«

»Ich glaube, du stellst dir das zu einfach vor.«

»Es ist ja auch einfach.« Selbstsicher lehnte sich Laura zurück. »Wir sehen zu, dass die Polizei für uns die Arbeit macht und man Peter für tot erklärt. Dann warten wir in aller Ruhe ab und kassieren die Lebensversicherungen.« Sie klatschte in die Hände. »Und schwups, sind alle Sorgen Vergangenheit!«

Karina lächelte schwach. »Wo sollen wir ihn denn bis dahin verstecken?«, fragte sie.

»Im Keller in der alten Sickergrube.« Laura grinste. »Wir stellen was vor das Loch und niemand wird ihn finden.«

»Das erklärst du ihm aber.«

»Wie gesagt, meine Liebe. Peter ist mein Problem.« Laura stand auf. »Komm, wir haben zu tun. Wir müssen ihn loswerden, bevor die Bullen hier wieder auftauchen – und das werden sie!«

Abgehängt

»Können wir loslegen?«, erkundigte sich Köhler bei Müller.

»Wir sind so weit. Morgen früh geht's los.«

»Prima. Hast du auch schon was von den Banken gehört?«

»Die zieren sich noch. Ich bin mir eh nicht sicher, ob wir da weiterbohren müssen.«

Köhler hob die Brauen.

»Sven musste sich da so einiges anhören.«

Köhlers Blick wechselte zu Brauer, der den Kopf hob.

»Was hab ich?«

»Erzähl mal dem Chef von deinen Telefonaten«, forderte Müller ihn auf und grinste.

»Oh, das war vielleicht was …« Brauer schürzte die Lippen und winkte ab. »Ich sag dir was, Shaft. Beliebt sind die mit ihrem Reiterhof wirklich nicht.« Er holte einen Zettel hervor. »Die Vorwürfe gehen von Tierwohlgefährdung über Betrug bis hin zu Insolvenzverschleppung. Wenn du mich fragst: Die sind so pleite wie Donald Duck.«

»Der hat immerhin einen reichen Onkel«, kommentierte Müller und grinste wieder.

»Der Zulieferer für das Futter hat seine Lieferungen mittlerweile eingestellt, weil er seit einem halben Jahr kein Geld mehr von der Mertens bekommen hat. Die Mieter der Boxen haben allesamt geschworen, schnellstmöglich ihre Pferde woanders unterzubringen, und werfen der Mertens vor, sich um nichts zu kümmern.«

»Was hört man über Laura Hofmeister?«

»Das ist erstaunlich. Die kommt bei den Kunden ganz gut weg.«

»Details bitte!«

»Sie ist wohl sehr aufmerksam und scheint den Laden zusammenzuhalten. Wenn jemand ein Problem hat, wendet er sich an sie und nicht an die Mertens. Sie ist offenbar der Grund, weshalb überhaupt noch Boxen vermietet sind. Sie schafft es nämlich immer wieder, die Wogen zu glätten.«

»Interessant«, bemerkte Köhler. »Gibt es einen neuen Futterlieferanten?«

»Nicht wirklich«, antwortete Brauer. »Im Moment ist das Lager voll und die Heuernte war wohl ganz gut. Aber wenn sich das Lager leert, wird's eng.«

Nachdenklich legte Köhler die Hand ans Kinn. »Also sind die im Prinzip pleite.«

»Kann man so sagen.«

»Ich habe noch mal mit Wertheim gesprochen«, warf Grotewohl ein. »Er glaubt, dass der Hof mit einer Hypothek belastet ist, aber nur vom Hörensagen. Außerdem hat der Mertenshof im Dorf nicht den besten Ruf. Worauf sich Wertheim allerdings keinen Reim machen kann, denn aus seiner Sicht ist bei denen alles in Ordnung.«

»Wir haben ja schon gemerkt, dass er auf die Mertens steht. Da wundert mich das nicht.«

»Er wird morgen bei der Durchsuchung auch dabei sein.«

»Aha. Warum?«

Grotewohl hob die Schultern. »Vielleicht als Verbindungsmann vor Ort?«

»Meinetwegen.«

Laura war es tatsächlich gelungen, Peter wieder auf ihre Seite zu ziehen. Er war schwach, und das wusste sie. Sein Verschwinden und das Abholen seiner Sachen waren für ihn ein Husarenstück gewesen.

Sie saß neben ihm auf dem Sofa und kühlte seinen Kopf mit einem Eisbeutel.

»Peterchen«, sagte sie sanft. »Es tut mir leid, dass ich dich am Sonntag die Treppe hinuntergestoßen habe. Aber du hast mich so wü…« Sie brach ab und suchte nach einer geeigneteren Formulierung. »Ich hatte Angst.«

Er musterte sie mit gerunzelter Stirn. »Du hattest Angst?«

»Ja.«

»Wovor?«

»Dass du mich verlässt. Ich kann doch ohne dich nicht sein.«

Peters fragender Blick wich Skepsis, doch Laura erkannte, dass sein Widerstand bröckelte. Sie senkte den Blick und sah ihn mit ihren grünen Augen schüchtern an.

»Ich liebe dich so sehr, Peter!«, hauchte sie.

Er schwieg.

Wieder fiel ein Stein aus seiner Mauer. Laura konnte ihn förmlich auf den Boden fallen hören.

»Wir gehören doch zusammen.«

Der nächste Stein fiel.

Sie beugte sich vor und küsste ihn zögernd auf die Lippen.

Diesmal fielen mehrere Steine.

Sie küsste ihn wild.

Er erwiderte den Kuss.

Die Mauer stürzte ein.

Sie machte sich an seiner Hose zu schaffen.

Er war verloren.

Wenig später saßen sie schwer atmend nebeneinander auf dem Sofa. Sie lächelte und betrachtete ihn. Er hob den Eisbeutel an seinen Kopf, wirkte aber entspannt.

»Das war toll!«, sagte sie und strich ihm behutsam über die Wange. »Ich liebe Versöhnungssex.«

Er lächelte schwach.

Sie setzte sich auf und strahlte ihn an. »Und weißt du was? Ich habe die Lösung für all unsere Probleme.«

»Die Situation hat sich geändert«, sagte Grotewohl und legte den Telefonhörer auf. Alle Augen waren neugierig auf sie gerichtet.

»Wir haben Peter Freiwald gefunden.«

»Aha«, machte Köhler und hielt in seiner Arbeit inne. »Wo?«

»Im Vilbeler Wald … an einem Baum hängend.«

Köhler hob die Brauen.

»Jetzt wird's vogelwild«, kommentierte Brauer. »Und was nun?«

»Was ist denn das für eine doofe Frage?«, bemerkte Grotewohl und äffte Brauer nach: »Und was nun?« Sie schüttelte den Kopf und fügte ironisch hinzu: »Nun lassen wir die Leiche da hängen, bis sie verwest ist, trinken derweil ein Käffchen, rauchen dazu ein Kippchen und erklären zufällig vorbeilaufenden Wanderern, dass sich Verbrechen nicht lohnen.«

Brauer errötete.

Grotewohl ließ entmutigt die Schultern sinken und sah hinüber zu Köhler. »Abmarsch, Shaft! Wir gehen in den Wald.«

Achselzuckend sah er an sich herunter. »Dafür bin ich nicht angezogen!«, protestierte er.

»Wir können unterwegs ja noch ein Paar Designergummistiefel kaufen.« Grotewohl rollte mit den Augen und verließ kopfschüttelnd das Büro. Dabei murmelte sie resigniert: »Einmal mit Profis arbeiten. Nur ein einziges Mal …«

Köhler tauschte einen Blick mit Müller und Brauer. Beide hoben die Schultern. Ein leises Zucken um ihre Mundwinkel verriet ihre Erheiterung.

»Der Anzug hat über zweitausend Euro gekostet«, jammerte Köhler und griff seufzend nach seinem Jackett, das wie immer fein säuberlich auf einem Kleiderbügel in einem der Schränke hing.

»Shaft!«, brüllte Grotewohl vom Flur her.

»Ich komm ja schon!«

Etwa eine halbe Stunde später parkte Köhler seinen Wagen auf dem Waldparkplatz gegenüber der Fertighausausstellung.

»Den Belag könnten die aber auch mal erneuern.« Damit beschwerte er sich über den miserablen Zustand des Parkplatzes.

Grotewohl reagierte nicht auf seinen Protest. Im Laufe der Zeit war sie dazu übergegangen, ihn in Sachen Auto zu ignorieren, was ihr nicht immer gelang. Beide stiegen aus und atmeten die frische Waldluft ein.

»Wo müssen wir hin?«, fragte Köhler.

»Ich glaube, die sind irgendwo unten am Festplatz.«

»Was für ein Festplatz?«

»Der Platz, auf dem früher immer der Vatertag gefeiert wurde«, erklärte Grotewohl. »Sag bloß, da warst du noch nie.«

»Nö.«

»Da hast du was verpasst.«

»Bin ja auch kein Vater.«

»Na und? Ich auch nicht«, entgegnete sie. »Und ich war trotzdem da.«

Köhler beließ es dabei und forderte Grotewohl auf, ihm den Weg zu weisen. Nach einem etwa zwanzigminütigen Fußmarsch, bei dem es mehr oder weniger steil bergab ging, erreichten sie eine große Lichtung, auf der die Fahrzeuge von Polizei, Feuerwehr und Rettungsdienst parkten. Sogar ein Leichenwagen war angerückt. Menschen waren jedoch nicht zu sehen. Vermutlich mussten sie bis zum Tatort ein Stück in den Wald hineingehen.

»Warum sind wir eigentlich gelaufen?«, fragte Grotewohl beim Anblick des Fuhrparks.

»Du glaubst doch nicht ernsthaft, dass ich mit meinem Schmuckstück auf einen Waldweg fahre.«

»Warum bin ich nicht überrascht?«, gab Grotewohl zurück.

»Ein bisschen Bewegung tut dir auch mal ganz gut«, schob Köhler nach.

»Willst du damit sagen, dass ich fett geworden bin, oder was?«, schnappte sie.

»Nein, ich wollte nur sagen, dass dir Bewegung nicht schaden kann.«

Grotewohl winkte ab. »Ich ruf mal Dieter an, der soll uns hier abholen«, beschloss sie. Sie zückte ihr Handy und wählte Wertheims Nummer. Als er den Anruf entgegennahm, formulierte sie ihre Bitte. Kurz darauf kam der Wachleiter des 18. Polizeireviers aus dem Wald und hielt direkt auf sie zu.

»Grotte, sag mal, was macht der eigentlich hier?«, wisperte Köhler. »Der ist doch Wachleiter, da hat man keinen Außendienst.«

Grotewohl hob die Schultern. »Dieter ist halt engagiert. Und ich glaube, er fühlt sich in der Sache verantwortlich.«

Köhler verzog das Gesicht. Für seinen Geschmack kniete sich Wertheim etwas zu intensiv in den Fall hinein.

Sie begrüßten sich flüchtig und der Wachleiter führte die beiden Ermittler zum Tatort. Knapp einhundert Meter mussten sie sich durch das Unterholz schlagen. Köhler versuchte krampfhaft, seine teure Garderobe zu schonen. Angewidert hielt er Äste und Sträucher mit dem ausgestreckten Arm von sich fern. »Was!?«, rief er, als er bemerkte, dass Grotewohl ihn beobachtete und sich offenbar ein Grinsen nicht verkneifen konnte.

»Nix, nix«, antwortete sie und wandte schmunzelnd den Blick ab.

Am Tatort wimmelte es von Menschen. Fast alle trugen Uniform, allerdings gingen nur die wenigsten einer Tätigkeit nach. Alle warteten darauf, dass irgendjemand Anweisungen gab. Rund um einen Baum war rot-weiß gestreiftes Flatterband gespannt. Dahinter suchten drei in weiße Einmalanzüge gehüllte Personen nach verwertbaren Spuren und gingen dabei äußerst behutsam vor.

Am Rand der Absperrung erkannte Grotewohl einen Mann, der einen Hund an der Leine hielt. Der Mann war im Gespräch mit einem der uniformierten Kollegen. Ein Sanitäter stand neben den beiden, jederzeit bereit einzugreifen.

Grotewohl tippte Wertheim an. »Hat der Mann da die Leiche gefunden?«

Wertheim nickte. »Die Kollegen haben seine Aussage schon aufgenommen.«

»Ich rede trotzdem noch mal mit ihm, wenn's recht ist.«

»Tu dir keinen Zwang an.« Wertheim zuckte mit den Schultern, vermutlich um Gleichgültigkeit zu demonstrieren.

»Ich sehe mich derweil hier um«, sagte Köhler. Er hatte bemerkt, dass der Wachleiter Probleme damit hatte, dass Grotewohl ihre eigenen Fragen stellen wollte. »Würdest du mich bitte ins Bild setzen?«, sagte er deshalb.

»Klar«, erwiderte Wertheim und führte Köhler rund um die Absperrung. »Er hat da hinten an dem Baum gehangen.« Der Wachleiter zeigte auf einen Ast, unter dem ein Mann in einem weißen Anzug auf dem Boden nach Hinweisen suchte. Das Seil hing noch am Baum. Anklagend wehte es im Wind. Köhler nickte. Etwa fünf Meter neben dem Baumstamm lag ein abgedeckter Körper.

Einer der Männer in Einmalanzügen winkte die beiden Bestatter zu sich. »Ihr könnt ihn mitnehmen!«, rief er. »Und die Jungs vom Rettungsdienst werden nicht mehr gebraucht. Die können wieder fahren.« Es war Wilfried Sauerteig, wie Köhler jetzt erkannte. Ihre Blicke trafen sich. »Ah, Shaft … auch wieder dabei. Wo ist denn dein Kampfzwerg?«

Köhler lachte und trat näher. »Grotte ist da drüben«, antwortete er schließlich. »Kannst du mir schon was sagen?«

Sauerteig legte den Kopf schief. »Ich bin nicht der Pathologe, das solltest du allmählich wissen. Aber ich glaube, man muss kein Fachmann sein, wenn man behauptet, dass die Todesursache nicht Erhängen war. Selbstmord fällt auch aus.«

»Wie bitte?«

»Da waren ein paar Stichwunden im Oberkörper, die sahen irgendwie verdächtig aus. Zeig mir den Selbstmörder, der sich erst ersticht und sich dann im Anschluss an einen Baum hängt.« Sauerteig zögerte kurz und zog eine Braue nach oben. »Umgekehrt ergibt es auch keinen Sinn.«

Köhler runzelte die Stirn. »Tatwaffe?«, fragte er.

Sauerteig schüttelte den Kopf. »Bis jetzt noch nichts. Wir suchen auch noch mal außerhalb der Absperrung. Wird aber schwer bei dem Dickicht.«

»Wann hast du Ergebnisse?«

»Morgen weiß ich mehr.«

»Gut.«

»Wir sind gleich fertig, dann könnt ihr noch mal gucken.«

»Willi!«, rief ein Mann in einem weißen Einmalanzug, der etwas außerhalb der Absperrung stand, und winkte dem SpuSi-Chef. »Komm mal her!«

Sauerteig duckte sich unter der Absperrung hindurch und nahm Köhler und Wertheim mit zu dem Kollegen, der gerufen hatte. Auch Grotewohl gesellte sich zu ihnen. Wenig später standen sie alle bei dem Spurensicherer, der offenbar etwas gefunden hatte.

»Hier«, sagte er und deutete auf eine Stelle im Unterholz.

Auf dem Boden lag ein einzelner Damenschuh. Dieser machte nicht den Eindruck, als hätte er schon lange dort gelegen.

»Erweitert die Absperrung bis hierher!«, befahl Sauerteig. »Am besten noch zehn Meter weiter.«

Der Kollege nickte. Bevor er allerdings dem Befehl folgte, sagte er: »Und in der Richtung zum Aufgehängten gibt es ein paar Spuren, die verdächtig nach einem Kampf aussehen. Könnte auch Blut dabei sein.«

»Prima, alles absuchen und dokumentieren!«, ergänzte Sauerteig seinen Auftrag.

Grotewohl, die wusste, dass Köhler sie nicht freiwillig begleiten würde, hatte sich derweil einen Weg durch den dichten Bewuchs gebahnt und stand nun auf einer Lichtung. Sie sah sich um und rief schließlich über das Gestrüpp hinweg: »Dieter, wo führt der Weg hier hin?«

Wertheim hob den Kopf. Er kniff die Augen zusammen, reckte den Hals und antwortete: »Warte, da muss ich zu dir kommen.« Es dauerte einen Moment, bis er näher kam. Grotewohl mutmaßte, dass er in der letzten Zeit sein Sportprogramm vernachlässigt hatte. Endlich stand er neben ihr, ließ seinen Blick schweifen und sagte nach kurzer Überlegung: »Dort hinauf geht's zum Mertenshof.«

Zeugen

Ballauf packte alles, was sich an persönlichen Sachen in seinem Büro befand, in einen Karton und wollte sich gerade auf den Nachhauseweg machen, als die Tür aufflog und der Polizeipräsident vor ihm stand. Er hielt einen Zettel in die Höhe.

»Was ist das für eine Scheiße, Ballauf?«

»Das, was draufsteht. Eine Selbstanzeige wegen Korruption und Geheimnisverrat. Ich habe Fjodor Melnikow jahrelang als Informant gedient. Bis vor Kurzem war ich spielsüchtig. Seit meiner Therapie im letzten Jahr bin ich allerdings weg davon. Dummerweise habe ich eine Menge Schulden aufgebaut, die mich erdrücken.«

»Warum jetzt?«, wollte der Präsident wissen. Er ließ sich in den Besucherstuhl vor Ballaufs Schreibtisch fallen. »Sie haben doch gerade Ihre Dienstzeitverlängerung durchbekommen. Da hätten Sie einfach weitermachen können wie bisher.«

»Ich habe aber keine Kraft mehr.«

»Sie Arschloch!«, platzte es aus dem Präsidenten heraus. »Sie waren mein bestes Pferd im Stall.«

Ballauf stand hinter seinem Schreibtisch, vor ihm der Karton; eine stumme Anklage. Er schluckte. Das alles ging ihm an die Nerven. Wenn er jetzt etwas sagte, würde er vermutlich weinen müssen, also schwieg er.

»Was ist das?«, fragte der Präsident und deutete auf den Karton.

»Meine persönlichen Sachen. Ich denke, das war's hier für mich.«

»Ticken Sie noch ganz richtig? Wir werden die Kronzeugennummer durchziehen und diesen Drecksack ein für alle Mal aus der Stadt jagen.« Der Präsident stand auf und stützte sich mit den Händen auf dem Tisch ab. »Und bis dahin halten wir schön die Klappe. Verstanden?«

Damit hatte Ballauf nicht gerechnet. Stattdessen war er von einer Suspendierung ausgegangen. Das Angebot, als Kronzeuge zu fungieren, war ihm alles andere als sicher erschienen. Der Präsident hätte es auch ablehnen und ihn ins Messer laufen lassen können.

»Ist alles schon mit dem Staatsanwalt geklärt, Ballauf. Sie machen schön weiter wie bisher. Wenn wir Sie jetzt heimschicken, riecht Melnikow den Braten und wir haben nichts gewonnen.« Sein Blick war auf Ballauf geheftet. Die Wut war ihm anzusehen.

»Danke«, flüsterte Ballauf und senkte den Blick.

»Eins will ich klarstellen.«

Ballauf hob den Kopf und sah den Präsidenten mutig an. »Was?«

»Ich verurteile auf das Schärfste, was Sie getan haben, und ich verachte Sie dafür. Das ist Kameradenverrat. Und sollte ich herausfinden, dass Sie größeren Schaden angerichtet und – Gott bewahre – eine Kollegin oder einen Kollegen in Gefahr gebracht haben, platzt der Deal und ich stecke Sie in das dunkelste Loch, das ich auftreiben kann. Ich bin nicht Ihr Freund, verstanden? Hier geht es darum, den größeren Verbrecher von euch beiden zu eliminieren, um nichts anderes!« Er machte auf dem Absatz kehrt und ging zur Tür. Auf halbem Weg blieb er stehen und drehte sich noch einmal um. »Und wenn wir diesen Mistkerl hinter Schloss und Riegel haben, will ich Sie hier nicht mehr sehen. Es wird sich jemand bei Ihnen melden und Ihre Aussage aufnehmen, dann sehen wir weiter. Bis dahin machen Sie einfach Ihren Job.«

»Schon klar«, sagte Ballauf, als der Präsident längst weg war. Er ließ sich in seinen Bürostuhl fallen und starrte den Karton an. Nach einer Weile begann er ihn wieder auszupacken.

Wertheim und Grotewohl standen am Rande der Lichtung und blickten den Weg entlang, als Köhler sich zu ihnen gesellte. Fluchend war er durch das Dickicht gestapft, doch nun lauschte er dem Gespräch.

»So weit sind wir nicht weg vom Hof«, sagte Grotewohl. »Lass es mal fünfhundert Meter sein.« Sie holte ihr Handy heraus und öffnete Google Maps. »Wir sind hier.« Grotewohl deutete auf das Display, auf dem ein kleiner blauer Punkt aufleuchtete. Dann zog sie mit zwei Fingern den Kartenausschnitt größer, bis der Mertenshof ins Bild kam. »Und hier ist der Hof.«

Tatsächlich waren es nur wenige Hundert Meter. Auf der kleinen Landkarte auf Grotewohls Handy war sogar der Feldweg, auf dem sie standen, markiert. Er führte direkt zu den Ställen.

»Wo haben wir das Auto von Peter Freiwald gefunden?«, fragte Köhler.

»Das ist eine ganz andere Ecke«, antwortete Wertheim, »nämlich in der entgegengesetzten Richtung.«

Köhler kratzte sich am Kinn. »Das ergibt irgendwie keinen Sinn.« Er drehte sich um und zeigte auf den Wald. »Ich seh da überhaupt keinen Zusammenhang.«

»Wir konzentrieren uns am besten auf das Motiv«, bemerkte Grotewohl. »Warum sollte jemand eine arme Kirchenmaus wie Freiwald entführen und töten, und das ohne eine Lösegeldforderung oder irgendeinen sonstigen offensichtlichen Grund?«

Köhler wandte sich an Wertheim. »Wie gut kanntest du Peter Freiwald?«

Der Wachleiter blies die Backen auf und ließ die Luft geräuschvoll entweichen. »Geht so«, sagte er schließlich. »Viel weiß ich nicht über ihn. Hat immer davon geredet, dass er eines Tages Profi wird und so.«

»Und?«, fragte Grotewohl. »Hatte er das Zeug dazu?«

»Niemals!« Wertheim lachte schäbig. »Der hat noch nicht mal einen Einkaufsgutschein gewonnen.« Er legte die Stirn in Falten und blickte in die Ferne. »Ein Traumtänzer war das.«

»Und wie kam seine Verlobte mit seinem offensichtlichen Größenwahn klar?«, legte Köhler nach.

»Laura ist ein Früchtchen«, bemerkte Wertheim mehr anerkennend als tadelnd. »Die hat Freiwald um den Finger gewickelt wie weich gekochte Spaghetti.« Er stemmte die Hände in die Hüften und kickte mit dem Fuß einen Stein weg. »Ich kann mich an einen Abend erinnern, da hatte Karina ein Hoffest organisiert. Sie hat das bis vor einiger Zeit zwei oder drei Mal im Jahr gemacht. Es gab dann immer Frischgezapftes vom Fass und Äppler aus dem Bembel. Eine Band hat gespielt und Karina konnte sich ein paar Euro extra verdienen. Vor ungefähr zwei Jahren haben dann das Gewerbe- und das Bauamt Stress gemacht. Die Scheune, in der die Feste stattgefunden haben, ist baufällig, was sie für derartige Feierlichkeiten zur Gefahr macht. Außerdem fehlen die entsprechenden sanitären Einrichtungen.« Er wedelte mit der Hand durch die Luft. »Behördenscheiß halt.«

»Du wolltest uns von einem Vorfall erzählen, Dieter«, erinnerte Grotewohl.

Wertheim nickte und kehrte zum Thema zurück.

»Na ja, Laura hat an dem besagten Abend mit einem anderen Kerl geflirtet.« Er lachte humorlos. »Vielleicht auch ein bisschen mehr als das, wenn ihr versteht, was ich meine.« Nun grinste er verlegen. »Da hat Peter ihr eine Szene gemacht. Was ich gut verstehen kann. Wenn meine Freundin in aller Öffentlichkeit ihre Zunge dahin steckt, wo sie nicht hingehört … fänd ich auch nicht so prickelnd.« Wertheim schnaufte. »Wie auch immer, Peter war kurz davor, sich mit dem anderen Typen zu prügeln. Dabei konnte der gar nichts dafür. Laura hat ihn dermaßen angebaggert, da wäre jeder schwach geworden. Und die Hässlichste ist sie ja nun mal nicht.«

Köhler und Grotewohl nickten zustimmend.

»Wie schon gesagt, ist Peter total ausgerastet. Einige der Gäste gingen dazwischen, aber Peter wollte sich einfach nicht beruhigen. Irgendwann ist Laura aufgestanden, hat den anderen Jungen noch mal so richtig heftig geküsst und ist dann zu Peter gegangen.« Wertheim hob seine rechte Hand. »Ich schwöre bei allem, was mir heilig ist. Es hat keine fünf Sekunden gedauert, da hat er ihr aus der Hand gefressen. Saß auf dem Boden und hat geheult wie ein Schlosshund.« Er schüttelte den Kopf. »Und dann hab ich was gesehen, was mir den Rest gegeben hat.« Er ließ seinen Blick schweifen, vermutlich um einen weiteren Stein zum Kicken zu suchen. »Das hat meine Einstellung zu Laura grundlegend geändert.«

Grotewohl und Köhler hingen regelrecht an seinen Lippen.

Wertheim hob den Kopf, legte ihn schief und kniff die Augen gegen die Sonne zusammen. »Während sie

Peter im Arm hält und ihn heulen lässt, schaut sie über ihn hinweg und flirtet direkt weiter mit dem anderen.«

»Miststück!«, entfuhr es Grotewohl.

»So kann man es auch ausdrücken«, pflichtete Wertheim ihr bei. »Peter war ihr mit Haut und Haaren ausgeliefert. Ich traue ihr gerade mal von der Wand bis zur Tapete.«

»Was haltet ihr von einem Spaziergang?«, fragte Grotewohl und sah den Berg hinauf.

»Gar nix, wenn du mich fragst«, antwortete Köhler. »Soll doch die SpuSi den Weg absuchen, das ist nicht unsere Aufgabe.«

»Manchmal bist du so ein Jammerlappen, Shaft!« Grotewohl war entsetzt über die Faulheit ihres Kollegen. »Wenn da oben ein Ball liegen würde, wärst du nicht zu halten.«

»Vermutlich.« Er schirmte die Sonne mit der Hand ab und blickte bergauf. »Aber da ist keiner.«

Grotewohl seufzte. »Weißt du was?«, sagte sie versöhnlich. »Du holst das Auto und ich gehe mit Dieter zum Hof. Dort treffen wir uns dann.«

»Guter Plan.«

Laura Hofmeister stieß einen gellenden Schrei aus, als Wertheim ihr die Nachricht vom Tod ihres Verlobten überbrachte. Vor dem Stall, neben dem sie gerade standen, sackte sie in sich zusammen und schlug sich die Hände vors Gesicht. Karina Mertens versuchte ihre Nichte zu beruhigen und kniete sich neben sie. Grotewohl und Wertheim traten von einem Bein auf das andere und konnten nur hilflos zusehen.

Grotewohl atmete erleichtert auf, als Köhler auf den Hof gefahren kam. Er parkte seinen Mercedes wenige

Meter entfernt und stieg aus. Kurz darauf stand sie neben ihm.

»Was soll die Show hier?«, fragte Köhler, als er die Situation erfasste.

Grotewohl schnappte nach Luft. »Du bist so ein grober Klotz, Shaft! Laura Hofmeister hat gerade erfahren, dass ihr Verlobter an einem Baum aufgehängt aufgefunden wurde.«

»Hat sie doch bisher nicht gejuckt«, kommentierte Köhler. »Auf einmal ist es ein Drama.«

»Sie dachte die ganze Zeit, dass Freiwald noch am Leben ist, Mann! Was stimmt nicht mit dir?«

Köhler blieb stur. »Ich kauf ihr das nicht ab. Die steckt da mit drin.«

Grotewohl starrte ihn an. »Hast du irgendwelche Beweise für deine Vermutung außer deiner offensichtlichen Antipathie gegen diese Frau?«

»Leider nicht.«

»Dann halt dich bitte zurück!«

Köhler brummte. »Habt ihr auf dem Weg noch was gefunden?«

Grotewohl schüttelte den Kopf. »Nicht auf den ersten Blick.«

In diesem Moment kam Dirk Homburg aus dem Stall. »Was ist hier los?«, fragte er und Wertheim setzte ihn ins Bild.

Der Stallmeister nahm die Nachricht wesentlich entspannter zur Kenntnis als Hofmeister. Deren Tante hatte es geschafft, sie so weit zu beruhigen, dass sie sich mit ihrer Hilfe wieder aufgerappelt hatte. Mertens schlug vor, ins Haus zu gehen, was alle für eine gute Idee hielten.

Auf dem Weg dorthin kamen sie an einem weißen Opel Corsa vorbei.

»Das ist doch die Schrottkiste, die meinen Oldtimer beinahe zerstört hat«, kommentierte Köhler.

Grotewohl überlegte kurz, ob sie sich auf das Thema noch einmal einlassen wollte, entschied sich aber dagegen.

Im Haus angekommen, versammelten sie sich im Wohnzimmer. Hofmeister weinte immer noch. Mertens saß neben ihr auf dem Sofa und hielt sie im Arm. Homburg stand an der Tür und kaute an seinen Fingernägeln. Vor dem Fenster hatten drei Polizisten Stellung bezogen.

»Wo ist denn Frau Schröter?«, erkundigte sich Köhler.

Die drei Hofbewohner sahen sich fragend an.

»Was hat Sibylle damit zu tun?«, wollte Homburg wissen.

»Mit ihr hätten wir alle Bewohner beisammen. Das würde uns die Sache erleichtern.«

»Sie wird irgendwo auf dem Gelände sein«, sagte Hofmeister und schniefte. Sie griff nach einem Papiertaschentuch und putzte sich geräuschvoll die Nase. »Dirk, geh sie bitte suchen.«

Homburg zögerte. Mit unsicherem Blick musterte er Köhler, der ihm mit einem Nicken die Erlaubnis erteilte, und verließ schließlich das Zimmer.

»Ich weiß, es ist ein schrecklicher Moment, und ich könnte es verstehen, wenn Sie keine Lust auf unsere Fragen haben«, begann Köhler. »Aber in einem Mordfall ist Zeit ein entscheidender Faktor.« Er hielt einen Moment inne, bevor er weitersprach. Hofmeister war inzwischen dazu übergegangen, ins Leere zu starren, während Mertens unentwegt ihre Schulter streichelte.

»Wer könnte Ihrer Meinung nach Herrn Freiwald ermordet haben?«

»Mord?«, fuhren die beiden Frauen auf. Sie starrten Köhler ungläubig an. Dieser wiederum warf einen unsicheren Blick zu Grotewohl.

»Wir dachten, er hätte sich im Wald erhängt.«

»Hatten wir das nicht erwähnt?«, warf Grotewohl ein. »Es besteht die Möglichkeit, dass es sich um einen als Selbstmord getarnten Mord handelt.«

»Das ist ja furchtbar!« Mertens schlug sich die Hand vor den Mund.

»Haben Sie denn einen Verdacht, wer das getan haben könnte?«

»Natürlich nicht!«, fuhr Hofmeister auf.

»War Herr Freiwald vielleicht in Geldschwierigkeiten?«, legte Grotewohl nach.

Mertens schüttelte den Kopf. »Geldprobleme sind bei uns an der Tagesordnung«, sagte sie.

Hofmeister warf ihr einen bösen Blick zu, woraufhin Mertens nur die Schultern hob.

»Was bringt Sie eigentlich auf die Idee, dass Peter ermordet wurde?«, fragte Hofmeister.

»Die Einstiche in seiner Brust.«

Schutz

Ballauf musste sich zusammenreißen. Er durfte das jetzt nicht versauen. Das Schwierigste war, so zu tun, als wäre alles in Butter. Andererseits musste er zugeben, dass ihm das Konspirative an der Geschichte gefiel. Er fühlte sich wie ein Geheimagent. »Null null Ballauf, im Geheimdienst Ihrer Kanzlerin«, hatte er für sich im Stillen gescherzt und dämlich vor sich hingekichert.

»Was ist denn so witzig?«, hatte ihn sein Gegenüber genervt gefragt. »Finden Sie das alles lustig hier?«

Ballauf saß mit Matthias Wagner, Ermittler beim LKA, vor einem kleinen Café am Luisenplatz in Darmstadt. Kreischend fuhr die Straßenbahn an ihnen vorbei und das Ludwigsmonument spendete ein wenig Schatten gegen die immer stärker werdende Frühlingssonne.

Wagner sah sich zum wiederholten Male nervös um. »Müssen wir so auf dem Präsentierteller sitzen?«, motzte er. Er war ein gedrungen wirkender Mann, dessen schwammiger Körper in einem billigen grauen Anzug steckte. Sein braungrauer Haarkranz um den ansonsten kahlen Kopf ließ ihn älter wirken, als er war. Ballauf fand, die Haare müssten dringend geschnitten werden. Wagners Augen flogen unentwegt hin und her. Als er Wagner das erste Mal gesehen hatte, hatte Ballauf bei seinem Anblick unweigerlich an die Fernsehfigur Stromberg denken müssen. Wagners Atem roch nach Zigaretten. Ein aus der Mode gekommenes Armkettchen aus Sterling und ein viel zu großer Siegelring verliehen ihm ein Flair aus längst vergangenen Zeiten, in denen es nur drei Fernsehprogramme und Altherrenwitze gegeben hatte. Aber er war auf Zack, das hatte Ballauf sofort bemerkt. Er kannte die Details und hatte einen Plan. Allerdings scheute Wagner die Öffentlichkeit.

»Sie wollten doch unbedingt rauchen«, entgegnete Ballauf und deutete auf den Aschenbecher. Seit ihrer Ankunft vor einer halben Stunde hatte Wagner bereits drei Zigaretten durchgezogen. »Meinen Sie, ich will alle fünf Minuten mit Ihnen vor die Tür gehen, um dabei zuzusehen, wie Sie Ihre Nikotinsucht befriedigen?«

»Ich kann auch ein paar Stunden ohne Rauchen aushalten«, gab Wagner pikiert zurück.

Ballauf erwiderte nichts darauf, sondern wechselte das Thema. »Ich glaube kaum, dass Melnikow seine Leute in Darmstadt hat. »Er ist auf Frankfurt fixiert. »Da gibt es genug zu holen. Darmstadt interessiert ihn nicht. Und so wichtig, dass man mich beschattet, bin ich nun auch wieder nicht.«

»Das wissen Sie nicht.« Wieder sah sich Wagner hektisch um. »Man kann in unserem Geschäft nicht vorsichtig genug sein.«

Wagners Geschäft war die Bekämpfung der organisierten Kriminalität. Er war Abteilungsleiter dieser Ermittlungssparte und nahm seine Aufgabe sehr ernst.

»Wir hätten uns auch einfach in Ihrem Büro in Wiesbaden treffen können«, gab Ballauf zu bedenken.

»Melnikow hat überall seine Spitzel. Das sollten Sie am besten wissen, mein Lieber.«

Das saß! Ballauf nahm seinem Gegenüber die Worte nicht übel, trotzdem war er pikiert. Seine Laune näherte sich dem Tiefpunkt. »Ich weiß selbst, dass ich Mist gebaut habe«, schnaubte er. »Sie brauchen mir das nicht unter die Nase zu reiben. Wenn Sie mit mir zusammenarbeiten wollen, wäre es schön, wenn Sie sich solche Sprüche künftig sparen.«

Wagner lehnte sich zurück und verschränkte die Arme vor der Brust. Er musterte Ballauf abschätzig. »Ich glaube kaum, dass Sie sich in der Lage sehen sollten, die Bedingungen zu diktieren.«

Ballauf lachte auf. »Wissen Sie, was ich glaube, mein Lieber?« Er betonte die letzten beiden Worte mit so viel Sarkasmus, wie es ihm möglich war. Dann lehnte er sich nach vorne und sagte gepresst: »Ich glaube, dass ich Ihre einzige Chance bin, Melnikow zu kriegen. Das glaube ich! Sonst würden wir hier nicht sitzen. Sie rennen ihm schon seit Jahren hinterher und haben nichts gegen ihn in der Hand.« Er lehnte sich wieder zurück und nahm einen Schluck von seinem Cappuccino. »Wie ich die Sache sehe, bin ich wertvoller für Sie als Sie für mich.«

Wagner gefroren die Gesichtszüge und er schien die nächsten Worte abzuwägen. Ballauf hielt seinem Blick stand.

»Also gut, Herr Ballauf«, gab Wagner schließlich klein bei. »Arbeiten wir zusammen; im gegenseitigen Interesse.«

»Gerne«, antwortete Ballauf völlig wertfrei.

»Gut, dann lassen Sie uns die Reset-Taste drücken und neu anfangen.« Er zog eine weitere Zigarette aus der auf dem Tisch liegenden Schachtel, steckte sie an und fragte: »Welche ist Melnikows Schwachstelle?«

»Wo bleibt der denn?«, fragte Köhler. »So groß ist der Hof jetzt auch nicht.«

»Wer?«, erwiderte Grotewohl abwesend.

»Na, Homburg. Den hab ich vor zwanzig Minuten losgeschickt, die Schröter zu holen.«

Grotewohl sah auf ihre Armbanduhr. Dann hob sie die Schultern und schaute aus dem Fenster. »Was zum …«, murmelte sie.

Köhler folgte ihrem Blick und sah Homburg mit einem Traktor auf dem Hof herumfahren. »Sach ma … Was denkt der sich eigentlich?« Er bat Grotewohl, bei den beiden Frauen zu bleiben, die stumm auf dem Sofa saßen und sich gegenseitig im Arm hielten. Dann stürmte er hinaus.

»Hey!«, rief er über den Hof, kaum dass er aus der Tür getreten war. »Wollen Sie mich verarschen?«

Homburg blickte kurz auf und stellte den Motor des laut knatternden Fendt ab. Auf dem Weg zu Homburg registrierte Köhler, dass es sich bei dem Traktor um einen echten Oldtimer handeln musste. Er mahnte sich zur Konzentration und lief weiter.

»Ich hatte Sie doch gebeten, Frau Schröter zu holen«, sagte er, als er den Mann erreicht hatte.

»Ja, und?«

»Wo ist sie und warum hocken Sie hier auf dem Trecker?«

»Ich hab ihr Bescheid gesagt und mich dann wieder an die Arbeit gemacht. Die macht sich nicht von allein.« Er schwang sein rechtes Bein über das Steuerrad des Traktors und sprang vom Führerstand. Dann begann er damit, den Schaufelaufsatz abzubauen, ohne Köhler weiter zu beachten.

»Wir ermitteln hier in einem Mordfall. Ihr Chef wurde gerade an einem Baum hängend aufgefunden und Sie machen einfach weiter?« Köhler war schockiert angesichts der Kaltschnäuzigkeit des jungen Mannes.

»Was soll ich Ihrer Meinung nach tun?«, fragte Homburg. »In Tränen ausbrechen wie Laura? Rumschreien und Gott fragen, warum er mir meinen Chef genommen hat? Die Schuld für seinen Selbstmord bei mir suchen, weil ich nicht hart genug gearbeitet habe? Was erwarten Sie von mir?«

Köhler verschlug es die Sprache. Was ist denn das für ein eiskalter Hund?, fuhr es ihm durch den Kopf. »Ein wenig Pietät kann man schon verlangen«, sagte er.

»Meine Pietät ist, dass ich hier weitermache. Das lenkt mich ab.«

Köhler schüttelte den Kopf und ging zurück zum Haus. Bevor er eintrat, drehte er sich kurz um: »Und Frau Schröter ist auf dem Weg?«

»Jip«, erwiderte Homburg und ließ mit einem lauten Krachen den Schaufelaufsatz auf den Boden knallen.

Köhler schüttelte den Kopf und setzte seinen Weg fort. Als er ins Zimmer trat, blickte er in das genervte Gesicht seiner Partnerin. Sie kam auf ihn zu.

»Wir kommen hier nicht weiter«, flüsterte sie und zog ihn nach draußen. Auf dem Hof sprach Grotewohl offen. »Hofmeister ist völlig durch. Mit der ist erst mal nichts anzufangen. Ich bestelle jetzt ein Kriseninterventionsteam und wir kümmern uns um Dinge, die uns weiterbringen.« Sie holte ihr Handy heraus und wählte eine Nummer, gab die Adresse des Hofes und eine Kurzbeschreibung der Lage durch und legte auf. »Die sind in einer halben Stunde da.«

»Gut«, sagte Köhler. »Hast du die Schröter gesehen?«

»Nein.«

Köhler stieß ein beleidigtes Grunzen aus. »Irgendjemand will mich hier doch verarschen«, sagte er und sah sich suchend um.

»Was willst du denn unbedingt von der?«, fragte Grotewohl. »Ich dachte, du wolltest erst mal keine Beziehung eingehen.« Sie stupste ihn an und grinste frech.

Köhler bedachte sie mit einem herablassenden Blick. »Du denkst auch, ich steige jedem Rock nach.«

»Na ja, hässlich ist die schließlich nicht.«

»Gutes Aussehen ist nicht alles.«

Grotewohl spielte die Überraschte. »Das sind ja ganz neue Töne!«

»Auch meine biologische Uhr tickt.«

Sie lachte auf. »Die ist längst stehen geblieben, du alter Sack. Willst du jetzt noch anfangen, eine Familie zu gründen?«

»Für so etwas ist es nie zu spät«, schloss er und lief los. »Wo ist die nur?«, murmelte er.

Grotewohl folgte ihm in einigem Abstand. »Jetzt tu nicht so, als wäre sie in diesem Fall die Kronzeugin.«

»Da geht's mir ums Prinzip«, schnaubte er. »Ich hatte sie zu mir bestellt und sie kommt nicht.«

»Ja, schlimm«, kommentierte Grotewohl gelangweilt. »Jetzt vergiss mal dein Ego und lass uns ins Büro fahren. Da liegt ein Stapel Arbeit. Sauerteig hat bestimmt schon was für uns.«

Köhler blieb stehen und sah sich missmutig auf dem Hof um. Er stemmte die Hände in die Hüften und drehte sich einmal um die eigene Achse. »Na warte«, sagte er, »das hat ein Nachspiel!«

Grotewohl grinste und tat ängstlich. »Huuu!«, machte sie und rieb sich schaudernd über die Unterarme. »Da bekommt man ja Gänsehaut.« Sie ließ Köhler stehen und lachte schallend.

»Blödmann!«, brummte Köhler und folgte Grotewohl zu seinem Auto, wobei er ein Grinsen unterdrückte.

Als sie im Büro eintrafen, wurden sie mit Informationen regelrecht überschüttet. Jetzt galt es für den Rest des Tages, diese zu sortieren und einzuordnen. Gegen Abend schaute Köhler erschöpft auf die Uhr und riss die Brauen hoch. »Was!«, rief er. »Schon so spät?«

Grotewohl hob den Kopf und lunzte über ihren Bildschirm. »Ich kann nicht mehr, mir raucht der Kopf«, jammerte sie. »Lass uns Schluss machen. Morgen ist auch noch ein Tag.«

»Hast recht.« Köhler streckte sich. »Das hat so keinen Sinn. Morgen setzen wir uns hin und bringen das alles in geordnete Bahnen.« Er stand auf und ging zu seinem Kleiderschrank, wo er sich sein Jackett überzog. »Kommst du noch mit auf einen Absacker?«, fragte er. »Macht die Birne frei und lässt einen besser schlafen.«

»Warum nicht?«, überlegte Grotewohl und stand auf. »Leonie ist heute Abend sowieso nicht da – sie hat ihren Yogakurs. Wo gehen wir hin?«

Köhler legte den Kopf schief und fragte: »Wann hast du das letzte Mal meine Mutter gesehen?«

Yaruda Köhler war die perfekte Gastgeberin. Sie liebte es, Gäste zu empfangen. Auch ohne Anmeldung. Christian Köhlers Mutter war immer auf Gäste eingerichtet. Aus diesem Grund freute sie sich überschwänglich, als Sabine Grotewohl durch ihre Tür marschierte.

»Grottemäuschen!«, rief sie und nahm die Partnerin ihres Sohnes schon an der Haustür in Empfang.

»Wo hast du so lange gesteckt?« Sie schleppte ihren massigen Körper, den sie zu Hause traditionell in ein farbenfrohes nigerianisches Gewand kleidete, durch den Flur. Auf dem Kopf trug sie ein farblich passendes, kunstvoll geknotetes Tuch. Ihre nackten Füße steckten in Zehengreifern. Sie war die herzlichste Frau, die man sich vorstellen konnte. Für sie war jeder zunächst einmal ein Freund. Man konnte es sich zwar auch mit ihr verscherzen, und das für alle Zeiten, doch damit das geschah, musste man Yaruda wirklich sehr enttäuschen. Sie war als junge Frau aus Nigeria nach Deutschland gekommen und hatte sich in den gleichaltrigen Gerd Köhler verliebt. Die Frucht ihrer Beziehung hatten sie »Christian« genannt. Nachdem ihr Mann viel zu jung an einem Krebsleiden gestorben war, hatte sie sich zunächst voll auf die Erziehung ihres einzigen Kindes konzentriert. Finanziell hatte sie ausgesorgt, da ihr Mann als Profifußballer viel Geld verdient hatte und schlau genug gewesen war, es gewinnbringend anzulegen. Weil sie jedoch nicht nur zu Hause rumsitzen wollte, hatte sie, als Christian älter und selbstständiger geworden war, eine Stelle als Verkäuferin in der ortsansässigen Bäckerei angenommen. Dort befand sie sich in der Tratsch- und Klatschzentrale ihres Frankfurter Stadtteils Harheim. Beim Bäcker traf man sich und tauschte sich aus. Und Yaruda war mittendrin. Sie liebte es und sie wurde geliebt. Weil sie stets einen schlauen und weisen Rat für jede Lebenslage parat hatte, war sie rasch zu einer Ikone des kleinen Dorfes geworden.

»Komm rein, meine Kleine«, sagte sie und nahm Grotewohl in ihre speckigen Arme. Die nicht gerade großgewachsene Polizistin verschwand beinahe in Yarudas Armbeuge. Yaruda tastete Grotewohl ab. »Du bist so dürr wie eine Wüstenblume. Wann hast du das letzte Mal was gegessen?«

»Heute Morgen«, antwortete Grotewohl.

»Waaaaas?!«, rief Yaruda. »Da bist du ja schon so gut wie verhungert, Kindchen.«

Grotewohl grinste Köhler an. Dessen Müdigkeit verflog mit einem Mal. Er wusste, dass seine Mutter helfen würde. Sie kam zu ihm und küsste ihn schmatzend auf beide Wangen. »Du siehst auch hungrig aus, mein Junge. Zum Glück habe ich zufällig etwas zu essen in der Küche.«

Wie aus dem Nichts zauberte Yaruda Köhler ein feudales Menü, von dem eine komplette Fußballmannschaft hätte satt werden können. Der Abend entpuppte sich als eine gelungene und ebenso willkommene Abwechslung und brachte die beiden Ermittler auf andere Gedanken. Später stieß Leonie, Grotewohls Ehefrau, dazu. Nach dem anstrengenden Yogakurs war sie hungrig und verputzte, sehr zu Yarudas Freude, eine ordentliche Portion der dargebotenen Köstlichkeiten.

»Wann sitzt denn mal ein Mädchen neben dir am Tisch?«, warf Yaruda ein und brachte damit das Gespräch auf Köhlers Beziehungschaos.

»Ach, Mama, jetzt versau doch nicht die Stimmung!«, jammerte Köhler.

»Du bist ein gut aussehender Mann in der Blüte seines Lebens.« Yaruda scherte sich einen Kehricht um die Einwände ihres Sohnes. »Du bist reich und hast einen guten Job.«

Köhlers Blick suchte Hilfe bei Grotewohl und deren Frau.

Beide hoben abwehrend die Hände. Grotewohl sagte: »Da hat sie eigentlich recht.«

»Ich will aber keine feste Beziehung«, erklärte Köhler.

»Aber ich will Enkelkinder«, beharrte Yaruda.

»Dann werd Erzieherin«, keilte er zurück. »Da hast du ununterbrochen kleine Kinder um dich herum.«

Yaruda schnaubte. »Dazu bin ich zu alt!« Sie schenkte Wein nach. »Außerdem braucht man mich beim Bäcker.«

»Du meinst, du brauchst den Bäcker.«

»Nenn es, wie du willst. Ich kann da nicht kündigen.«

»Und ich kann keine Beziehung führen. So einfach ist das. Mein Leben hält keine Beziehung aus.«

»Du hast es ja noch nicht mal probiert.«

»Weil es sinnlos ist.«

Yaruda gab auf. Sie wusste, dass sie ihren Sohn nicht unter Druck setzen sollte. Aber sie konnte nicht anders, als mindestens einmal im halben Jahr das Thema anzuschneiden. Es war ihre Natur.

Leonie und Grotewohl tuschelten, was Köhler nicht verborgen blieb. Er sparte sich aber eine Bemerkung.

»Weißt du was, Yaruda?«, sagte Leonie schließlich und grinste breit. »Wenn du magst, darfst du dann auf unser Kind aufpassen und es als dein Enkelkind ansehen.«

»Was?!«, rief Yaruda und schlug die Hand vor den Mund.

»Was denn für ein Kind?«, fragte Köhler und sah die drei Frauen der Reihe nach an.

»Boar, Shaft! Du kapierst echt gar nichts!« Grotewohl schlug sich die Hand an die Stirn.

»Ich bin wieder schwanger«, verriet Leonie und Yaruda stieß einen Freudenschrei aus. Köhler grinste, stand auf und drückte die beiden glücklichen, erwartungsfrohen Mütter.

Der darauffolgende Morgen begann mit einer Lagebesprechung. Im Raum befanden sich das gesamte Team sowie Staatsanwalt Berner.

»Also, Grotte und Shaft«, eröffnete Ballauf. »Wie ist euer Plan?«

Köhler erhob sich und trat an die Stirnwand des Besprechungsraums. »Wir erwarten stündlich den Obduktionsbericht, aber ich glaube kaum, dass wir eine Überraschung erleben werden. Peter Freiwald hat sich mit an Sicherheit grenzender Wahrscheinlichkeit nicht selbst an den Baum gehängt.«

»Was macht dich da so sicher?«, warf Berner ein.

»Zum Ersten die zusätzlichen Stichverletzungen im Rumpf«, erwiderte Köhler. »Außerdem war das Seil um den Baum gewickelt.«

»Na und?«, erwiderte Berner. Mit seinen Fragen provozierte er bewusst. Diese Taktik wandte er stets bei nicht eindeutigen Fällen an, um die vorgetragene Theorie zu stützen oder nach Lücken darin zu suchen. Alle im Raum wussten das und hielten sich entsprechend zurück.

»Es war weder eine Leiter noch ein Stuhl oder sonst irgendwas am Tatort zu finden, auf das Freiwald hätte klettern können, um sich das Seil um den Hals zu legen. Wenn ihr mich fragt, wurde er hochgezogen.« Er hielt kurz inne. »Hinzu kommt, dass auch eine dritte Person den Knoten an seinem Hals gemacht haben könnte. Alles eindeutige Hinweise auf einen Mord oder die Vertuschung eines solchen.«

»Ziemlich stümperhaft, wenn ich anmerken darf«, sagte Berner. Er richtete sich auf. »Ich denke, den Fall haben wir bald gelöst. Wer so viele Fehler macht, ist kein Profi.«

»Dem stimme ich zu«, sagte Ballauf und brachte sich in eine aufrechte Sitzposition. »Wie weit ist die SpuSi?«

»Der erste Bericht kommt um spätestens neun Uhr rein«, schaltete sich Müller ein. »Ich habe vor ein paar Minuten noch mit Sauerteig telefoniert.«

»Gut.« Ballauf zeigte sich zufrieden. »Grotte? Shaft? Schon eine Idee?«

Die Angesprochenen tauschten einen Blick.

Grotewohl sprach schließlich zuerst. »Ich denke, es konzentriert sich alles auf den Mertenshof.«

Ballauf wedelte auffordernd mit der Hand, als nichts mehr von Grotewohl kam.

Sie zögerte.

Köhler übernahm. »Da stimmte von Anfang an gar nichts«, sagte er. »Freiwalds Vermisstenmeldung, die Sache mit dem Handy, das verbrannte Auto ... alles merkwürdig und unlogisch.«

»Aber alles noch keine Beweise.«

»Die SpuSi wird schon was finden«, bemerkte Berner zuversichtlich und sah auf die Uhr. »Wer so viele Fehler macht, hinterlässt garantiert Spuren.«

»Gut«, sagte Ballauf. »Dann fahrt ihr zwei zum Hof und nehmt die Damen und Herren dort mal auseinander.« Er zeigte auf Grotewohl und Köhler. »Zur Not bestellt sie hierher. Du«, jetzt zeigte er auf Müller, »machst dich an den Bericht der SpuSi, sobald er eintrifft.« Müller nickte. »Und du, Sven, machst Druck bei der Pathologie. Ich will den Obduktionsbericht noch heute Morgen auf meinem Tisch haben. Und wenn ihr alles habt, treffen wir uns wieder.«

Damit war die Sitzung beendet und die Gruppe zerstreute sich.

Einen Augenblick später klingelte Köhlers Handy. Er blieb mitten im Raum stehen. Alle anderen außer Grotewohl waren bereits gegangen. Überrascht schaute Köhler auf das Display, dann nahm er das Gespräch an. »Klar, stell durch«, sagte er wenig später. Er meldete sich erneut mit seinem Namen, horchte einen Augenblick, dann hob er die Brauen. »Das ist eine gute Frage, Frau Mertens. Leider kann ich sie nicht beantworten. Peter Freiwalds Leichnam ist außerdem noch in der Gerichtsmedizin. Aber seien Sie unbesorgt, das geht alles seinen Gang und man wird Sie informieren. Sie sind ja schließlich so etwas wie seine Familie.« Er lauschte. »Aha. Ja, das wussten wir.« Er schob noch ein »Mmmh« und ein »Aha« hinterher, dann verabschiedete er sich und legte auf.

»Was ist?«, fragte Grotewohl ungeduldig.

»Das war die Mertens«, antwortete Köhler konsterniert. Sein Blick ruhte auf dem Handy. »Sie wollte wissen, wann sie den Totenschein bekommt.«

»Wieso sie?«

»Sie behauptet, sie und Laura Hofmeister wären Freiwalds einzige Angehörige. Wenn man überhaupt von Angehörigen sprechen kann.«

Grotewohl lachte humorlos. »Das ist doch Quatsch! Er und die Hofmeister waren gerade mal verlobt. Und die Mertens hat ja wohl gar nichts mit ihm zu tun – also rein verwandtschaftlich …«

Köhler dachte nach.

»Er hat tatsächlich keine Familie mehr. Hab nachforschen lassen. Alle gestorben.«

Jetzt sah Köhler Grotewohl an. Sein Blick verriet, dass es in ihm arbeitete. »Ich kann das alles gar nicht glauben«, sagte er schließlich.

»Was?«
»Dass man dermaßen dämlich sein kann.«
»Was meinst du?«
»Die stecken da doch alle mit drin.«
»Wer?«
»Der ganze verdammte Hof.«
»Wo drin genau?«
»Ich hab da so eine Idee.«
»Teilst du sie mit mir?«
»Noch nicht. Muss sie erst zu Ende denken.«

Berichte

Ballauf bekam unangemeldeten Besuch in seinem Büro. So etwas mochte er gar nicht, er konnte aber nichts dagegen tun. LKA-Ermittler Wagner war diesmal in Begleitung einer wesentlich jüngeren Frau, die ihm als Amelie Günther vorgestellt wurde. Sie war einen Kopf kleiner als Ballauf, trug ein marineblaues Kostüm und hatte die Haare zu einem hoch auf dem Kopf sitzenden Zopf gebunden. Ihre Haarfarbe schien sie mit der ihrer Augen abgestimmt zu haben. Auf den zweiten Blick war sie ziemlich hübsch. Auf den ersten allerdings schrie alles an ihr, dass sie völlig spaßbefreit war. Die Brille, die sie trug, war das Accessoire, das die Grenze zum Klischee überschritt. Ballauf musste bei ihrem Anblick beinahe lachen.

»Warum kommen Sie jetzt doch in mein Büro?«, fragte er sogleich.

Wagner nahm den kleinen Besprechungstisch in Beschlag, warf seine Jacke über eine Stuhllehne und legte seinen Aktenkoffer auf einen freien Stuhl. »Ach wissen Sie …«, sagte er selbstbewusst. »Ich wollte einfach mal wieder einen Espresso wie in Darmstadt genießen.«

»Warum haben Sie dann in Darmstadt ebenso wie ich einen Cappuccino getrunken?«

Wagner nickte anerkennend. »Respekt, Herr Ballauf. Ich sehe, Sie waren mal ein guter Polizist.«

Ballauf schluckte die Beleidigung und fragte: »Was wollen Sie? Ich stecke mitten in einer Mordermittlung.«

Das schien Wagner nicht zu interessieren. Er nahm auf einem der Stühle Platz, schlug die Beine übereinander und wies sowohl Ballauf als auch Günther an, sich ebenfalls zu setzen.

Widerwillig kam Ballauf der Aufforderung nach. Günther gehorchte stumm.

Spätestens als Wagner die Hände faltete und sie vor sich auf den Tisch legte, bemerkte Ballauf, wie er begann, diesen Typen zu hassen. Aber das spielte keine Rolle.

»Ich will die ganze Bande«, eröffnete Wagner.

Ballauf lachte auf. »Wie stellen Sie sich das vor? Ich bin mir nicht sicher, ob Sie mich da nicht ein wenig überschätzen. Ich war nur ein kleiner Spitzel, mehr nicht.«

»Sie sind unser Ansatzpunkt.«

Ballaufs Blick verriet Unverständnis.

»Ich will, dass Sie uns Namen nennen.«

»Fjodor Melnikow«, sagte Ballauf. »Und vielleicht Sam. Von dem weiß ich noch nicht mal den vollen Namen.« Er sah seine Felle davonschwimmen. »Ich fürchte, wir verstehen uns da falsch«, verteidigte er sich. »Ich bin keine große Nummer. Ich hatte Geldprobleme, die hat Melnikow gelöst und ich habe mit Informationen aus dem Präsidium die Zinsen zurückbezahlt, das ist alles.«

Wagner winkte ab. »Das ist uns sehr wohl bewusst. Entscheidend ist aber etwas ganz anderes.«

»So, was denn?«

»Melnikow vertraut Ihnen.«

»Der Obduktionsbericht ist gerade gekommen«, sagte Müller und hatte sofort die Aufmerksamkeit seines Kollegen Brauer, der zu ihm an den Schreibtisch kam und über seine Schulter hinweg auf seinen Bildschirm starrte. Obwohl Samstag war, musste heute das gesamte Team arbeiten. Bei frischen Mordfällen gab es kein Wochenende.

»Mach auf!«, forderte Brauer.

»Ja, Mann«, motzte Müller, »immer langsam mit den alten Pferden!« Er fuhr mit der Maus zum PDF im Anhang der Mail, die er von der Pathologie bekommen hatte. Beide starrten gebannt auf den Bildschirm und begannen zu lesen.

»Ich druck das mal aus«, entschied Müller. »Ich muss das als Papier vor mir liegen haben. Außerdem kann ich dann Randnotizen machen.«

»Mach zwei Ausdrucke«, bat Brauer.

Müller gab den Druckbefehl und kurz darauf hatten sie beide den Bericht in der Hand. Sie lasen ihn aufmerksam durch.

»Wenn ich das richtig verstehe, war Freiwald keine vierundzwanzig Stunden tot, als er gefunden wurde«, erkannte Brauer.

»So steht es hier«, sagte Müller und blätterte im Ausdruck.

»Das bedeutet, dass Freiwald frühestens am Donnerstag gestorben ist«, schloss Brauer.

»Also maximal vorgestern.«

»Wo war er dann den Rest der Woche?«

»Wie gehen wir vor?«, wollte Grotewohl wissen.

»Wir schauen uns erst noch mal um«, sagte Köhler. »Und dann sehen wir weiter.«

Grotewohl verzog das Gesicht. »Klingt aber nicht nach einem Plan.«

»Wir sollten jeden Moment die Berichte von Sauerteig und aus der Gerichtsmedizin bekommen«, sagte er. »Bis dahin will ich gar nicht mit den Weibern reden.«

Kaum hatte er den Satz zu Ende gesprochen, vibrierte sein Handy. Auf dem Display erschien die Nachricht, dass er zwei Mails bekommen hatte. »Wie auf Bestellung.«

Er parkte seinen geliebten Oldtimer auf dem Hof von Karina Mertens und schaltete den Motor ab.

»Ich hab die Nachrichten auch bekommen«, sagte Grotewohl und tippte auf ihrem Handy herum. Beide lasen die eingegangenen Berichte. Schließlich sahen sie sich an und waren sich einig.

»Das ändert alles«, sagte Köhler und wählte eine Nummer.

Nach dem Telefonat fiel er in eine kurze Starre. Mit leerem Blick saß er hinter dem Steuer seines Klassikers. »Was denkst du?«, fragte er schließlich.

»Ich denke, dass wir erst mal wieder zurückfahren sollten, um uns zu besprechen. Wenn wir jetzt da reingehen, sind sie gewarnt und hauen ab.«

»Verdammt!«

»Ja, ich weiß, das ist echt blöd. Aber wenn wir einen Alleingang starten, kann alles den Bach runtergehen.«

Köhler wandte sich Grotewohl zu. »Wie ich die Sache sehe«, sagte er, »ist das hier eindeutig. Die beiden Weiber haben Freiwald um die Ecke gebracht, haben versucht, es als Selbstmord zu tarnen, und denken, wir sind zu blöd, es herauszufinden.«

»Aber warum?«

Köhler hob die Schultern. »Vielleicht wollten sie die Versicherung kassieren.«

»Die zahlt bei Selbstmord nicht.«

»Stimmt.« Köhlers Gesicht verzog sich. »Was also sonst ist der Grund?«

»Den finden wir schon noch raus. Was wir brauchen, sind Beweise.«

»Und die haben wir nicht.«

»Genau. Deshalb fahren wir jetzt zurück und holen uns Verstärkung. Dann stellen wir die Bude auf den Kopf.«

»So machen wir es!«, bestätigte Köhler und startete den Motor.

Zurück im Präsidium, trafen Köhler und Grotewohl auf hektische Kollegen.

»Da seid ihr ja endlich!«, raunzte Ballauf. »Die Ereignisse überschlagen sich und ihr turnt in der Weltgeschichte rum.«

Köhler und Grotewohl tauschten einen Blick.

»Du hast uns doch weggeschickt«, verteidigte sich Köhler.

Ballauf wedelte mit der Hand. »Jaja, schon gut. Jetzt seid ihr ja hier.«

»Du hättest auch mal anrufen können«, schob Grotewohl hinterher.

»Hab ich versucht … nur eure bescheuerte Mailbox dran.«

Beide holten ihr Handy heraus. Tatsächlich hatten sie jeweils eine Nachricht auf der Mailbox.

»Auf dem Reiterhof ist der Empfang wohl nicht so prickelnd«, sagte Grotewohl zu ihrer Verteidigung.

Ballauf winkte ab. »Halten wir uns nicht mit Kleinigkeiten auf«, entschied er. »Ab ins Besprechungszimmer. Alle!«

Wenig später war die Ermittlergruppe vollständig versammelt.

»Also tragen wir noch mal zusammen, was wir haben.« Ballauf wartete nicht auf Wortmeldungen, sondern sprach selbst weiter. Das löste bei den Kollegen Erstaunen aus. In der Regel war die Berichterstattung Sache der vor Ort agierenden Ermittler.

»Wir haben einen Selbstmörder, der höchstwahrscheinlich keiner ist. Fakt ist, dass keine Leiter oder Ähnliches am Fundort sichergestellt werden konnte. Es ist demnach möglich, dass der Fundort nicht der Tatort ist. Hinzu kommen die Stichwunden, die Freiwald sich auch selbst hätte zufügen können, was aber ziemlich unwahrscheinlich ist.« Er stand auf und trat vor die Gruppe. »Dann wurde dieser Damenschuh gefunden, von dem wir nicht wissen, ob er in Verbindung mit dem Mord steht. Dazu die Schleif- und Kampfspuren in der unmittelbaren Umgebung. Was wir nicht haben, ist ein Abschiedsbrief, was uns wiederum weiter von der These des Selbstmordes abrücken lässt. Was uns ebenfalls fehlt, ist ein Motiv. Sowohl für Selbst- als auch für sonst irgendeinen Mord. Außerdem verwirrt mich, dass Freiwald erst frühestens einen Tag vor dem Auffinden gestorben ist. Er starb also sechs oder sieben Tage, nachdem er als vermisst galt. Stellt sich die Frage, wo er sich während dieser Zeit aufhielt. Vorschläge?«

Köhler meldete sich zu Wort. »Meiner Meinung nach stecken Mertens und Hofmeister bis zum Hals da mit drin.«

»Beweise?«, wollte Ballauf wissen.

»Keine.«

»Also nur Vermutungen.«

»Leider ja.«

»Wie willst du an Beweise kommen?«

»Ich will die zwei Frauen verhören. Und zwar hier.«

»Das bekommen wir hin. Noch was?«

»Ich möchte, dass der Hof durchsucht wird«, forderte Grotewohl.

»Das dürfte ebenfalls kein Problem sein«, urteilte Ballauf. »Den Beschluss hatten wir ja schon, der wurde aber wegen des Leichenfunds ausgesetzt. Irgendwas aus der Hintergrundrecherche?« Er sah erst Müller und dann Brauer fragend an.

»Denen steht das Wasser bis zum Hals«, berichtete Müller. »Überall unbezahlte Rechnungen. Die meisten Lieferanten kassieren in bar ab, wenn sie liefern, oder sie liefern gar nicht mehr. Der Hof ist marode. Sämtliche Mieter beschweren sich über die Zustände am Hof. Die meisten wollen ihre Pferde woanders unterbringen, aber es gibt nicht genügend freie Ställe in der Gegend, also bleiben sie. Etliche der Mieter füttern selbst, weil es in letzter Zeit regelmäßig vorkam, dass die Tiere wegen besagter Lieferschwierigkeiten zu wenig Futter hatten. Also, da brodelt's unterm Kessel.«

»Irgendwelche Drohgebärden aus dieser Ecke?«, wollte Ballauf wissen.

»Nicht bei meinen Gesprächen. Wut ja, aber alles im Rahmen des Verständlichen. Wie gesagt: Die meisten wollen einfach ihre Tiere umziehen, finden aber keinen Ersatz. Unzufrieden sind eigentlich alle, mit denen ich gesprochen habe.«

»Das passt ins Gesamtbild«, stellte Köhler fest.

»Allerdings erklärt das nicht, wo Freiwald den Rest der Woche war«, fügte Grotewohl an.

»Gilt der Durchsuchungsbeschluss noch oder brauchen wir einen neuen?«, erkundigte sich Köhler.

Ballauf versprach, das mit Berner zu klären.

Im Anschluss an die Besprechung rief Ballauf Berner an und erwirkte einen weiteren Durchsuchungsbeschluss für den Reiterhof. Als er aufgelegt hatte, atmete er tief durch und sah auf die Uhr. In wenigen Minuten hatte er einen Termin mit Wagner. Allmählich zweifelte er daran, dass seine Selbstanzeige die richtige Entscheidung gewesen war. Wagner nervte. Und diese Amelie Günther, die wie ein stummer Schatten an ihm klebte, war ihm unheimlich. Er fühlte sich unter Druck gesetzt. Wagner begriff scheinbar nicht, dass er einfach zu wenig über Melnikow und seine Organisation wusste, um sie zu Fall zu bringen. Was dachten die denn? Dass er die rechte Hand des Mafiabosses war. Er war ein lächerlicher Spitzel, den die Spielsucht erpressbar gemacht hatte. Ja, er hatte sich mit den falschen Leuten eingelassen. Ja, es war in allen Belangen moralisch verwerflich, falsch und würdelos gewesen. Aber was, zum Teufel, hätte er denn tun sollen? Hätte er sich verprügeln oder gar verstümmeln lassen sollen? Oder noch schlimmer: Hätte er zulassen sollen, dass seine Familie für seine Verfehlungen zahlen musste? Dann doch lieber so. Ein schmutziger Deal mit der Staatsanwaltschaft. Information gegen Straffreiheit. Doch was Wagner da von ihm verlangte, war so nicht geplant.

Wieder seufzte Ballauf. Er blickte aus dem Fenster, sah den Sendemast des Hessischen Rundfunks und erkannte die Ausweglosigkeit. So oder so, er war erledigt.

In seinem Kopf kreisten die Gedanken. Alles drehte sich um eine einzige Frage: »Wie komme ich aus der Sache möglichst schadlos wieder raus?«

Die Durchsuchung des Mertenshofes erfolgte am darauffolgenden Tag um sechs Uhr in der Frühe. Die Überraschung gelang. Die Hofbetreiber waren völlig unvorbereitet.

»Was soll das?«, zeterte Laura Hofmeister, als eine Horde Polizisten ins Haus stürmte. Als sie Köhler und

Grotewohl sah, kniff sie die Augen zusammen. »Das ist Ihr Werk!«, stellte sie fest.

»Natürlich«, entgegnete Grotewohl trocken und drängte Hofmeister in die Küche zurück. Dort trafen sie auf Homburg und Mertens, die wie verängstigte Katzen am Tisch saßen und die Welt nicht verstanden.

»Ah, prima«, sagte Köhler. »Da haben wir ja alle beisammen.«

Grotewohl sah sich um. »Nicht so ganz«, sagte sie gedehnt. »Wo ist Frau Schröter?«

Köhler hob die Brauen. Die neue Pferdewirtin hatte er völlig vergessen. Er staunte über Grotewohls Aufmerksamkeit und warf ihr einen stolzen Blick zu. Ihre Antwort war ein gehauchtes Grinsen. Als niemand sprach, hakte sie nach: »Also, wo ist sie?«

Die drei Überraschten tauschten unsichere Blicke aus. Offenbar versuchte jeder, einem der anderen die Antwort zu überlassen.

»War meine Frage so schwer zu verstehen?«, fragte Grotewohl und trat einen Schritt nach vorn. »Soll ich sie umformulieren?«

»Sie ist weggefahren«, antwortete Hofmeister. »Ein Trauerfall in der Familie.«

Grotewohl glaubte ihr kein Wort. Sie starrte Hofmeister direkt in die Augen. »Wo wohnt denn die Familie?«, fragte sie nach einer Weile.

»In … äh … in Ding.«

»Wo genau ist Ding?«

»Na, in …« Hofmeister sah hilfesuchend zu Homburg und blaffte: »Jetzt gib du doch mal Auskunft, du kennst sie schließlich besser!«

Homburg zuckte zusammen, als hätte Hofmeister ihn geschlagen. »Äh … in Koblenz … glaub ich.«

»Ja, Koblenz, richtig.« Hofmeister nickte zufrieden. »Jetzt fällt's mir wieder ein.« Sie gewann ihre Selbstsicherheit zurück. »Ihre Mutter ist schwer erkrankt.«

»Trauert man jetzt schon um Kranke?«, hakte Köhler nach.

»Wie bitte?«

»Sie sagten, sie hätte einen Trauerfall in der Familie.«

»Ja. Und?«

»Eben sagten Sie doch, die Mutter sei krank. Und krank ist nicht tot.«

Hofmeister lachte unsicher. »Da habe ich mich wohl falsch ausgedrückt. Aber der Mutter geht es tatsächlich sehr schlecht, sie wird wohl bald das Zeitliche segnen.«

Grotewohl und Köhler nickten und beide wussten, dass niemand sie daran erinnern musste, das zu überprüfen.

»Wir möchten Sie bitten, mit uns zu kommen«, sagte Köhler.

»Wohin?«

»Ins Präsidium.«

»Sind wir jetzt verhaftet?« Hofmeister reckte das Kinn und verschränkte die Arme vor der Brust.

»Ah, Dieter!«, rief Mertens und sprang auf.

Köhler und Grotewohl drehten sich zur Tür um. Dort stand Wertheim, der abgehetzt wirkte. Er warf einen Blick in die Runde, nickte Mertens zu und wandte sich an die beiden Ermittler.

»Was soll das alles hier?«, fragte er.

Köhler beeilte sich zu antworten, bevor Grotewohl es tat. Er kannte seine Kollegin gut genug, um zu wissen, dass ihre Erwiderung zum Streit führen würde. »Können wir draußen darüber reden?«, fragte er und schob Wertheim durch die Tür.

Augenblicke später standen die beiden im Hof.

»Was soll das Theater?«, zischte Wertheim.

»Das fällt nicht in deine Zuständigkeit, Dieter, und das weißt du. Also hör auf, den Ablauf zu stören.«

»Ich scheiß auf die Zuständigkeit. Frau Mertens hat mit der Sache nichts zu tun!«

Köhler blieb ruhig. »Das klären wir.«

»Ich verbürge mich für sie.«

»Das kannst du gar nicht.«

»Sie hat Freiwald nicht umgebracht.«

»Woher weißt du von dem Mordverdacht gegen die beiden?«

Wertheim schwieg. Sein Blick suchte Halt, fand aber keinen. »Ich … dachte es mir, als ich von eurer Aktion erfuhr.«

»Wieso warst du so schnell informiert?«

Wieder zeigte Wertheim Schuldbewusstsein. Er zögerte mit seiner Antwort. »Karina hat mir eine Nachricht geschickt, als ihr die Tür eingetreten habt.«

Köhler atmete tief durch, bevor er eindringlich auf Wertheim einredete. »Wenn du jetzt gehst, hab ich dich nicht gesehen, klar?«

Wertheim öffnete den Mund, um etwas zu erwidern, aber Köhler kam ihm zuvor.

»Überleg's dir gut«, sagte er mit ernstem Blick. »Du kannst nicht helfen. Im Gegenteil, du schadest dir nur.«

In Wertheim schien es zu arbeiten. Nach einer Weile drehte er sich um und verließ ohne ein weiteres Wort den Hof. Köhler sah ihm mit einer Mischung aus Mitleid und Wut hinterher. Einerseits konnte er verstehen, dass Wertheim seiner Freundin helfen wollte. Andererseits war ein solches Verhalten für einen Polizisten mehr als fragwürdig. Wertheim benahm sich wie ein Dorfsheriff in einem schlechten amerikanischen Film.

Köhler sah darüber hinweg. Er erkannte, dass Mertens etwas mehr als nur eine Jugendliebe für Dieter Wertheim war. Er vermutete, dass die beiden noch immer etwas miteinander hatten. Vielleicht spielte das in Wertheims Überlegungen auch eine Rolle. Womöglich wollte er verhindern, dass seine Affäre mit Karina Mertens ans Licht kam und seine Frau davon erfuhr.

Doch darauf konnte Köhler keine Rücksicht nehmen. Mal davon abgesehen, war das Sexualleben der Hofbesitzerin nicht relevant für den Fall. Anders sah das allerdings bei der Juniorchefin aus. Da würde Köhler ansetzen. Wenn er in all den Jahren bei der Mordkommission eines gelernt hatte, dann, dass es in der Regel um Geld oder um Sex und oft auch um beides ging.

Es dauerte nicht lange, da hatten Mertens, Hofmeister und Homburg den Widerstand aufgegeben. Hofmeister verweigerte die Aussage, bis ihr Anwalt eintreffen würde. Homburg und Mertens hingegen saßen wie ein Kaninchen vor der Schlange an den schmucklosen Verhörtischen und warteten geduldig, bis die Vernehmung begann. Einen Anwalt hatten die beiden nicht angefordert. Köhler hielt das sowohl für dämlich als auch für tollkühn, hatte aber nichts dagegen einzuwenden. Das würde ihm die Sache wesentlich erleichtern.

Während die Kollegen einen Karton nach dem anderen in einen Lkw luden, veranlasste Grotewohl, dass die drei Verdächtigen ins Präsidium gebracht wurden. Gleichzeitig wies sie die Leitstelle an, herauszufinden, wo sich Sibylle Schröter aufhielt. Selbst wenn sie erst seit Kurzem auf dem Hof war, konnte sie eine wichtige Zeugin sein; da wollte Grotewohl nichts unversucht lassen.

Fragen

»Sind alle da?«, wollte Köhler wissen. Er war aus einer Raucherpause ins Büro zurückgekehrt. Müller und Brauer sichteten gerade die ersten Ergebnisse der Durchsuchung. Grotewohl war in die Vernehmungsräume gegangen, um die Technik vorzubereiten.

»Alle, bis auf die Schröter«, antwortete Müller.

»Haben die Kollegen in Koblenz noch nicht bei ihren Eltern reingeschaut?«

»Doch, aber da war niemand zu Hause.«

Köhler atmete hörbar aus. »Irgendwas von der Durchsuchung?«

»Noch zu früh«, sagte Müller. »Am Tatort wurde aber jede Menge DNA gefunden.«

Köhler hob mahnend den Zeigefinger. »Ob es der Tatort war, wissen wir nicht«, sagte er. »Und die DNA-Analyse dauert unter Umständen Monate, bringt uns jetzt also nicht wirklich weiter.«

»Ja, hast recht«, gab Müller zu.

»Brauer, gib mir mal den Bericht von der SpuSi rüber.«

Brauer reichte wortlos einen Ausdruck über den Tisch und versank wieder in seiner Arbeit.

»Der Damenschuh verwirrt mich«, sagte Köhler.

»Wieso?« Brauer blickte auf.

»Der ist zu neu.« Köhler warf ein Tatortbild auf den Tisch. »Der ist nirgends angefressen oder sonst wie von der Natur beansprucht. Dieser Schuh hat bis vor ein paar Tagen noch an einem Fuß gesteckt.«

»Was hat das mit unserem Fall zu tun?«

»Das ist die Frage.« Köhler kratzte sich am Kinn. »Hat er überhaupt etwas mit unserem Fall zu tun?«

Brauer hob die Schultern. Er wirkte ratlos.

»Wir sollten das auf alle Fälle im Auge behalten.«

Dummheit?

Wieder einmal hatten Wagner und Günther Ballauf in seinem Büro aufgesucht. Wagner kam gleich zur Sache und stellte unmögliche Forderungen. Schließlich drohte er ihm mit dem Platzen des Deals, sollte er nicht nach ihrer Pfeife tanzen.

»Ich seh die Sache so«, sagte Wagner, wobei ein selbstgefälliges Lächeln seine Lippen umspielte. »Entweder Sie sind in unserem Team oder Sie spielen in Melnikows Mannschaft. Es gibt nur schwarz oder weiß, gut oder böse – entscheiden Sie sich.«

Ballauf war der Verzweiflung nahe.

»Was ihr da von mir verlangt, kann ich nicht leisten«, sagte er beherrscht. »Wieso bekommt ihr zwei Clowns das nicht in euren LKA-Schädel? Wie oft soll ich es denn noch sagen?«

»Wenn Sie die Beherrschung verlieren, Herr Ballauf, bringt uns das nicht weiter.« Wagner blieb erstaunlich gelassen. »Wir wollen die Melnikow-Organisation zerschlagen, und dafür brauchen wir den Kopf. Und wir sind der Meinung, dass Sie unser Mann vor Ort sein müssen.«

»Ich kenne Melnikow doch kaum«, rief Ballauf. »Ich habe ihn vielleicht drei Mal getroffen. Denken Sie, ich geh mit dem in die Sauna? Sie haben da eine völlig falsche Vorstellung.«

Wagner hob enttäuscht die Brauen. »Sie haben das in Ihrer Selbstanzeige etwas anders dargestellt.«

»Ich habe die Wahrheit erzählt!« Ballauf war angespannt. »Ich habe lediglich Informationen aus einigen

Fällen an Melnikow weitergegeben. Meistens waren das Bagatellen: Diebstahl, BTM-Verstöße, Körperverletzung und dergleichen. Mit so was hat jeder kleine Gauner im Bahnhofsviertel tagtäglich zu tun. Ich gebe zu, Ermittlungen manipuliert und Beweise gefälscht zu haben. Vielleicht noch Geheimnisverrat. Aber das war's dann auch schon.« Ballauf sackte auf seinem Stuhl zusammen. »Ich bin der Meinung, dass allein die Anzahl der Fälle, die ich für Melnikow geregelt habe, für ein paar Jahre den Aufenthalt in Weiterstadt rechtfertigen. Und jetzt kommen Sie mir hier mit verdeckter Ermittlung, für die ich nie ausgebildet wurde. Mal davon abgesehen, habe ich überhaupt keinen Bock auf so einen Mist. Das ist ein Himmelfahrtskommando!«

Wagner schwieg, Günther machte sich Notizen.

»Ist das Ihr letztes Wort?«, fragte Wagner schließlich.

»Ich habe nie etwas anderes gesagt.«

»Gut, dann war's das. Sie hören von uns.«

Die beiden LKA-Beamten packten ihre Unterlagen zusammen und verließen Ballauf mit dem wenig ernst gemeinten Wunsch, noch einen schönen Tag zu haben.

Verhör Mertens

In einem der Nebenräume trafen Grotewohl und Köhler zusammen. Sie schauten durch den Einwegspiegel in den Verhörraum, in dem die verängstigt wirkende Karina Mertens saß.

»Was ist mit ihrem Anwalt?«, fragte Köhler.

»Sie hat keinen, sagt sie.«

»Hast du sie aufgeklärt?«

»Jip.«

»Und?«

»Sie hat nichts zu verbergen«, zitierte Köhler.

»Dann ohne Anwalt?«

Grotewohl hob gleichgültig die Schultern.

»Dann los!«

Gemeinsam betraten sie den ablenkungsfreien Raum und setzten sich Karina Mertens gegenüber. Grotewohl schaltete die Videokamera ein und erklärte für die Aufnahme, wer sich im Raum befand und warum. Dann wandte sie sich an Karina Mertens.

»Frau Mertens ...«, begann sie und rückte ihren Stuhl zurecht. »Wissen Sie, warum Sie hier sind?«

Mertens schüttelte den Kopf.

»Aber das haben wir Ihnen doch gesagt!«, protestierte Köhler.

»Ich habe damit nichts zu tun.«

»Frau Mertens«, sagte Köhler sanft. »Wir haben Sie noch nicht beschuldigt. Wir befragen Sie nur zur Sache.«

»Ich weiß nichts zu einer Sache, wie Sie es nennen.« Sie spuckte das Wort »Sache« geradezu aus.

»Wissen Sie, warum Peter Freiwald sterben musste?«

Sie schwieg. Aber ihr war anzusehen, dass es in ihr arbeitete.

»Es ist nur eine Frage der Zeit, bis wir die Wahrheit rausfinden, Frau Mertens«, sagte Grotewohl. »Es wurden so viele dumme Fehler gemacht, das dauert maximal ein paar Tage, und dann schnappt die Falle zu.«

Mertens schaltete in den Trotzmodus. Ihr Blick sagte: »Dann mach doch!«

»Wenn Sie uns helfen, die Aufklärung zu beschleunigen, wird sich das positiv auf Ihre Mittäterschaft und Ihre Anklage und damit letztendlich auf Ihre Strafe auswirken.«

Mertens zeigte sich verwundert. »Mittäterschaft, Anklage, Strafe?«, wiederholte sie. »Was soll der Quatsch? Ich habe nichts getan.«

»Gut, das klären wir später«, sagte Grotewohl. Sie blätterte in einer Akte, die sie vor sich auf den Tisch gelegt hatte. »Ich habe hier die Akte von Ihrem Angriff auf Peter Freiwald im letzten Jahr …«

»Ach, kommen jetzt wieder die alten Geschichten auf den Tisch?«, ereiferte sich Mertens. »Die Sache ist erledigt!«

»Nicht für uns, Frau Mertens.«

»Dazu ist alles gesagt.«

»Ich würde trotzdem gerne darüber reden.«

»Da gibt es nichts zu reden. Ich habe mich in einem psychischen Ausnahmezustand befunden und die Kontrolle verloren. Das war alles.«

Grotewohl zeigte sich unbeeindruckt. »In der Akte stand, dass Sie vor dem Angriff gesagt haben …«, sie blätterte nach, »ich zitiere: ›Es tut mir leid, es muss sein.‹«

»Daran kann ich mich nicht erinnern. Wie gesagt: Mir ging es nicht sonderlich gut zu der Zeit.«

»Was meinten Sie damit, dass es sein musste?«

»Sind Sie taub oder so was?«, bellte Mertens. »Ich habe Ihnen gerade gesagt, dass ich mich nicht erinnern kann!«

»Jaja, schon klar. Aber nehmen wir mal an, Sie hätten es tatsächlich gesagt. Was könnten Sie gemeint haben?«

Mertens lachte schnaubend. »Was soll der Scheiß? Ich werde dazu nichts mehr sagen.« Sie lehnte sich nach vorne und fuhr in bester Matlock-Parodie fort: »Das wäre reine Spekulation.«

»Ihnen fällt dazu also nichts ein.«

»Genauso ist es.«

»Und warum wollten Sie, dass Peter Freiwald stirbt?«

Sie zuckte zusammen. »Wollen Sie mir jetzt den Mord an Peter in die Schuhe schieben?«

»Niemand will hier irgendwem etwas in die Schuhe schieben. Wir versuchen lediglich, die Wahrheit herauszubekommen. Nicht mehr … aber auch nicht weniger.«

»Ich glaube, ich möchte jetzt doch einen Anwalt.«

»Kein Problem«, sagte Grotewohl und brach das Verhör ab.

Verhör Hofmeister

Laura Hofmeister hatte von Anfang an auf ihre Rechte gepocht, und sie kannte diese erstaunlich gut. Es hatte eine Stunde gedauert, bis ihr Anwalt eintraf. Dieser saß nun neben ihr im zweiten Vernehmungsraum. Hofmeister strahlte puren Trotz aus.

Köhler übernahm die Gesprächsführung und ging auch gleich in die Vollen: »Wo hielt sich Peter Freiwald von vorletztem Freitag bis zu seinem Tod am Donnerstag auf?«

Hofmeister hob die Schultern. »Woher soll ich das wissen?«

»War nur so eine Idee von mir, dass Sie das vielleicht wissen könnten.«

»Würden Sie meine Mandantin bitte nur zur Sache befragen, Herr Hauptkommissar?«, schaltete sich der Anwalt ein.

Köhler bedachte ihn mit einem missbilligenden Blick. Einer vorsichtigen Schätzung nach konnte der Mann allerhöchstens fünfundzwanzig Jahre alt sein. Köhler vermutete, dass er von seiner Mandantin nicht mit Geld bezahlt wurde. Ein paar Reitstunden mussten es schon sein. Bei dem Wortspiel musste Köhler ein Grinsen unterdrücken. Er senkte den Blick und fuhr fort, als er sich wieder im Griff hatte.

»Gut«, sagte er. »Warum haben Sie Peter Freiwald ermordet?«

»Jetzt reicht's aber, Herr Köhler!«, fuhr der Anwalt auf.

Köhler hob abwehrend die Arme und lehnte sich zurück. »Was wollen Sie von mir?«, rief er. »Ich sollte Ihre Mandantin doch zur Sache befragen.«

»Das … ich … aber doch nicht so!«

»Sind Sie überhaupt Strafverteidiger?«

»Ich bin Anwalt.«

»Also nicht.«

»Ich glaube, ich werde mich über Sie beschweren.«

»Hört sich für mich an, als wollten Sie meine Mutter anrufen.«

»Es reicht!«, brüllte sein Gegenüber und knallte beide Hände auf den Tisch. Köhler war erstaunt über den Kontrollverlust. Später sollte er herausfinden, dass der junge Mann tatsächlich Fachanwalt für Arbeitsrecht war und erst seit einem Jahr praktizierte. Das erklärte die offensichtliche Überforderung, wenn auch nur im Nachhinein. »Entweder wir kehren zur Professionalität zurück oder wir brechen das hier ab«, fügte der Anwalt mit zittriger Stimme hinzu und richtete sich ungeschickt die Kleidung. Offensichtlich ärgerte es ihn, dass er sich so hatte provozieren lassen.

»Netter Versuch, Herr Anwalt«, sagte Köhler ruhig. »Aber hierbei handelt es sich um eine Mordermittlung und nicht um die Aufklärung eines Kaufhausdiebstahls. Ihre Mandantin ist zudem eine der Hauptverdächtigen. Hier wird gar nichts abgebrochen.«

»Haben Sie dafür Beweise oder bleiben wir bei den Behauptungen?«

Köhler fluchte innerlich. Da hatte der Mann ihn auf dem falschen Fuß erwischt. »Wissen Sie was?«, überspielte er seine Unsicherheit und stand auf. »Ich hole mir mal einen Kaffee und dann fangen wir noch mal von vorne an. Wie Erwachsene und nicht auf Sandkastenniveau.«

Er ging in den Überwachungsraum, in dem Grotewohl grinsend auf ihn wartete. Neben ihr stand ein weiterer Kollege, der so tat, als wäre er mit der Technik beschäftigt.

»Wow«, sagte sie, ein Lachen unterdrückend. »Dem hast du es aber mal so richtig gegeben.« Grotewohl äffte ihn nach: »Reden wir wie Erwachsene.« Sie brach in schallendes Gelächter aus. Der Kollege konnte sich nun auch nicht mehr beherrschen und lachte ebenfalls.

Köhlers Blick flog zwischen den beiden hin und her. »Schön, dass wenigstens ihr zwei euren Spaß habt.«

Grotewohl wischte sich Tränen von der Wange. »Ist doch wahr, Mann«, sagte sie, immer noch kichernd. »Was wolltest du denn mit der Nummer erreichen?«

»Keine Ahnung«, sagte Köhler und nahm sich einen Kaffee. »Als ich den gesehen hab, ist mir die Hutschnur gerissen.«

»Meine Güte!« Grotewohl hatte immer noch Mühe, sich zu beherrschen. »Soll ich übernehmen?«

»Ist vielleicht besser«, gab Köhler zu. »Ich nehm mir dann Homburg vor.« Er ging zur Tür.

»Reden wir wie Erwachsene«, äffte Grotewohl ihn erneut nach.

Köhler verließ kopfschüttelnd den Raum. »Verdammter Kindergarten«, fluchte er und suchte nach dem Vernehmungsraum, in dem Homburg wartete. Auf dem Weg dorthin traf er auf Brauer. »Habt ihr die Schröter gefunden?«, fragte er im Vorbeigehen.

»Noch nicht, sorry.«

»Hat man sich um die Pferde gekümmert?«, wollte er außerdem wissen.

»Ja, der Tierschutz müsste gerade auf dem Hof sein, um die Tiere abzuholen«, sagte Müller. »Ein paar der

Pferdebesitzer haben sich zusammengetan und die anderen Tiere werden erst mal im Rhein-Main-Gebiet verteilt.«

Köhler nickte zufrieden.

Verhör Homburg

Dirk Homburg war nervös. Das erkannte Köhler sofort, als er im Beobachtungsraum durch den Einwegspiegel sah.

Gut so!, dachte er.

Der Pferdewirt saß bereits seit zwei Stunden in diesem seelenlosen Raum, ohne befragt worden zu sein. Nervös kaute er an seinen Fingernägeln, von denen kaum noch etwas übrig war. Als die Polizei heute Morgen den Hof gestürmt hatte, schien ihm das Herz in die Hose gerutscht zu sein. Köhler stellte zufrieden fest, dass Homburg in brenzligen Situationen zur Schockstarre neigte. Er hatte seit seiner Verhaftung kaum ein Wort gesprochen und alles stoisch über sich ergehen lassen. Ein Kühlschrank zeigte mehr Aktivität als er.

Köhler atmete kurz durch und stürmte schließlich in den Raum. Sein forsches Auftreten sollte den Delinquenten weiter verunsichern. Homburg brauchte einen Moment, bis er Köhler erkannte.

Köhler unterdrückte ein triumphierendes Grinsen. »Geht's Ihnen gut?«, fragte er beim Anblick des völlig konsternierten Mannes.

»Hm?«

»Sie sehen … merkwürdig aus.«

»Danke«, sagte Homburg, völlig ohne Ironie.

Köhler erkannte schnell, dass dieses Verhör speziell werden würde. Er setzte sich dem Stallmeister gegenüber an den Tisch und verharrte einen Augenblick, in dem er Homburg beobachtete. Der wiederum saß einfach nur da und starrte vor sich hin. Gelegentlich führte er eine Hand zum Mund und kaute darauf herum.

»Herr Homburg?«, wagte sich Köhler aus der Deckung und beugte sich vor.

»Ja, bitte?«

»Sind Sie aufnahmefähig?«

»Sicher.«

»Gut.«

»Was kann ich für Sie tun?«

Guter Anfang, dachte Köhler. »Wer hat Peter Freiwald ermordet?«

»Das kann ich Ihnen nicht sagen.«

»Das heißt aber nicht, dass Sie es nicht wissen.«

Homburg sah Köhler direkt an und schwieg.

»Wo war Peter Freiwald von vorletztem Freitag bis vergangenen Donnerstag?«

Homburg hob die Schultern und ließ sie wieder fallen.

»Können Sie mir sagen, wer Peter Freiwald nach dem Leben trachtete?«

Homburgs Blick war seltsam verklärt. Er legte den Kopf schief und sagte: »Schade … Eigentlich war er ein ziemlich netter Kerl.«

»Sicher«, erwiderte Köhler. »Aber warum musste er sterben?«

»Was fragen Sie mich das?«

»Weil Sie da mit drinstecken.«

»Sagt wer?«

Köhler lachte schnaubend. »Denken Sie, wir sind alle dämlich bei der Polizei?«

»Dazu sag ich besser nichts«, entgegnete Homburg und ließ seinen Blick durch den Verhörraum schweifen. »Hier, in der Höhle des Löwen.« Er grinste verlegen.

Köhler wurde nicht schlau aus dem Mann. »Haben Sie Peter Freiwald ermordet?«, fragte er freiheraus.

Homburg starrte Köhler an und schwieg. Köhler wartete ab. Dann, schließlich, in einer schnellen Bewegung, beugte sich Homburg vor und sagte: »Wissen Sie was? Ich hab's mir anders überlegt. Ich will jetzt lieber doch einen Anwalt.«

Wo ist Schröter?

»Was Neues von Sibylle Schröter?«, fragte Köhler, als er ins Büro zurückkehrte.

»Die Kollegen haben die Eltern mittlerweile erreicht«, sagte Müller. »Doch ihre Tochter war laut deren Aussage schon seit mehreren Wochen nicht mehr bei ihnen. Sie wissen auch nicht, wo sie sich aufhalten könnte, wenn sie nicht auf dem Mertenshof ist.«

Köhler war enttäuscht. »Egal«, sagte er nach einer Weile. »Die wird schon auftauchen. Sie war eh nicht so wichtig.« Er war der Meinung, dass sie genügend andere Indizien hatten, um die Bande rund um den Mertenshof mit dem Mord an Peter Freiwald in Verbindung zu bringen. Grübelnd saß er an seinem Schreibtisch. Er fühlte sich gerade etwas nutzlos. Die Verhöre pausierten, bis die angeforderten Anwälte eingetroffen waren. Bis dahin durften die Verdächtigen nicht weiter befragt werden. Müller und Brauer waren damit beschäftigt, die Berichte von der Spurensicherung zu sichten. Da die Auswertung der Durchsuchung immer noch im Gange war, kam man hier ebenfalls nicht weiter. »Ich fahr da jetzt noch mal hin«, beschloss Köhler. »Vielleicht finde ich noch etwas, das mich weiterbringt.«

»Wie du meinst«, sagte Müller. »Du bist der Boss.«

Köhler informierte Grotewohl, dass er noch mal zum Mertenshof fuhr.

Sie war damit einverstanden.

»Ich mach mit den Verhören weiter, sobald die Anwälte eingetroffen sind«, versprach sie. »Kannst ja dann dazustoßen.«

»So machen wir es.«

Eine halbe Stunde später erreichte Köhler mit seinem Mercedes den Mertenshof. Hier wimmelte es von Fahrzeugen: Polizeimannschaftswagen, Pferdeanhänger und große Fahrzeuge, die diese Anhänger ziehen sollten. Sogar ein Pferdetransport-Lkw stand auf dem staubigen Hof. Polizisten beluden einen Sprinter mit Gegenständen, die sie aus dem Haus geholt hatten und die für die Ermittlungen relevant sein konnten. Köhler hielt Ausschau nach dem Einsatzleiter und erkundigte sich bei ihm nach dem Fortschritt.

»Wir sind so gut wie durch«, sagte der vierschrötige Kollege. »So viel war es ja nicht.« Er ließ seinen Blick über den Hof schweifen. »Mit dem Wohnhaus sind wir fast fertig. Bleibt nur noch der Keller. Aber der ist schnell gemacht. Ist nur ein Raum. Die Ställe sind auch durch, uns bleiben noch die Nebengebäude.«

Köhler nickte zufrieden und sah dabei zu, wie sich zwei uniformierte Kollegen mit einem Schlüssel am Tor einer baufälligen Garage zu schaffen machten. Aus irgendeinem Grund, den Köhler nicht benennen konnte, behielt er das Geschehen rund um die Garage im Auge. Die beiden Kollegen hatten etwas von einem Slapstick-Duo. Sie schafften es nicht, das Tor zu öffnen. Erst rüttelten sie am Griff, dann warfen sie sich gegen das Tor, schließlich zogen und zerrten sie daran, doch nichts tat sich. Als Nächstes probierten sie einen anderen Schlüssel, der zwar ins Schloss passte, das Tor jedoch ebenfalls nicht öffnete. Den Kollegen war anzusehen, dass sie immer wütender wurden. Unwillkürlich musste Köhler grinsen. Er war froh, dass er nicht derjenige war, der vor dem Tor stand. Kopfschüttelnd wandte er sich ab. Sein Blick glitt hinüber zur Eingangstür des Wohngebäudes. In diesem Moment kam ein junger Kollege ins Freie gerannt und sah sich suchend um. Als er nicht fand, wonach er suchte, wandte er sich an einige der herumstehenden Kollegen. Einer der Männer zeigte auf Köhler und den immer noch neben ihm stehenden Einsatzleiter. Völlig außer Atem und offensichtlich aufgewühlt eilte der junge Kollege auf sie zu.

Gleichzeitig ertönte ein lautes Krachen. Köhler erschrak und richtete seinen Blick erneut auf die Garage. Deren Tor stand endlich offen und die beiden Kollegen rieben sich triumphierend die Hände. In der Garage parkte ein Auto, das Köhler kannte. Er konnte es aber zunächst nicht zuordnen, da Farbe und Fabrikat im Gegenlicht nicht auszumachen waren. Es war ein Kleinwagen. Massenware.

»Chef, du musst kommen, wir haben vermutlich was entdeckt!«, verkündete der herbeigeeilte Kollege und riss Köhler damit aus seinen Gedanken.

Köhler und der Einsatzleiter tauschten einen Blick und folgten dem Kollegen. Dieser führte sie in den Keller, der in schummriges Licht getaucht war. Die düstere Atmosphäre erinnerte an einen schlecht gemachten Horrorfilm.

»Hier!«, sagte der Kollege und zeigte auf ein Schwerlastregal. »Seht ihr? Ich wollte es nicht allein machen. Wer weiß, was uns dahinter erwartet.«

Zuerst sah Köhler nicht, was gemeint war. Dann trat er einen Schritt nach vorn und entdeckte auf dem

Boden eine Schleifspur, die den Anschein erweckte, als hätte man das Regal als Tür genutzt.

»Packt mal mit an«, bat er. »Das scheint Kraft zu erfordern.« Der junge Kollege und der Einsatzleiter griffen an das Regal. Auf Köhlers Kommando schoben sie es entlang der Schleifspur. Es bewegte sich nur geringfügig.

»Wartet mal!«, bat der junge Kollege und griff zwischen die Regaletagen. Er fummelte an etwas herum und sagte schließlich: »So! Jetzt noch mal …«

Tatsächlich ließ sich das Regal nun erstaunlich leicht zur Seite schieben.

»Uh!«, machten alle drei gleichzeitig und hielten sich die Hand vor die Nase. Ein widerlicher Geruch stieß ihnen entgegen. Sie blickten in ein dunkles Loch.

»Hat jemand eine Taschenlampe?«, fragte Köhler.

Der junge Kollege hob die Hand und griff an seinen Gürtel. Sekunden später warf eine Maglite ein Licht in das Loch.

»Nach dir«, sagte Köhler und grinste den Kollegen an.

Dieser hob missmutig die Brauen, stieg aber klaglos als Erster in das Loch. »Hallo!?«, rief er. »Polizei! Ist da jemand?«

Inzwischen waren ihm Köhler und der Einsatzleiter gefolgt. Der Lichtkegel der Taschenlampe glitt über die Wände.

»Ach du Scheiße!«, stieß plötzlich der junge Kollege aus. Der Lichtkegel verharrte auf einem Bündel. Es handelte sich um eine Frau, die leise zu wimmern begann. Köhler registrierte, dass die Frau nur einen Schuh trug. Jetzt wusste er wieder, woher er das Auto oben in der Garage kannte. Es war das Fahrzeug von Sibylle Schröter. Auf einmal fügte sich alles zusammen.

Seitenwechsel

Ballauf hatte die letzten Tage damit verbracht, wechselweise zu verzweifeln oder den perfekten Bullen zu spielen. In ihm zerrte es. Zwei Drittel seines Lebens hatte er als Polizist gewissenhaft seinen Dienst versehen. Er hatte das immer gerne und aus Überzeugung getan. Vor ein paar Jahren hätte er niemals daran gedacht, mit einem Verbrecher zusammenzuarbeiten. Bis zu dem Tag, an dem er dem Spiel verfallen war. Ob der Spieler schon immer in ihm gesteckt hatte oder er erst zu einem geworden war, vermochte er nicht zu sagen. Im Prinzip war es auch egal. Er war spielsüchtig, und das hatte ihm letztendlich das Genick gebrochen.

Vielleicht war es auch der Reiz des Verbotenen gewesen – was auch immer. Es spielte keine Rolle. Vor ein paar Tagen hatte er in der Selbstanzeige noch die Lösung all seiner Probleme gesehen. Das war nun anders. Wagner setzte ihm die Pistole auf die Brust. Aber er, Ballauf, konnte nicht liefern. Wie sollte er das anstellen? Er kannte Melnikow kaum. Wie sollte er da die Strukturen von dessen Organisation kennen? Hatten die beim LKA nicht eigene Abteilungen für solche Dinge? Warum musste er, der eigentlich schon in Pension war, jetzt den Helden spielen? Was man von ihm verlangte, war einfach nicht zumutbar.

Der Polizeipräsident weigerte sich hartnäckig, mit ihm zu reden. Für ihn war die Sache entschieden und er sah keinen Handlungsspielraum. Der Ball liege beim LKA und Ballauf könne froh sein, überhaupt straffrei aus der Sache rauszukommen ... oder tot, falls Fjodor ihn enttarne. Oder noch viel schlimmer: Fjodor könnte beschließen, nicht ihn, sondern seine Frau zu töten. So war Melnikow gestrickt. Größtmöglicher Schaden war seine Politik, wenn es um Rache ging.

Ballauf war aufgeregt wie ein Debütant, der seine Jugendliebe bei deren Eltern abholte. Er stand vor dem unscheinbaren Gebäude in der Elbestraße und musterte die Fassade. Ein Anstrich wäre hier fällig, stellte er fest. Was für ein sinnloser Gedanke im Angesicht der Aufgabe, die ihn in das Gebäude führte. Er atmete zweimal tief durch, fasste sich ein Herz und trat durch das schäbige, graffitiverschmierte Hoftor in den Innenhof der Liegenschaft. Es roch nach Urin und Hausmüll. Irgendwo bellte ein Hund. Ein Paar stritt lauthals in einer fremden Sprache. Ein Kind schrie. Ballauf zweifelte an der Richtigkeit seiner Entscheidung, doch dann drückte er auf den Klingelknopf.

»Ja?«, bellte wenige Sekunden später eine Männerstimme durch die Gegensprechanlage.

»Hauptkommissar Ballauf will zu Melnikow«, antwortete Ballauf.

»Moment!«

Es dauerte einige Sekunden, bis der Türsummer brummte und Ballauf die Tür aufdrücken konnte.

»Vierter Stock!«, tönte es aus der Gegensprechanlage.

Im Haus roch es noch schlimmer als auf dem Hof. Angewidert verzog Ballauf das Gesicht und verzichtete darauf, den Handlauf der Treppe zu benutzen, als er in den vierten Stock hinaufstieg. Drei Türen standen auf dem Treppenabsatz zur Auswahl. Eine war einen Spaltbreit geöffnet.

»Hallo?«, rief Ballauf und stieß die Tür mit der ausgestreckten Hand auf.

»Komm rein, Bulle«, brummte eine Männerstimme. Die Tür wurde komplett geöffnet, Ballauf wurde hineingezogen und an die Wand gedrückt. Kräftige Hände tasteten ihn ab. »Bist du verkabelt, Bulle?«, fragte ihn der Mann.

Ballauf erinnerte sich an ihn. Es war Sam. Jetzt, von Angesicht zu Angesicht, erinnerte er sich sogar an dessen vollen Namen: Samuel Fröhlich. Melnikows Wachhund. Ein Mann, mit dem man sich besser nicht anlegte. »Natürlich nicht, Blödmann«, gab er zurück und spielte den Unerschrockenen.

Fröhlich grinste. Er tätschelte Ballaufs Wange und sagte: »Guter Junge.« Dann wies er mit einer Kopfbewegung auf eine Tür am Ende des Flures. »Fjodor empfängt dich«, sagte er. »Hast Glück, dass er da ist.«

Ballauf blickte dem Wachhund selbstsicher in die Augen und trat in Melnikows Büro.

Spiel mit dem Feuer

Sibylle Schröter wurde ins Sankt Katharinen-Krankenhaus gebracht. Ihr Zustand war besser, als es zunächst den Anschein gehabt hatte. Sie hatte von sich aus so gut wie kein Wort gesagt und Köhler hatte darauf verzichtet, sie zu befragen. Sie würden schon noch herausfinden, was es mit dem Gefängnis im Keller auf sich hatte und wie sie dorthin gelangt war. Die Situation war auch für Köhler nicht alltäglich. Er rief Grotewohl an, um ihr die Neuigkeit mitzuteilen.

»Was?!«, rief sie ungläubig ins Telefon.

»Wenn ich es dir doch sage! Wie bei ›Das Schweigen der Lämmer‹ oder so.«

»Krass!«

»Das ist die Untertreibung des Jahres.«

»Brauchst du Hilfe?«

»Nö, sind ja genügend Leute da. Aber du müsstest erst mal die Vernehmungen unterbrechen. Wir sollten uns beraten.«

»Die Anwälte sind eh noch nicht da.«

»Prima, also lassen wir sie schmoren, die verdammte Bande. Ruf das Team zusammen! Ich bin in einer halben Stunde da, dann überlegen wir, wie wir sie knacken.«

Köhler legte auf, ging zum Einsatzleiter, gab ihm seine Handynummer und bat ihn, sich bei ihm zu melden, sobald sich etwas Entscheidendes tat. Der wiederum versprach, schnellstmöglich an Köhler zu berichten.

Auf der Fahrt ins Präsidium bemerkte Köhler den Kick, den er immer dann verspürte, wenn er kurz vor der Aufklärung eines Falles stand. Ein Hochgefühl, das ihn beschwingt Lieder aus dem Radio mitsingen ließ, deren Texte er nicht kannte.

Als er den Besprechungsraum betrat, war dieser gut gefüllt. Alle Kollegen waren anwesend. Alle, außer Ballauf.

»Wo ist der Chef?«, fragte er.

»Keine Ahnung«, sagte Grotewohl. »Er ist nicht auffindbar. Ich hab ihn drei Mal angerufen.«

»Dann halt ohne ihn«, beschloss Köhler. Er suchte mit einem kurzen Blick die Zustimmung beim Staatsanwalt, der mit einer Geste sein Einverständnis signalisierte.

»Gut … dann los.«

Ausführlich berichtete er, was sie auf dem Mertenshof vorgefunden hatten. Die Kollegen hingen regelrecht an seinen Lippen und schüttelten von Zeit zu Zeit ungläubig den Kopf.

»Blöd nur, dass wir Frau Schröter derzeit nicht vernehmen können«, schloss er seinen Vortrag. »Wie wollen wir weitermachen?«

»Ich denke, wir sollten die drei Verdächtigen in U-Haft stecken und die Aussage von Frau Schröter abwarten«, schlug Grotewohl vor.

»Ich veranlasse das«, sagte Berner und machte sich eine Notiz.

Köhler wandte sich an Müller. »Wie weit sind die Berichte der Spurensicherung und der Forensik?«

»Die bekommen wir vermutlich erst morgen, zumindest in Teilen.« Er machte eine entschuldigende Geste. »Dauert halt, weißte doch.«

»Alles gut«, sagte Köhler. »Im Prinzip haben wir die Richtigen im Sack. Jetzt ist es unsere Aufgabe, dieses ganze Durcheinander in irgendeine Logik zu bekommen.«

»Stell dir das mal nicht so einfach vor, Shaft«, mahnte Grotewohl. »Noch haben wir keine Beweise.«

Ballauf hatte eine Stunde in Melnikows Büro verbracht. Als er das Gebäude in der Elbestraße verließ, meinte er, seine Ziele erreicht zu haben. Zufrieden war er allerdings auch weiterhin nicht. Melnikow war immer noch ein Berufsverbrecher, der auch vor Mord nicht zurückschreckte. Er war aber auch Geschäftsmann. Deshalb hatte Ballauf ihm ein Angebot gemacht, das Melnikow nicht ablehnen konnte.

Ballauf bereute, dass er sich jemals in diese Situation gebracht hatte. Gleichzeitig war er stinksauer auf den Polizeipräsidenten und seinen Handlanger Wagner, die ihn so schlecht behandelt hatten. Er war bereit gewesen, Fjodor ans Messer zu liefern, aber zu seinen Bedingungen und nicht als Kanonenfutter. Dennoch fühlte er sich schmutzig und er sehnte sich nach einer Dusche.

Im Grunde war das alles ein Riesendilemma. Er hatte nicht nur sich, sondern auch die Polizei beschmutzt. Er hatte seinen Eid gebrochen, die Verfassung zu schützen und zu befolgen. Er hatte Elena in Gefahr gebracht. Er hatte seine Pension gefährdet. Im Grunde hatte er alles versaut.

So war es doch.

Da biss die Maus keinen Faden ab.

Es war alles allein seine Schuld.

Er wusste, dass er dieses zerstörerische Gefühl für den Rest seines Lebens mit sich rumtragen würde.

»Wie lange sollen wir denn noch warten?«, fragte Müller in die Runde. »So kommen wir doch nicht weiter.«

»Da hast du recht«, sagte Köhler und stand auf. Er ging zum Schrank und holte sein Jackett heraus. »Deshalb mach ich jetzt den Abflug, Herrschaften.«

»Wohin?«, wollte Grotewohl wissen.

»Ich geh zu Frank und kipp mir einen hinter die Binde.«

»Ich komm mit«, beschloss Grotewohl und warf sich ihre Lederjacke, die sie über ihre Stuhllehne gehängt hatte, lässig über die Schulter.

Brauer blickte zwischen den beiden hin und her. Er öffnete den Mund, blieb aber stumm. Er sah aus wie ein Hund, der nicht mitdurfte.

Grotewohl bemerkte, dass dem jungen Kollegen etwas auf der Zunge lag. »Willst du mitkommen, Sven?«, fragte sie deshalb.

»Eigentlich nicht«, antwortete er und druckste herum. »Ich will euch ja nicht den Feierabend versauen …«

»Aber?«, fragte Köhler streng.

»Ballauf ist immer noch nicht aufgetaucht.«

Köhler und Grotewohl tauschten einen Blick.

»Wie lange ist er schon verschwunden?«, wollte Grotewohl wissen.

»Zuletzt wurde er heute Morgen in seinem Büro gesehen.«

»Und?«, warf Köhler ein. »Darf er sich nicht mal einen Tag freinehmen?«

»Also, ich kenn ihn nicht so lange wie ihr«, begann Brauer, »aber so, wie ich ihn erlebt habe, ist er während der heißen Phase eines Falles noch nie einfach verschwunden. Das passt überhaupt nicht zu ihm.«

»Da hat er recht«, sagte Grotewohl. Sie sah ihren Partner fragend an.

»Und du hast es auf allen Kanälen probiert?«, wollte Köhler wissen.

»Ich habe sogar seine Frau angerufen.«

»Verdammte Kacke!«, stieß Köhler aus. »Das war's dann wohl mit dem Feierabendbier.«

Ballauf war gestresst. Sein Plan konnte nur aufgehen, wenn Elena mitmachte. Er hatte sie noch nicht eingeweiht. Bestimmt würde sie wütend sein. Zu Recht!

Was hatte er sich da nur eingebrockt?

Aber jetzt war es zu spät.

Auf der anderen Seite fühlte er sich gut. Denn das, was er tat, machte so einiges wieder wett. Allerdings flammte seine Spielsucht wieder auf. Der Nervenkitzel, wenn er beim Poker »All in« gegangen war, hatte erneut Besitz von ihm ergriffen. Das machte ihm Angst.

Als er jetzt vor dem Unterweltboss saß, gelang es ihm kaum, sich diese Gefühlsregung nicht anmerken zu lassen.

»Was willst du hier?«, blaffte Melnikow. »Ich hoffe, ich verplempere nicht meine Zeit mit dir.«

»Gut, dann will ich gleich zur Sache kommen«, sagte Ballauf betont selbstsicher. Das Blut pochte an seine Gefäßwände, die alle Mühe hatten, dem Druck standzuhalten. Demonstrativ lässig lehnte er sich zurück. »Ich habe etwas sehr Wertvolles für dich«, fuhr er fort.

Melnikow stieß ein Grunzen aus. »Was soll das sein?«

»Ich kann deinen Arsch retten, mein Lieber.«

Eine Spur von Unsicherheit huschte über Melnikows Gesicht. Kaum wahrnehmbar, aber doch zu erkennen. Ballauf hatte ihn an der Angel, jetzt musste er den Fisch nur noch an Land ziehen.

»Sprich weiter«, sagte der Berufsverbrecher und wedelte gönnerhaft mit der Hand.

»Ich kann dir eine Liste besorgen, auf der alle verdeckten Ermittler stehen, die wir in deine Organisation eingeschleust haben.«

Ballauf hielt inne. Seine Worte sollten wirken.

Melnikow starrte ihn an. Er schien zu überlegen, ob das, was Ballauf von sich gegeben hatte, überhaupt möglich war. Vermutlich konnte er sich nicht vorstellen, dass seine Organisation von den Bullen unterwandert war.

»Pfft«, machte er und tat so, als wäre das eine Lappalie. Doch Ballauf wusste, dass er Melnikow da hatte, wo er ihn haben wollte. »Ich glaube dir kein Wort.«

»Dann lass es«, erwiderte Ballauf und winkte ab. »Ich dachte nur, dass es dich interessieren würde, wer dich bescheißt.« Er stand auf, machte eine gleichgültige Geste und knöpfte sich das Jackett zu. »Aber wenn du meinst, dass du das selbst rausfinden kannst … bitte schön.« Er trat einen Schritt auf die Tür zu, sicher, dass seine Blutgefäße jeden Moment explodieren würden. Nach außen hin gab er sich so emphatisch wie der Terminator. Das perfekte Schauspiel.

»Setz dich wieder hin, Mann!«, schnauzte Melnikow.

Ballauf schloss für einen kurzen Moment erleichtert die Augen und wandte sich wieder zu seinem Gegenüber um. Er nahm allerdings nicht noch einmal Platz, sondern blieb schweigend stehen.

»Was willst du für diese Liste haben?«, fragte Melnikow schließlich.

Köhler war beunruhigt. Ballauf war bisher immer extrem zuverlässig gewesen. Dass er sich mitten in einem Fall, der darüber hinaus noch kurz vor der Auflösung stand, aus dem Staub machte, war ganz und gar untypisch. Da stimmte was nicht.

»Wo suchen wir zuerst?«, fragte Grotewohl, als sie in Köhlers Fahrzeug einstiegen.

»Da er weder an sein Handy geht noch über Festnetz zu erreichen ist, fahren wir erst mal zu ihm nach Hause.«

»Dann los!«

Es dauerte etwa zwanzig Minuten, bis die beiden Ermittler in Bad Vilbels Stadtteil Dortelweil vor dem Reihenhaus der Ballaufs parkten. Sie klingelten und warteten ab. Augenblicke später öffnete ihnen Elena Ballauf die Tür.

»Was macht ihr denn hier?«, fragte sie, ohne zu grüßen. Ihr war die Angst anzusehen. »Ist was mit Sascha?«

»Das wissen wir nicht«, gab Köhler ehrlich zurück. Er spürte die Blicke hinter den Vorhängen der eng bebauten Nachbarschaft. »Können wir kurz reinkommen?«

»Natürlich!« Elena machte eine einladende Handbewegung.

Gemeinsam betraten sie das geräumige Wohnzimmer. Die Hausherrin bot Köhler und Grotewohl etwas zu trinken an, mehr aus Gewohnheit denn aus Gastfreundschaft. Beide lehnten ab und kamen sofort zur Sache.

»Weißt du, wo Sascha ist?«, fragte Grotewohl.

Elena wurde blass. Sie setzte sich an den Esstisch, der ein Viertel des Raumes beanspruchte. Sie zitterte. »Was ist mit ihm?«, fragte sie leise und sah ihre Gäste mit aufgerissenen Augen an.

»Wir suchen ihn seit … einer Weile«, antwortete Köhler. »Wir haben Grund zu der Annahme, dass sein Verschwinden … wie soll ich sagen?« Er suchte Hilfe bei Grotewohl.

»Was Shaft sagen will, ist, dass wir ihn finden müssen, damit wir unseren Fall abschließen können. Es ist untypisch für ihn, dass er nicht zu erreichen ist.«

»Soll ich es mal versuchen?«, bot Elena an.

Köhler nickte. »Gute Idee!«

Elena stand auf und suchte nach ihrem Handy. Sie fand es in ihrer Handtasche in der Garderobe. Gerade wollte sie die Nummer ihres Mannes wählen, da vibrierte das Handy in ihrer Hand. Sie strahlte. »Das ist Sascha!«, erklärte sie und nahm das Gespräch an.

Köhler und Grotewohl entspannten sich.

Elena meldete sich und sagte: »Sascha, wo bist du? Du wirst schon gesucht.«

Sie lauschte.

»Grotte und Shaft sind hier und fragen sich, wo du bist.«

Wieder hörte sie ihrem Mann zu. Sie nickte und ließ hin und wieder ein »Ja« oder ein »Okay« verlauten. Schließlich sagte sie: »Ich verspreche es.«

Dann legte sie auf.

Ihr Blick verhieß nichts Gutes, doch ihre Worte sagten etwas anderes. »Es geht ihm gut, er braucht eine Auszeit. Und er meldet sich krank.«

Grotewohl und Köhler tauschten einen fragenden Blick.

»Na gut«, sagte Köhler schließlich. »Wenigstens wissen wir jetzt, dass es ihm gut geht … also zumindest nicht ganz so schlecht.«

»Joah …«, machte Grotewohl. »Da bekommst du ja doch noch dein Feierabendbierchen, Shaft.«

Sie verabschiedeten sich von Elena Ballauf und richteten Genesungswünsche für ihren Chef aus. Dann fuhren sie auf einen Absacker zu Frank.

Schlechtes Timing

Einen Tag nach ihrer Einlieferung ins Sankt Katharinen-Krankenhaus war Sibylle Schröter vernehmungsfähig. Also machten sich Grotewohl und Köhler auf den Weg zu ihr.

Beim Anblick der jungen Frau zuckte Köhler zusammen. Sie lächelte ihn an und sagte: »Der Hübscheste sind Sie auch nicht.«

»Sorry«, sagte Köhler. »Aber ich …« Ihm fehlten die Worte.

»Schon gut«, beruhigte ihn Schröter. »Ich habe mich bereits im Spiegel gesehen. Das wird wieder.«

Schröter sah wirklich krank aus. Leichenblass lag sie im Krankenbett. Zahlreiche Schürfwunden zierten ihr Gesicht, ebenso wie ein paar Platzwunden, die genäht worden waren. Ihr rechter Arm war bis zur Schulter eingegipst und die linke Schädelhälfte rasiert, weil dort ebenfalls eine Platzwunde behandelt worden war. Ihre Augen waren geschwollen und schimmerten in allen Farben des Regenbogens.

»Wer trägt schon ein politisches Statement mitten im Gesicht?«, scherzte sie.

Köhler war beeindruckt, wie schnell sich die junge Frau von den traumatischen Ereignissen erholt zu haben schien. Dennoch überließ er Grotewohl die Gesprächsführung, aus Angst, seine Empathielosigkeit könnte den Ermittlungserfolg gefährden.

»Wie geht es Ihnen?«, stieg Grotewohl wenig originell ein.

»Den Umständen entsprechend«, antwortete die Patientin ebenso einfallslos.

Köhler war kurz davor, nach dem Phrasenschwein zu rufen, hielt sich aber zurück.

Grotewohl setzte sich auf die Bettkante. »Sie verstehen sicher, dass wir Ihnen ein paar Fragen stellen müssen«, fuhr sie fort.

»Nur zu!«

»Wie sind Sie in diesen Keller gekommen?«

Schröter hob die Schultern. »Daran kann ich mich nicht erinnern. Ich bin einfach aufgewacht und lag auf dem lehmigen Boden. Alles tat mir weh und ich wusste nicht, wo ich mich befand.«

»Woran können Sie sich erinnern?«

»An den Wald.«

Grotewohl suchte den Blickkontakt zu Köhler, der auf der anderen Seite des Bettes stand und sich Notizen machte.

»Was war im Wald?«

»Aus dem Augenwinkel habe ich hinter der Brombeerhecke etwas zappeln sehen. Da wurde ich neugierig und bin näher hin.« Sie stockte. Mit erstickter Stimme sprach sie weiter. »Und dann … hing da … Peter.« Schröters Selbstsicherheit verflog. Tränen füllten ihre Augen. Sie starrte vor sich hin, gefangen in der Erinnerung. »Ich hatte so was vorher nur im Fernsehen gesehen.« Sie schauderte.

»Was haben Sie noch gesehen?«

»Da war Dirk Homburg.«

»Was hat der gemacht?«

Schröters Blick wurde klar. Sie sah Grotewohl direkt ins Gesicht und sagte: »Er hat Peter aufgehängt.«

»Sind Sie sich sicher?«

»Ja, das war offensichtlich.«

»Könnte er ihn nicht auch abgehängt haben?«

Schröters Blick verfinsterte sich. »Er hat eindeutig das Seil hochgezogen. Und am anderen Ende hing der schlaffe Körper von Peter Freiwald. Ich erkenne den Unterschied zwischen ›hochziehen‹ und ›herunterlassen‹.«

Köhler hob den Blick. »Der schlaffe Körper, sagten Sie?«

Schröter sah ihn an, als wäre er gerade aus dem Nichts aufgetaucht. »Ja, er war vermutlich bewusstlos oder so was.«

»Wo standen Sie?«

»Ich war mit dem Hund unterwegs. Hinter der Hecke, auf dem Feldweg, der hinter dem Stall nach Bad Vilbel führt.« Ihr Blick huschte zwischen den beiden Ermittlern hin und her. »Wie geht es Sonja?«

Köhler und Grotewohl waren verwirrt.

»Wer ist Sonja?«

»Meine Hündin.«

»Ach so.« Die Polizisten atmeten auf. Sie hatten schon Sorge gehabt, dass eine weitere Person in diesem Fall auftauchte, die sie bisher übersehen hatten.

»Wo ist sie?«, hakte Schröter nach. Sie wirkte ernsthaft besorgt.

»Bisher wissen wir nichts von einem Hund«, gab Grotewohl zu. »Aber ich bin mir sicher, dass es Sonja gut geht.«

»Ist sie bei Karina und Laura auf dem Hof?«

Wieder tauschten Köhler und Grotewohl einen vielsagenden Blick. »Hat man Sie noch nicht informiert?«

»Offensichtlich nicht.«

Grotewohl erklärte der Pferdewirtin die Situation auf dem Mertenshof in knappen Worten und hielt sich an die notwendigen Fakten. Die junge Frau verkraftete auch das offenbar gut – zumindest äußerlich.

»Das ist jetzt aber blöd«, sagte Schröter. »Ich sollte doch den Job gerade erst anfangen.«

»Ich glaube«, warf Köhler ein, »dass Ihr Engagement auf dem Hof keine große Zukunft gehabt hätte.« Sein Kommentar verlangte Grotewohl alles an Selbstbeherrschung ab. Sie wollte ihn gerade tadeln, als Schröter anfing zu lachen.

»Da haben Sie wohl recht«, sagte sie und lachte weiter. »Meine Vorgesetzte war nicht sehr freundlich zu mir.«

Köhler grinste und Grotewohl bewunderte den Galgenhumor der Patientin.

»Wie lange war ich eigentlich in diesem Loch?«, wollte Schröter plötzlich wissen.

»Wir vermuten, etwa achtundvierzig Stunden«, sagte Köhler.

Schröter nickte nachdenklich. »Das erklärt, warum ich so einen Hunger hatte.«

Grotewohl zweifelte allmählich an der Zurechnungsfähigkeit der Zeugin. Sie konnte deren Gedankengänge nicht nachvollziehen, ließ sich aber nichts anmerken. »Darf ich auf den Grund unseres Besuchs zurückkommen?«, fragte sie.

Schröter nickte.

»Sie haben also hinter der Brombeerhecke auf dem Feldweg gestanden und beobachtet, wie Dirk Homburg Peter Freiwald am Baum aufgehängt hat?«

Wieder nickte sie.

»Dann haben Sie was getan?«

»Sonja hat ihn angebellt.«

»Aha … und weiter?«

»Dirk hat sich umgesehen und mich dann wohl entdeckt.« Sie hielt kurz inne und schien in ihren Erinnerungen zu graben. »Ich hab mich schnell geduckt. Ich wusste ja, dass da was ziemlich Krasses vor sich ging. Aber ich konnte irgendwie auch nicht weglaufen, das war alles so surreal. Wer hat denn so was jemals gesehen?« Ihr Blick wanderte zwischen Köhler und Grotewohl hin und her, als wollte sie um Zustimmung bitten. »Ich meine … da hat einer einen anderen an einen Baum gehängt. Das geht doch nicht. So was ist doch nicht erlaubt!«

»Keineswegs!«, pflichtete Köhler ihr bei.

»Na ja, jedenfalls hab ich mich geduckt und weiter durch die Hecke geschaut. Ich wollte wissen, was der da treibt. Aber ich habe ihn nicht mehr gesehen. Und das Nächste, was ich weiß, ist, dass er vor mir stand und etwas in der Hand hielt. »Von da an … weiß ich nichts mehr.«

Grotewohl nickte. »Woran erinnern Sie sich als Nächstes?«, wollte sie wissen.

Schröter legte die Stirn in Falten. Sie schien angestrengt nachzudenken. Nach einer längeren Pause, in der die beiden Ermittler geduldig schwiegen, sagte sie: »Dunkelheit.«

Köhler und Grotewohl tauschten einen ratlosen Blick.

»Und dann kam Karina – Frau Mertens – mit etwas zu trinken.« Schröter blühte jetzt förmlich auf, froh über die zurückkehrenden Erinnerungen. »Sie war super nett zu mir. Sie machte Licht an, sah nach meinen Verletzungen und wechselte den Verband. Dann versicherte sie mir, dass ich bald wieder auf dem Damm wäre.«

»Wussten Sie nicht, dass Sie sich in einem Gefängnis befanden?«, hakte Köhler nach.

»Zu diesem Zeitpunkt nicht«, gab sie zu. »Ich dachte, ich hätte einen Unfall gehabt und Frau Mertens würde sich um mich kümmern. Irgendwie war ich neben der Spur, verstehen Sie?«

Köhler nickte.

»Aber als ich dann mal pinkeln musste, wurde mir klar, dass hier was im Argen lag.«

»Inwiefern?«

»Ich war eingesperrt und fand keinen Ausgang.«

»Und dann?«, fragte Grotewohl. Sie spürte, dass sie der Pferdewirtin angespannt zuhörte und unbedingt wissen wollte, wie die Sache ausging. Wie bei einem verdammten Film. Ärgerlich über sich selbst ermahnte sie sich zur mehr Professionalität und Objektivität.

»Ich fand einen Eimer, der allem Anschein nach für meine Notdurft gedacht war.« Als Schröter die fragenden Blicke der beiden Polizisten bemerkte, erklärte sie: »Neben dem Eimer war lagenweise Klopapier aufgestapelt.«

Die Ermittler nickten. Details wollten sie nicht wissen.

»Als Frau Mertens wiederkam, habe ich sie darauf angesprochen, aber sie hat mir keine Antwort gegeben. Sie sagte immer nur, dass ich zu meiner eigenen Sicherheit hier wäre und dass es bald vorbei sei.« Schröter stockte und fing an zu weinen.

Köhler und Grotewohl gaben ihr den Moment.

»Ich war so froh, als Ihre Kollegen mich befreit haben«, sagte sie mit tränenerstickter Stimme. »Wenn man mich nicht gefunden hätte, wäre ich da unten jämmerlich verreckt.« Sie schluchzte. Für die beiden Ermittler war es Zeit zu gehen.

»Wir lassen Sie nun in Ruhe«, sagte Grotewohl und legte eine Hand tröstend auf die Schulter der Patientin. »Wir möchten Sie bitten, in den nächsten Tagen Ihre Aussage zu Protokoll zu geben. Wenn es Ihnen wieder besser geht.«

Sibylle Schröter schniefte und nickte. Dann drückte sie ein »Selbstverständlich« aus ihrer zugeschnürten Kehle.

Als Köhler und Grotewohl die Tür des Krankenzimmers hinter sich geschlossen hatten, sahen sie sich ungläubig an.

»Wie dumm sind die eigentlich?«, fragte Grotewohl.

Köhler hob nur die Schultern.

Druck

Ballauf hielt sich schon seit Stunden am Mainufer auf, wo er auf einer Bank saß und auf den Fluss starrte. Er versuchte immer noch zu ergründen, ob er einen Fehler gemacht hatte. Gleichzeitig verglich er die Konsequenzen mit den verschiedenen Optionen, die ihm blieben. Wie er es auch drehte und wendete, Fjodor Melnikow war in allen Gedankenmodellen das wesentlich schlimmere Übel. Ballauf war ein enormes Risiko eingegangen. Die Chancen, dass sein Plan aufging, lagen im niedrigen Prozentbereich. Aber er sah keine andere Möglichkeit.

»Was habe ich da nur angestellt?«, murmelte er zum wiederholten Male. Er suchte fieberhaft nach einer Lösung. Doch welcher Weg der richtige war, konnte er nur herausfinden, wenn er sich für einen entschied, und zwar schnell. Das Problem war, dass ihm keine der Möglichkeiten gefiel. Egal, was er auch zu tun gedachte, es gab in jedem Fall Opfer und Verluste.

Er stand auf und ging flussaufwärts in Richtung Innenstadt. Der Geruch des Mains stieg ihm in die Nase, der Lärm der Stadt klang in seinen Ohren, eine Möwe flog kreischend über ihn hinweg. Auf einmal nahm er seine Stadt und ihre Geräusche so intensiv wahr wie nie zuvor. Mit jedem Atemzug sog er die einzigartige Atmosphäre ein. Menschen ignorierten einander, so gut es ging. Er schloss die Augen, blieb stehen und vergaß die Menschen in seiner Umgebung – Jogger, Radfahrer und Spaziergänger. Alle in der Masse und doch für sich allein. Plötzlich wurde ihm bewusst, was ihm diese Stadt immer bedeutet hatte. Seine Heimat, die er als Polizist zu einem besseren Ort hatte machen wollen. Den Opfern die Würde und die Gerechtigkeit zurückgeben, die ihnen durch böse Menschen genommen worden waren. Zwischendurch, nach vielen anstrengenden Jahren bei der Mordkommission, hatte er seinen Auftrag aus den Augen verloren, hatte sich dem Spiel hingegeben und alles zerstört, was ihn einst ausgemacht hatte. Er hatte nicht nur seinen Berufsstand verraten, sondern auch seine Familie, sich selbst und seine Freunde, die in ihm immer den Superbullen gesehen hatten. Freudlos lachte er auf. Er schämte sich, verachtete seine Taten und wusste auf einmal – am Ufer des Mains, vor ihm der Eiserne Steg, dahinter die beeindruckende Skyline und auf der anderen Uferseite das alte Sachsenhausen –, was zu tun war. Alles war eingetaucht in das warme, rötliche Licht der untergehenden Sonne. In diesem Augenblick war ihm sein Weg klar. Entschlossen drehte er sich einmal um die eigene Achse und stieß einen tiefen Seufzer aus. Sein Plan musste funktionieren, sonst war er erledigt.

»Wer nimmt sich wen vor?«, fragte Köhler.

»Ich nehm die Hofmeister«, beschloss Grotewohl.

Köhler hob die Brauen.

»Willst du dich um sie kümmern?«, vergewisserte sich Grotewohl. »Ich dachte nur, dass es besser ist, wenn ich sie verhöre. Ihr zwei hattet keinen guten Start … wenn ich es mal so sagen darf.«

»Nee, nee …« Köhler winkte ab. »Ist mir schon recht.«

»Gut, dann los!«

Beide schnappten sich einen Notizblock und machten sich auf den Weg zu den Vernehmungsräumen.

»Ist Ballauf eigentlich heute wieder da?«, fragte Grotewohl auf dem Flur.

»Ich hab ihn vorhin gesehen.«

»Und? Hast du ihn mal gefragt, wo er sich rumgedrückt hat, während wir hier heldenhaft den Fall gelöst haben?«

»Dazu hatte ich keine Gelegenheit. Er ist an mir vorbeigehuscht, hat gerade noch ein ›Morsche‹ rausbekommen und ist dann in seinem Büro verschwunden.«

Grotewohl verzog das Gesicht. »Irgendwas stimmt doch mit dem nicht.«

Köhler hob die Schultern. »Wer weiß, vielleicht das Alter.«

Grotewohl grinste. Sie hatten die Vernehmungsräume erreicht und trennten sich.

Ohne anzuklopfen, trat Grotewohl in den Raum, in dem Karina Mertens an einem Tisch saß, neben ihr ein junger Mann. Grotewohl ging davon aus, dass es sich um Mertens' Anwalt handelte. Der Jurist sprang auf, knöpfte sich das Jackett zu und reichte Grotewohl die Hand zum Gruß.

Sie warf einen Blick auf die Hand und sagte: »Hab ich mir abgewöhnt.«

Der Anwalt nickte verständnisvoll und nahm schweigend wieder Platz.

Grotewohl setzte sich ihm gegenüber und schaltete sowohl Kamera als auch Aufnahmegerät ein. Sie leierte die üblichen Floskeln herunter und begann damit, ihre Fragen zu stellen.

»Frau Mertens, ich frage Sie direkt: Wie tief stecken Sie in der Sache mit drin?«

»Was meinen Sie damit?«

»Ich will offen sein. Wir wissen, dass Herr Homburg Peter Freiwald an einem Baum aufgehängt hat. Dafür gibt es Zeugen. Außerdem wissen wir, dass Sie Frau Schröter in Ihrem Keller gefangen hielten. Wir wissen, dass Sie im letzten Jahr Peter Freiwald mit einer Flasche angegriffen haben. Da stellt sich mir die Frage, seit wann Sie dessen Tod geplant haben.«

»Ich habe ihn nicht getötet«, gab Mertens kraftlos zurück.

»Aber Sie wissen, wer es war?«

Mit unsicherem Blick suchte Mertens Hilfe bei ihrem Anwalt. Der schwieg auch weiterhin.

»Wenn Sie uns sagen, wer es war, wird die Sache hier ganz schnell für Sie zu Ende sein.«

»Kann ich dann wieder nach Hause?«

»Sie stehen unter Mordverdacht. Da kann ich nichts versprechen. Außerdem ist das die Sache des Haftrichters. Ich diene hier nur der Wahrheitsfindung.«

»Ich weiß nicht so recht.«

»Frau Mertens, was genau gibt es da zu zögern? Wenn Sie es nicht waren, sagen Sie mir, wer es war, und Sie kommen vergleichsweise glimpflich davon. Solange Sie hier aber einen Mörder decken, glaube ich kaum, dass das den Richter milde stimmen wird.«

Sie schwieg.

Es klopfte an der Tür und Müller steckte den Kopf in den Raum.

»Was ist?«, wollte Grotewohl wissen.

Müllers Blick genügte, um sie davon zu überzeugen, das Verhör zu unterbrechen.

»Ernsthaft?«, hakte Grotewohl nach. Vor ihr stand Müller und grinste bis zu den Ohren. »Wie dumm sind die eigentlich?« Ihr wurde bewusst, dass sie sich das nicht zum ersten Mal fragte.

Müller hob die Schultern. »Ziemlich dumm, würde ich mal vermuten.«

»Weiß Shaft Bescheid?«

»Ja, ich habe es ihm gerade gesagt.«

»Gut.« Grotewohl überlegte kurz. »Ruf die anderen zusammen, wir müssen die Taktik anpassen.«

Eine Viertelstunde später saßen alle Beteiligten im Besprechungsraum. Auch Ballauf, der sich wieder gesund gemeldet hatte, war gekommen. Niemand fragte ihn nach seinem Verbleib während der vergangenen vierundzwanzig Stunden. Jetzt war nicht der Zeitpunkt dafür.

»Wir sind bei der Hausdurchsuchung auf etwas gestoßen, das uns die Sache ziemlich erleichtert«, sagte Müller, der am Kopfende des Tisches stand und berichtete, was er in Erfahrung gebracht hatte. »Karina Mertens hat insgesamt sieben Lebensversicherungen auf Peter Freiwald abgeschlossen – jede bei einer anderen Versicherungsgesellschaft.«

»Wann?«, fragte Ballauf.

»Allesamt vor etwa anderthalb Jahren.«

»Das passt ja«, bemerkte Grotewohl. Als Ballauf sie fragend ansah, fuhr sie fort. »Der Angriff mit der Flasche im letzten Jahr. Von wegen psychischer Ausnahmezustand. Das war ein glatter Mordversuch. Es passt alles zusammen.« Sie zählte auf: »Finanzielle Not, mangelnde Perspektive, Hilflosigkeit und Verzweiflung. Und vor allen Dingen: die Gelegenheit.«

»Grotte hat recht. Die Mertens hat gemerkt, dass sie den Hof verliert, wenn es so weitergeht. Wo sie das Geld hingeschafft hat, ist fraglich, aber das wird sich klären. Fakt ist, dass sie seit geraumer Zeit Handwerker und Lieferanten entweder gar nicht mehr oder nur extrem verspätet bezahlt hat. Renoviert wurde schon lange nicht mehr, das Futter für die Tiere war von immer schlechterer Qualität und oft gab es nicht einmal davon genug. Was liegt da näher, als den entbehrlichen Stallmeister um die Ecke zu bringen und die entsprechende Lebensversicherung zu kassieren. Wie hoch ist die Gesamtsumme, Müller?«

Der Angesprochene prüfte kurz die Unterlagen und sagte schließlich: »Alles zusammen runde zweieinhalb Millionen.«

Grotewohl pfiff anerkennend. »Das langt für einen Neustart.«

Ballauf lachte auf. »Dachte die wirklich, die kommt damit durch?«

Er erntete ratlose Blicke. Keiner der Übrigen konnte an eine derartige Dreistigkeit und diese offensichtliche Dummheit glauben. Dennoch war all dies Fakt.

»Eine Sache stört mich noch.« Köhler hob den Zeigefinger. »Wie hat sie Dirk Homburg dazu gebracht, den Mord zu begehen, und wie steckt Laura Hofmeister mit drin?«

»Tut sie das?«

»Auf alle Fälle, darauf verwette ich meinen Mercedes.«

»Ui, da ist sich aber einer ziemlich sicher!«, stieß Grotewohl aus.

»Ich hab übrigens eine Theorie«, meldete sich Brauer zu Wort. Alle Blicke richteten sich auf ihn, was ihn zunächst verunsicherte. »Na ja, ich glaube sogar, dass die Hofmeister die treibende Kraft in der ganzen Geschichte war.«

»Wie kommst du darauf?«

»Ich hatte mal eine Freundin, die ähnlich gestrickt war. Sie sah extrem gut aus, ließ andere für sich arbeiten und war äußerst selbstbewusst. Vor allem war sie manipulativ; und das auf ziemlich ausgebuffte Weise. Bis du gemerkt hast, dass sie dich in die von ihr gewünschte Richtung manövriert hat, war es auch schon zu spät.«

»Das ist mir zu weit hergeholt ... bei aller Liebe«, warf Köhler ein. »Du kannst doch deine Ex-Freundin nicht mit einer Verdächtigen vergleichen und das als Beweis hernehmen.«

Brauer hob abwehrend die Hände. »So wollte ich das nicht aufgefasst wissen«, sagte er. »Mir geht es nur um eine Theorie, die von dieser Inspiration herrührt.«

»Sprich!«, forderte Ballauf ihn auf und lehnte sich nach vorne.

»Ich denke, dass Laura Hofmeister alle auf dem Hof fest im Griff hat. Sie ist mit Freiwald verlobt. Schon bald merkt sie, dass er ihr nicht gewachsen ist, und knechtet ihn. Er ist sozusagen ihr Arbeitstier. Doch eines Tages wird er langweilig. Nach einer Weile zeigt er sich aufsässig und wird dadurch zu einer Last. Hinzu kommen Geldsorgen und die Angst vor dem Verlust des Hofes, der ihr allem Anschein nach sehr viel bedeutet. Da sie nicht mit all dem in Verbindung gebracht werden will, überredet sie ihre Tante, bei der Sache mitzumachen.«

»Das hört sich wie ein Spaziergang an«, warf Grotewohl ein.

Brauer hob die Schultern. »Im Prinzip war es das auch«, sagte er. »Mertens, Homburg und Freiwald waren oder sind allesamt schwache Charaktere. Für Laura Hofmeister eine leicht zu steuernde Gefolgschaft. Ich gehe davon aus, dass sie mit Homburg eine Affäre hatte und ihn damit abhängig gemacht hat.«

»Ganz ehrlich?«, fragte Grotewohl und wandte sich an die übrigen Anwesenden. »Je länger Brauer redet, desto logischer erscheint mir das alles.« Die anderen nickten zustimmend. Ballauf forderte Brauer mit einer Geste zum Weitermachen auf.

»Solange es irgendwie weitergeht und Hofmeister die Zügel in der Hand hält, ist alles gut. Aber Freiwald befreit sich ein Stück weit von ihr und macht mehr und mehr sein eigenes Ding. Vielleicht weiß er ja von der Affäre zwischen Homburg und Hofmeister. Und mit Homburg hat Hofmeister einen willigen Lakaien.« Brauer trank einen Schluck Wasser. So viele zusammenhängende Sätze hatte er zuletzt bei der Hochzeitsrede seines besten Freundes gesprochen. »Die Lage wird immer dramatischer, was wir mit Sicherheit auch bei einem Blick auf die Kontoauszüge herausfinden werden. Das Geld ist alle, es muss frisches her. Die Idee mit den Lebensversicherungen kommt auf und daraus resultiert die Flaschenattacke. Die geht gründlich schief. Ich gehe davon aus, dass die Ausrede mit dem psychischen Ausnahmezustand der Exit-Plan war, falls es nicht klappen würde.«

»Aber Mertens hätte doch keinen Cent bekommen, wenn sie Freiwald ermordet hätte«, gab Müller zu bedenken.

»Garantiert ist Laura Hofmeister die Alleinerbin ihrer Tante.«

»Ziemlich gewagte These.«

»Wie gesagt, wir haben es hier mit Stümpern zu tun, die ihren Plan nicht im Ansatz zu Ende gedacht haben«, sagte Brauer. »Das ganze Ding ist so dämlich gemacht, dass sie allein dafür hinter Gitter gehören.«

Leises Kichern war zu vernehmen.

»Wie ist deine Theorie zum Mord an Freiwald und vor allem zu seinem vermeintlichen Verschwinden?«, erkundigte sich Ballauf. Aus seiner Stimme klang Begeisterung für Brauers bisherigen Vortrag.

»Da sind wir wieder bei der Planlosigkeit«, antwortete der Gefragte. »Ich vermute, dass es ursprünglich einen ganz anderen Ansatz gab.«

»Aha, da bin ich ja mal gespannt.«

»Peter Freiwalds Verschwinden war von Anfang an Teil des großen Plans. Damit sollte eine Entführung vorgetäuscht werden. Nach den ersten Ergebnissen der Hausdurchsuchung war Sibylle Schröter nicht die Einzige, die sich eine Zeit lang in dem versteckten Keller aufgehalten hat. Es fanden sich Spuren, die eindeutig Peter Freiwald zuzuordnen sind. Also gehe ich davon aus, dass Freiwald entweder freiwillig oder mit Gewalt in den Keller geschafft wurde. Ich denke, Letzteres ist der Fall.« Die Runde nickte zustimmend. »Hofmeister, Mertens und vielleicht auch Homburg überwältigten Freiwald und sperrten ihn in den Keller. Dann täuschten sie sein Verschwinden vor, zündeten sein Auto an und nahmen an, wir würden darauf reinfallen. Vielleicht steckte Freiwald am Anfang noch mit drin, aber vermutlich eher nicht. Man könnte ihm zwar nahegelegt haben, erst einmal von der Bildfläche zu verschwinden und ins Ausland zu gehen, sobald sein Tod anerkannt wäre. Aber darauf wäre er bestimmt nicht eingegangen.«

»Pff…«, machte Grotewohl. »Was für eine selten dämliche Idee.«

»Ist nur eine Theorie.« Brauer hob mahnend den Zeigefinger. »Aber eine Möglichkeit.«

»So wie die sich angestellt haben, gar nicht mal so abwegig«, merkte Köhler an.

»Stimmt.«

»Wie dem auch sei. Fakt ist, dass Peter Freiwald eine ganze Weile im Keller war. Ich denke, irgendwann wurde es ihm zu viel und er hat aufgemuckt. Das wiederum gefiel Laura Hofmeister nicht. Also plante sie, Freiwald ein für alle Mal loszuwerden, und schaffte es irgendwie, Homburg zu dem Mord an dem Quertreiber zu überreden.«

»Warum dann die Show im Wald?«, fragte Müller. »Erst abstechen und anschließend auch noch aufhängen?«

Als Brauer die Schultern hob, sprang Köhler ein: »Das sollte die Theorie der Entführung untermauern. Sie haben es aussehen lassen wie eine Hinrichtung.«

»Grundsätzlich der erste schlaue Zug der Bande«, überlegte Grotewohl.

»Ja, aber sie haben nicht mit Sibylle Schröter gerechnet«, warf Brauer ein. »Sie kam zufällig mit dem Hund vorbei.«

»Warum hat er sie nicht auch ermordet?« Ballauf sah fragend in die Runde.

»Dazu fehlte ihm der Auftrag«, vermutete Grotewohl.

»Ergibt Sinn«, sagte Köhler. »Also hat er sie k. o. geschlagen und sie zunächst ins Versteck gebracht. Dort hätte man sie später immer noch kaltmachen können.«

»Was mit Sicherheit passiert wäre«, pflichtete Müller ihm bei.

»Was ist mit dem Hund?«, sinnierte Grotewohl.

»Welcher Hund?«

»Schröter war mit ihrem Hund spazieren. Auf dem Hof wurde keiner gefunden.«

Alle schwiegen. Auf diese Frage wusste niemand eine Antwort.

»Darum kümmern wir uns später«, entschied Ballauf. Er prüfte mit einem Blick, ob noch jemand etwas zu der Frage zu sagen hatte. Als das nicht der Fall war, fügte er an: »Für mich ist das alles schlüssig.« Er klatschte in die Hände und stand auf. »Dann mal los, hauen wir es ihnen um die Ohren. Wir werden ja sehen, wer von unseren Masterminds als Erstes einknickt.«

Müller kratzte sich am Kopf. »Also, ich hätte schon gern gewusst, was mit dem Hund ist«, murmelte er, wurde aber nicht erhört.

Lösungen

Während sich das Team in den Verhören die eigene Theorie bestätigen ließ, war Ballauf ganz bei der Sache. Nicht eine Sekunde dachte er an sein Melnikow-Problem. Erst als sie eine Pause machten, kehrten die Gedanken daran zurück. Er hatte Mühe, sich nichts anmerken zu lassen, war sich aber sicher, dass keiner der Kollegen seinen Zustand bemerkte.

»Das läuft ja super!«, frohlockte Köhler, als sie sich am Kaffeeautomaten im Flur trafen. Köhler ließ sich einen Kaffee zubereiten, nippte daran und verzog angewidert das Gesicht. »Das schmeckt widerlich. Pfui Deibel!«

Ballauf lachte.

»Ich glaube manchmal, dass die uns mit dieser Plörre irgendwie gefügig machen«, ergänzte Köhler. »Oder wir bekommen auf diese Weise unsere Nahrungslösung für die Matrix.«

Jetzt lachten sie beide.

Ballauf fiel auf, dass dies der erste unbeschwerte Moment seit Langem war. Betont beiläufig sagte er: »Ich denke, ihr kommt ab jetzt allein mit dem Verhör klar.«

»Sicher«, bestätigte Köhler. »Homburg ist bereits in Plauderlaune und die Mertens hat sich auch schon mehrfach verplappert. Die härteste Nuss ist, wie zu erwarten war, die Chefin des Clans: Laura Hofmeister.« Er nahm noch einen Schluck von dem Kaffee. Diesmal kommentierte er dessen Geschmack nicht. »Aber ich denke ... selbst wenn sie nicht gesteht, haben wir genügend Beweise und Indizien, um sie festzunageln.«

»Sehr gut.« Ballauf klopfte Köhler anerkennend auf die Schulter. Er nickte ihm zu und verabschiedete sich mit einem lobenden Gruß an das gesamte Team. Der Fall war gelöst. Jetzt musste er zusehen, dass er seinen eigenen Kopf aus der immer enger werdenden Schlinge zog.

Ballauf hatte für den Nachmittag eine Verabredung mit Wagner. Da der Knochen nicht zum Hund kam, war Ballauf zum Präsidenten bestellt worden. Schließlich sollte es nicht dazu kommen, dass er sich auf heimischem Terrain zu sicher fühlte.

Man ließ ihn rund zwanzig Minuten warten, bis die Assistentin des Präsidenten ihn endlich bat, einzutreten. Im Büro traf er auf Wagner, Günther und den Präsidenten. Die drei hatten sich offenbar weit vor der vereinbarten Zeit getroffen, um die Vorgehensweise zu besprechen. Vermutlich gingen sie davon aus, dass er endlich eingesehen hatte, dass es besser war zu kooperieren.

»Ballauf!«, bellte der Präsident. »Schön, dass Sie es sich doch noch anders überlegt haben.« Er wies auf einen Stuhl am Besprechungstisch. »Nehmen Sie Platz und lassen Sie uns über das weitere Vorgehen beraten.«

Ballauf gehorchte stumm und der Präsident hielt das eher einseitige Gespräch am Laufen. Flankiert von den beiden selbstgefälligen LKA-Beamten strahlte er Souveränität aus. In diesem Moment hasste Ballauf den Mann. Und nicht nur ihn – alle drei, denen er gegenübersaß, waren ihm zuwider. Aber das Gefühl relativierte sich rasch, als er sich an seine eigenen Taten erinnerte. Schließlich kam er zu dem Schluss, dass der Raum prall gefüllt war mit Arschlöchern. Bei dem Gedanken musste er grinsen. Als er bemerkte, dass die anderen seine Mimik als Zustimmung auffassten und triumphierende Blicke tauschten, vertiefte sich sein Grinsen.

»Nun, Ballauf«, ergriff Wagner das Wort. »Welche ist denn aus Ihrer Sicht die beste Vorgehensweise, um Melnikow endlich das Handwerk zu legen?«

»Ist mir egal«, entgegnete Ballauf.

Den dreien entglitten die Gesichtszüge.

»Wie bitte?«, fragte der Präsident ungläubig.

»Ist mir egal«, wiederholte Ballauf. »Ihr könnt mich mal. Ich mach euren Mist nicht mit!«

Wagner lachte freudlos. »Sie sind nicht in der Position, das zu entscheiden.«

»Wissen Sie was, Wagner«, Ballauf ließ bewusst die Anrede weg, so wie man es bei ihm getan hatte, »man hat immer eine Wahl. Und ich wähle die Option, bei Ihrem bescheuerten Plan nicht mitzumachen.«

Wagner, Günther und der Präsident sahen sich verwirrt an.

»Sie wissen, was das bedeutet?«, fragte der Präsident und musterte ihn mit zweifelndem Blick.

»Ich bin ja nicht doof.«

»Aber warum?«, mischte sich Günther ein. Sie schien ein ehrliches Interesse an seiner Antwort zu haben.

»Weil ich es satthabe, nach irgendeiner Pfeife zu tanzen.« Ballauf stand auf und knöpfte sein Jackett zu. »Ja, ich habe Scheiße gebaut und es tut mir unendlich leid. Ich schäme mich entsetzlich. Die Sache ist nicht zu entschuldigen. Aber ich muss mich nicht auch noch von Ihnen demütigen lassen. Sie behandeln mich wie einen Schwerverbrecher, nur weil ich ein paar Kiffer beschützt habe. Sie denken, ich bin Ihr Sklave, weil ich mich selbst angezeigt und die Polizei verraten habe. Dass ich die ganze Zeit vor euch kriechen muss. Dass ich alles machen muss, was ihr mir befehlt …« Er stand auf, ging entschlossenen Schrittes zur Tür und öffnete sie. »Nee, muss ich nicht.« Mit diesen Worten verließ er den Raum.

Ballauf fühlte sich großartig, als er zum Aufzug ging. Der erste Schritt war getan. Das Beste daran war, dass er für diese Aktion keinerlei Konsequenzen zu erwarten hatte. Man hatte ihm bereits in einem Schreiben, das ihn heute Morgen erreicht hatte, für seine Kronzeugenaussage Straffreiheit gewährt. Da war wohl jemand ein wenig übereifrig gewesen. Sollten sich doch die Anwälte damit rumschlagen, ob die Straffreiheit galt oder nicht. Nach aktuellem Stand war sie in Kraft. Das erleichterte die Sache ungemein. Viel schwieriger würde es werden, Elena von seinem Plan zu überzeugen, denn in diesem Fall zeigte er sich als Meister der Prokrastination. Was ihn allerdings beunruhigte, war das Gefühl, das ihn in diesem Moment überkam. Er spürte ein Kribbeln in seinem Körper, während er über seinen Plan nachdachte. Dieses Gefühl kam jedes Mal dann in ihm hoch, wenn er ins Risiko ging. Als sich die Tür des Aufzugs schloss, konnte er darin sein Spiegelbild erkennen. Erschrocken bemerkte er das schiefe Grinsen in seinem Gesicht. Ein Siegerlächeln.

»Verdammt!«, stieß er aus. Das Lächeln erstarb.

Konsterniert stieg er aus dem Aufzug und ging schnurstracks in die nächste Eckkneipe, wo er vor einem Spielautomaten stehen blieb und verharrte. Er stand einfach nur davor. Wie ein Alkoholiker, der ein volles Schnapsglas anstarrte und überlegte, ob er es leer trinken sollte oder nicht.

»Sie müsse schon e' paar Grosche in die Maschin' einwerfe, sonst passiert da nix«, kommentierte die Wirtin nach einer Weile.

Er ignorierte die Frau und schloss die Augen. Ballauf fühlte in sich hinein und stellte erleichtert fest, dass er den Drang zu spielen unter Kontrolle hatte.

Er öffnete die Augen, lächelte zufrieden und drehte sich um. Im Vorbeigehen legte er der Wirtin einen Zehneuroschein auf den Tresen und ging zur Tür.

Die Frau griff nach dem Schein und hielt ihn hoch. »Sie habbe doch gar nix bestellt«, rief sie ihm hinterher.

»Aber Sie haben mir sehr geholfen!«, sagte Ballauf über die Schulter hinweg. Grinsend verließ er die Kneipe.

In guten wie in schlechten Zeiten

Ballauf unterdrückte den Impuls, zurück in die Kneipe zu gehen und sich Mut anzutrinken. Für das Gespräch mit Elena brauchte er einen klaren Kopf. Sie würde es sofort bemerken, wenn er alkoholisiert vor ihr saß. Er parkte sein Auto in der Einfahrt seines Hauses, stellte den Motor ab und umfasste das Lenkrad, als sei es sein letzter Halt vor dem Abgrund. Nachdem er ein paarmal tief durchgeatmet hatte, gab er sich einen Ruck. Es hatte ja keinen Sinn, es musste getan werden. Wenn seine Frau seinem Plan nicht zustimmte, war er verloren.

Langsam ging er auf die Tür zu, kramte nach seinem Schlüssel und schloss auf. Drinnen traf er auf Elena, die sich im Wohnzimmer aufhielt und bügelte. Im Radio lief Schlagermusik. Sie wippte im Takt mit und hatte seine Rückkehr bisher nicht bemerkt. Versonnen beobachtete er sie und ihn durchströmte Liebe. Ohne diese Frau würde er nirgendwohin gehen.

»Unfassbar, wie bescheuert die sind!«, sagte Grotewohl und schüttelte zum wiederholten Male den Kopf. Sie und Köhler waren in einer Dönerbude am Dornbusch und aßen im Stehen. »Wenn alle so dilettantisch morden würden, wäre unser Job der einfachste der Welt.«

Köhler lachte. »Leider sind nicht alle so einfältig«, sagte er kauend.

Beide verspürten eine Art Hochgefühl. Wie sich herausgestellt hatte, waren fast alle von Brauer aufgestellten Theorien korrekt gewesen. Das Schweigen der Verdächtigen zu brechen, erwies sich als geradezu lehrbuchhaft. Die simpelsten Verhörmethoden hatten innerhalb kürzester Zeit zu einem Zusammenbruch sowohl bei Karina Mertens als auch bei Dirk Homburg geführt. Beide waren vollumfänglich geständig und hatten Laura Hofmeister schwer belastet, die als Einzige beharrlich geblieben war und eine Beteiligung abgestritten hatte. Sibylle Schröter würde sich laut den Prognosen der Ärzte körperlich vollständig erholen. Was ihre Psyche anging, wäre wohl professionelle Hilfe die richtige Lösung. So etwas war schwer zu verarbeiten.

»Aber wo ist der Hund?«, sinnierte Grotewohl.

»Jetzt fängst du auch noch mit dem Köter an!«, gab Köhler genervt zurück.

»Ja, was denn?«, schnappte sie. »Das arme Tier! Stell dir mal seine Lage vor. Der Hund sieht, wie sein Frauchen zu Boden geschlagen und verschleppt wird, und er hat seit Tagen kein Futter bekommen.«

»Du weißt schon, dass Hunde immer etwas zu fressen finden … und sei es Katzenkacke.«

»Iiiih, du bist so ekelhaft!«

»Wieso ich? Der Hund frisst doch Scheiße, nicht ich.«

»Hör auf jetzt!«, forderte Grotewohl. »Ich hab noch die Hälfte von meinem Döner vor mir.« Sie hielt den halb aufgegessenen Kebab vor sein Gesicht.

»Du hast doch mit dem Hund angefangen.«

»Weil er mir leidtut.«

»Vermutlich ist er längst tot.«

»Hast du Homburg danach gefragt?«

»Wonach?«

»Boah … nach dem Hund!«

»Warum?« Köhler hob die Schultern. »Wozu ist der wichtig?«

Grotewohl gab es auf.

Elena hatte ihm geduldig zugehört. Sie hatte ihn ausreden lassen, kein Wort gesagt und nicht ein einziges Mal den Blick von ihm abgewandt. Sascha Ballauf kniete vor ihrem Stuhl und war verzweifelt. Endlich rührte sich seine Frau. Sie wischte sich eine Träne aus dem Gesicht und sagte schließlich: »Wenn es die einzige Lösung ist, sollten wir das so machen.«

Eine zentnerschwere Last fiel von seinen Schultern.

»Wann willst du das tun?«

»So bald wie möglich.«

»Was kann ich tun?«

»Pack deine Sachen.«

Der Plan

Ballauf meldete sich erneut krank. Der Termin bei seinem Hausarzt, der ihn schon sein halbes Leben lang betreute und mit dem er früher Fußball gespielt hatte, dauerte keine fünf Minuten. Die Krankmeldung galt vorerst für vier Wochen. Der Arzt verabschiedete Ballauf mit dem Versprechen, dass ein Anruf für eine Verlängerung ausreichen würde – egal, für wie lange.

Dieser Teil des Planes war nur eine Fingerübung gewesen. Jetzt musste Ballauf sich um die echten Aufgaben kümmern. Hier kamen ihm seine alten Schulkontakte zugute.

Einer seiner Klassenkameraden war mittlerweile Notar. Er hatte ihm schon beim Hausbau und mit Beurkundungen geholfen. Zwar waren sie nie beste Freunde gewesen, sie waren jedoch stets gut miteinander ausgekommen. Jetzt saß Ballauf im Büro ebendieses Notars. Dessen Name war Heiko Klüvers und er strahlte mit jeder Faser seines Körpers Kultiviertheit aus. Klüvers war von durchschnittlicher Größe und für sein Alter gut in Schuss. Seine erstaunlich dichten grauen Haare korrespondierten ausgezeichnet mit seinen ebenfalls grauen Augen. Ein gut aussehender Mann, das musste Ballauf neidlos anerkennen. Die Kanzlei war mit teuren Möbeln, Kunstwerken an den Wänden und in beinahe jeder Ecke dekorativ ausgestattet. Den Anzug, den Klüvers trug, würde Köhler gutheißen. Feinste Maßarbeit. Die Uhr, die an Klüvers linkem Handgelenk prangte, hatte vermutlich den

Wert von Ballaufs Jahreseinkommen. Finanziell ging es dem Notar offenbar ausgezeichnet, privat eher nicht.

Klüvers klagte ihm sein Leid. Seine Tochter hatte nämlich, wie er sagte, einen Versager geheiratet. Seine Frau, die er schon mehrfach hatte verlassen wollen, was er bisher aber nicht übers Herz gebracht hatte, wurde immer träger und brachte regelmäßig seine Kreditkarte zum Glühen. Der ständige Ärger mit dem Personal und die immensen Kosten für das Boot am Gardasee, das er vielleicht alle zwei Jahre mal benutzte, machten ihm zu schaffen.

»Du kennst das ja«, schloss er sein Gejammer.

»Klar«, sagte Ballauf. Dabei gab er sich nicht die geringste Mühe, seinen Sarkasmus zu verbergen. »Geht mir doch genauso, allein die Rechnung für meinen Poolboy. Wahnsinn, was so ein Studienabbrecher fürs Blätterfangen nimmt. Eine Frechheit!«

Klüvers stutzte. »Du verarschst mich gerade, oder?«

»Wer hat denn angefangen?«

Beide lachten.

»Hast ja recht«, gab Klüvers zu. »Ich komme rüber wie der letzte Snob.«

»Der du auch bist.«

Wieder lachten sie.

»Was kann ich für dich tun?«, fragte Klüvers, der inzwischen zur Seriosität zurückgefunden hatte.

»Du sollst treuhänderisch mein Haus verkaufen.«

Klüvers hob die Brauen.

»Ich steig aus«, erklärte Ballauf. »Das Klima hier macht mir zu schaffen, und da Elena mir schon seit Jahren in den Ohren liegt, dass es hier zu kalt und zu nass ist, machen wir uns vom Acker. Ich bin in Pension, das Geld langt, und wenn wir die Hütte verkaufen …«

Er hielt kurz inne, bevor er weitersprach. »Seien wir mal ehrlich: Wenn's gut läuft, haben wir noch zwanzig, vielleicht fünfundzwanzig Jahre zu leben. Und in einem Land wie Thailand bin ich mit dem Geld aus dem Hausverkauf der König.«

»Vorsicht mit solchen Aussagen!«, warnte ihn Klüvers. »In Thailand verstehen die keinen Spaß mit dem König.«

Ballauf hob die Hände. »Ich werde es mir merken.«

»Ganz ehrlich, Sascha …«, fuhr Klüvers fort. »Ich hatte auch schon ähnliche Gedanken.«

»Woran hängt's?«, fragte Ballauf auffordernd. »Am Geld sicher nicht.«

Klüvers lachte wissend. »Nee, das ist es nicht. Ich hab einfach Schiss«, erklärte er. »Ich bin ein Gewohnheitstier und steh nicht so auf Neuanfänge.«

»Jedem das Seine«, kommentierte Ballauf.

»Also gut«, sagte Klüvers schließlich. »Ich habe ja alle Unterlagen von dir. Natürlich kümmere ich mich darum. Und weißt du was?« Er lehnte sich nach vorne und lächelte gütig. »Für dich mach ich das umsonst.«

Ballauf lachte erneut. »Danke, mein Freund. Aber ich denke, du holst dir das Geld sowieso vom Käufer wieder.«

»Worauf du einen lassen kannst!«

Ballauf verließ die Kanzlei mit einem Hochgefühl. Er hatte einen weiteren Schritt in die Freiheit getan. Gleichzeitig hatte er eine falsche Fährte gelegt. Wenn Klüvers ihn besser gekannt hätte, wäre er bei der Erwähnung Thailands stutzig geworden. Ballauf würde nie einen Fuß in dieses Land setzen. Allgemein war Asien nicht sein Ding. Er konnte noch nicht mal beim

Asiaten Essen bestellen, da er von dem darin befindlichen Gluten Kopfschmerzen bekam. Und dann sollte ausgerechnet er nach Asien auswandern? Undenkbar!

Für Klüvers hingegen befand er sich zusammen mit seiner Frau auf dem Weg in ein neues Leben in Thailand – irgendwo am Strand in einer besseren Blechhütte.

Ballauf schüttelte sich bei dem Gedanken, am Strand zu liegen. In jeder Ritze seines Körpers Sandkörner, die ihm wie Schmirgelpapier die Haut aufrieben. Niemals!

Aber gut, dass Klüvers den Köder geschluckt hatte. Nun musste Ballauf nur noch zwei One-Way-Tickets nach Thailand buchen. Und diese würde er mit voller Absicht mit seiner Kreditkarte bezahlen.

Das würde er im Handumdrehen im Internet erledigen.

Ebenfalls mit Absicht.

Bis die Kollegen und Fjodors Leute herausgefunden hätten, dass er nie in das Flugzeug nach Thailand gestiegen war, wäre er längst über alle Berge. Womöglich würden sie ihn auch gar nicht verfolgen. Er war nicht wertvoll genug. Der Aufwand, nach ihm zu suchen, wäre unverhältnismäßig.

Allmählich wich Ballaufs Angst. Er dachte an Elena, die bereits auf dem Weg nach Spanien war. Dort würde er sich mit ihr ein neues Leben aufbauen. Mit dem Geld aus dem Hausverkauf und dem, das er von Fjodor bekommen würde, konnten sie sich ein angenehmes Leben auf der iberischen Halbinsel leisten.

Doch zuvor würde er den letzten, aber entscheidenden Schritt tun. Bis dahin musste er sich allerdings noch ein paar Tage gedulden. Gut Ding wollte Weile haben.

Sibylle Schröter hatte mehrfach nach dem Verbleib ihres Hundes gefragt. Die rostrote Labradorhündin namens Sonja war jetzt schon seit mehreren Tagen verschwunden.

»Sie wird verhungern«, sagte sie zu einer Krankenschwester, die sich zum wiederholten Male ihr Klagelied anhören musste.

»Es kann vieles passieren«, erwiderte die Frau, die Schröter Mitte dreißig schätzte. »Bevor jedoch ein Hund verhungert, fließt viel Wasser den Main runter, meine Liebe.«

»Wie können Sie so etwas sagen?«, begehrte Schröter auf. »Meine Sonja ist das Barfen gewohnt. Die wird verhungern!«

Die Schwester hob zweifelnd die Brauen. »Heißt das, dass Ihr Hund Bulimie hat?«

»Wie bitte?«

»Na ja, ›barf‹ ist das englische Wort für ›kotzen‹. Das wissen Sie schon, oder?«

Schröter reagierte mit Unsicherheit. »Das wusste ich nicht«, gab sie zu.

»Is so!«

»Ich meine natürlich die Ernährungsform«, setzte sie genervt an. »›Barfen‹ nennt man das. Da werden Hunde nur mit Frischfleisch gefüttert«, erklärte sie der Krankenschwester, die den Eindruck erweckte, ihr Interesse sei alles andere als echt. »Also rohes Fleisch, roher Fisch, frische Innereien und Knochen. Man kann diese Nahrung auch noch um rohes Gemüse, Obst, Nüsse und kalt gepresste Öle ergänzen.«

Die Schwester stemmte die Hände in die Hüften und sagte: »Schätzchen, Ihre Sonja wird schon was finden. Darüber würde ich mir keine Sorgen machen. Die taucht bald wieder auf.« Schröter sah der Frau an, dass sie vom Gegenteil überzeugt war. Seufzend wandte sie sich in ihrem Bett um und ließ ihren bislang zurückgehaltenen Tränen freien Lauf.

Ballauf saß auf heißen Kohlen. Er musste sich zwingen, jetzt nicht die Nerven zu verlieren. Nach einer Woche, die er innegehalten und gewartet hatte, bis alle erforderlichen Formulare bei Klüvers unterzeichnet waren und ein paar organisatorische Dinge erledigt werden konnten, war es endlich so weit. Er hatte die verbliebene Zeit genutzt, beinahe jedem, dem er begegnet war, zu erzählen, dass er und seine Frau nach Thailand auswandern würden. Viele hatten ihm geraten, sich bei RTL2 zu melden und ein Kamerateam mitzunehmen. Dann würde er auf seine alten Tage noch berühmt werden. Großspurig hatte er angekündigt, das vielleicht sogar zu tun und auf alle Fälle eine riesengroße Abschiedsparty zu schmeißen, Ehrensache … wohlwissend, dass beides nie stattfinden würde.

Sollten sie sich ruhig das Maul zerreißen, wenn er weg war. Er war der Typ, der nach Thailand abgehauen war, ohne sich zu verabschieden. Bestens!

Heute war der große Tag.

Ballauf war nervös. Noch war nicht alles in trockenen Tüchern. Er hatte seit einer Woche nichts von Elena gehört. Sie war ohne ihr Handy gefahren. Handys waren schlecht für Ballaufs Plan. Handys konnte man im Nullkommanichts orten. Und damit auch den dazugehörigen Menschen. Aber er wollte nicht gefunden werden. Wenn die Sache endlich vorbei war, würde er sein Handy am Hauptbahnhof auf die Schienen legen und dabei zusehen, wie ein ICE mit irgendeinem lustigen Namen darüberfuhr und alles in tausend Stücke zerquetschte. Danach würde er nie wieder ein Handy besitzen, das schwor er sich. Diese verdammten Dinger hatte der Teufel geschickt. Er stellte sich den Moment vor, in dem sein Handy unter dem tonnenschweren Zug zerbarst. Ein Gefühl von Freiheit durchströmte ihn bereits jetzt. Voller Vorfreude grinste er in sich hinein.

Er unternahm einen letzten Kontrollgang durch das Haus, checkte seinen Rucksack zum wiederholten Male und machte sich auf den Weg.

Am Hauptbahnhof deponierte er den Rucksack in einem Schließfach und ging in die Elbestraße, wo er bereits erwartet wurde.

»Wurde ja auch Zeit!«, schnaubte Melnikow, als Ballauf in sein Büro trat. Mit einer Handbewegung scheuchte er seine zahlreichen Lakaien aus dem Raum. Ballauf war jetzt mit ihm allein. Der Polizist musste ein Grinsen unterdrücken. Er hatte damit gerechnet, dass Sam ihrem Treffen beiwohnen würde, doch der schien unterwegs zu sein. Perfekt!

Melnikow kam sofort zur Sache: »Also, Bulle. Hältst du dich an die Abmachung?«

»Ich schon, und was ist mit dir?«

»Ich bin ein Ehrenmann.«

»Sicher.« Ballauf lachte. »Wenn einer ein Ehrenmann ist, dann du.«

»Nur weil wir nicht auf der gleichen Seite des Gesetzes stehen, heißt das nicht, dass ich nicht die Regeln meiner Seite respektiere.«

Ballauf sah Melnikow fragend an.

»Wenn ich sage, ich mache einen Deal, dann steht der Deal.«

»Na dann … sind wir uns ja einig.«

Ballauf griff in seine Jackentasche. Amüsiert stellte er fest, dass sich Melnikows Augen für einen kurzen Moment weiteten.

Der Typ denkt tatsächlich, dass ich ihn über den Haufen schieße, dachte er. Dann legte er einen kleinen goldenen Schlüssel auf den Tisch.

»Was ist das?«, fragte Melnikow.

»Ein Schlüssel.«

»Das seh ich, Blödmann!«, schnaubte der Gangster. »Für welches Schloss?«

»Für ein Bankschließfach.«

»Was soll der Scheiß? Wir sind hier nicht bei James Bond, du Affe!«

Nach außen hin blieb Ballauf ruhig. In seinem Innern jedoch fühlte es sich an, als wäre er durch ein Brennnesselfeld gelaufen. Das war der Punkt, an dem sein Plan schief- oder aufgehen würde. Er beugte sich nach vorne und gab sich möglichst selbstsicher, als er zu sprechen begann. »Pass auf, Fjodor«, sagte er. »Wir machen es so oder gar nicht. Du gibst mir jetzt meine Kohle, dann marschier ich hier raus. Erst wenn ich mir sicher sein kann, dass mir keiner deiner Clowns folgt, schicke ich dir eine SMS.« Er hob den Zeigefinger. »Das wird das letzte Mal sein, dass ich ein Handy benutze. Direkt nach der Zustellung der SMS werde ich das Telefon zerstören und danach nie wieder eines besitzen. So weit verstanden?«

»So war das nicht abgemacht!«

»Abgemacht war, dass du mir meine Schulden erlässt, hunderttausend in bar obendrauf legst und ich dir dafür die Liste mit den V-Männern gebe. Von persönlich aushändigen war nie die Rede, mein Freund.«

»Ich bin nicht dein Freund, Bulle.«

»Wie auch immer. Mach es oder lass es.«

Melnikow zögerte. »Ich kann die Informationen auch aus dir rausprügeln.« Sein Blick war eiskalt.

Ballauf hatte Mühe, cool zu bleiben, ließ sich aber nichts anmerken. »Tz, tz, tz«, machte er. »Das bringt doch nichts. Ich werde dir nichts sagen. Da kannst du draufhauen, wie du willst. Außerdem habe ich eine Sicherheit eingebaut. Wenn meine Frau bis heute Abend um sieben nichts von mir gehört hat, übergibt sie den Kollegen von der Abteilung für organisiertes Verbrechen einen Umschlag. Du kannst dir vorstellen, was da drin ist.«

»Mach dich nicht lächerlich, Bulle. Du denkst echt, wir sind hier in Hollywood.« Melnikow lachte laut. »Mal davon abgesehen … was hast du schon gegen mich in der Hand?«

»Zum Beispiel eine Aufzeichnung unseres Deals.« Betont lässig betrachtete Ballauf seine Fingernägel.

Melnikow schwieg. »Du bluffst!«, sagte er schließlich.

»Finde es raus.«

»Leck mich!«

»Was hast du zu verlieren, Fjodor?«, fragte Ballauf. »Wenn ich bluffe, sind Hunderttausend weg – und die paar Kröten, die ich dir noch schulde. Bluffe ich nicht, landest du für mindestens zehn Jahre im Knast. Und mach dir keine Sorgen, von mir erfährt niemand, dass dich ein alternder Bulle aufs Kreuz gelegt hat. Ich denke auch nicht, dass du das jemandem erzählen willst. Ist nicht so gut für deinen Ruf in der Branche. Also sind wir beide safe. Was kann ich dafür, dass mir deine Männer das Handy nicht weggenommen haben. Sollte eigentlich Standard sein. Heutzutage musst du niemanden mehr verkabeln. Geht alles mit diesen kleinen Dingern. Erstaunlich, was die so können!« Ballauf legte sein Handy auf den Tisch. Er strich darüber und der Bildschirm aktivierte sich. Auf dem Display erschien eine laufende Audiospur. »Ganz ehrlich?«, schloss er. »Ich hätte euch für cleverer gehalten.«

Melnikow starrte auf das Handy. Ihm war anzusehen, dass er ein paar Umstrukturierungen in seiner Organisation vornehmen würde.

Als Ballauf auf der Straße stand, die kleine unscheinbare Tasche mit dem Geld geschultert, nahm er einen tiefen Atemzug. Auf diesen Geruch konnte er für den Rest seines Lebens verzichten. Die Mischung aus Abgasen, Urin, kaltem Schweiß und nassem Putz. Den Dreck, der dieses Viertel ausmachte und den die Menschen hierhergetragen hatten. Überall sah er schlecht gemachte Graffiti, abgerissene Werbeplakate, graue Wände und festgetretene Kaugummis. Dazwischen tummelten sich verkrüppelte Tauben, denen anzusehen war, wie viele Parasiten und Krankheiten sie mit sich rumschleppten.

Die Straßenbahn riss Ballauf aus seinen Gedanken, als sie quietschend um die Kurve fuhr. Mit einem zufriedenen Grinsen eilte er zum Hauptbahnhof zurück. Er holte seinen Rucksack, der seine wichtigsten Habseligkeiten beinhaltete, aus dem Schließfach und ging zum Querbahnsteig. Auf der großen Tafel suchte er nach dem nächsten Zug nach Paris. Von dort aus würde er weiter nach San Sebastian fahren und dann nach Vigo, wo er morgen Abend mit Elena am Hafen verabredet war. In nur wenigen Minuten würde auf Gleis 8 sein Zug losfahren. Alles wie geplant. Ballauf begab sich zum Bahnsteig, stieg in den wartenden Zug, suchte nach dem Schaffner und löste ein Ticket. Er bezahlte in bar und fand kurze Zeit später einen freien Sitzplatz am Fenster. Den Rucksack, in den er das Geld gelegt hatte, klemmte er unter den Vordersitz, wo er ihn die ganze Zeit über im Auge behalten konnte. Wenn alles nach Plan lief, würde er in etwas mehr als vierundzwanzig Stunden gemeinsam mit seiner Frau an der spanischen Atlantikküste sitzen, einen Cocktail trinken und den Ruhestand genießen. Als der Zug bereits eine Weile unterwegs war, fiel ihm ein, dass er Melnikow ja noch die versprochene SMS schicken musste. Er zückte sein Handy, gab die Nummer des Gangsters ein und tippte: »Leck mich am Arsch, du Penner!« Grinsend schickte er die Nachricht ab. Dann ging er auf die Zugtoilette, öffnete das Fenster und warf das Handy hinaus. Das Einzige, was er bereute, war, dass er nicht miterleben konnte, wie das Handy am Bahndamm zwischen Frankfurt und Mannheim in seine Einzelteile zerschellte.

Epilog

Wie zu erwarten war, wurde der Mord an Peter Freiwald durch die Presse gezerrt. Wie ausgehungerte Hyänen stürzte man sich auf die Story. Ein großes Boulevardblatt, dessen Zielgruppe sich nicht durch hohen Bildungsstand auszeichnete, titelte: »Die dümmsten Mörder Deutschlands kommen aus Frankfurt«. Im Artikel wurde nur vom »Mörderhof« oder dem »schönen Todesengel« gesprochen. Wobei hiermit Laura Hofmeister gemeint war. Bereits wenige Tage später wurde eine andere Sau durchs virtuelle Dorf getrieben.

Einige True-Crime-Podcasts nahmen die Geschichte auf und sogar die BBC berichtete über den Fall.

Erst als nach über einem Jahr das Urteil gefällt wurde, flammten die Schlagzeilen kurz wieder auf. Das Gericht sah es als erwiesen an, dass Laura Hofmeister die treibende Kraft hinter dem Mord gewesen war. Ihr wurde eine Persönlichkeitsstörung bescheinigt, die ihr jegliche Form von Empathie absprach. Sie bekam eine lebenslange Haftstrafe, wobei in ihrem Fall die besondere Schwere der Schuld festgestellt wurde. Über eine anschließende Sicherheitsverwahrung wurde bisher nicht entschieden. Auch Dirk Homburg wurde zu lebenslanger Haft verurteilt, allerdings ohne besondere Schwere der Schuld, da er Laura Hofmeister in einer Art Hörigkeit verfallen und deshalb nicht ganz bei sich gewesen war. Hinzu kam, dass er Sibylle Schröter verschont hatte. Was allerdings mit Schröters Hund passiert war, konnte auch das Gericht nicht klären. Homburg zeigte echte Reue, was das Gericht als strafmildernd erachtete. Karina Mertens bekam fünf Jahre wegen Beihilfe zum Mord. Sie war eine gebrochene Frau. Wertheim stand ihr während des Prozesses als Freund zur Seite. Er hatte seiner Ehefrau die jahrelange Affäre mit Mertens gestanden, woraufhin sie entschieden hatte, sich von ihm scheiden zu lassen. Ohne Wertheim hätte Mertens das alles nicht durchgestanden. Zwei Monate nach der Urteilsverkündung heirateten die beiden im Gefängnis Preungesheim.

Auf dem YouTube-Kanal »Mystery in Germany«, der sich mit Kryptozoologie und seltsamen Erscheinungen in Deutschland befasst, gab es etwa ein halbes Jahr später einen Bericht über ein rothaariges Ungeheuer, das in den Wäldern rund um Bad Vilbel aufgetaucht sein sollte. Dieses Etwas, das mit unscharfen, verwackelten Handyaufnahmen aus der Ferne dokumentiert war, wurde für mehrere gerissene Schafe verantwortlich gemacht. Auch in der Nähe von Häusern, insbesondere bei den Mülltonnen, wurde das scheue Monster von einigen Anwohnern gesichtet. Allerdings gab es davon keine Filmaufnahmen. Der Kanal »Mystery in Germany« war leider nicht besonders erfolgreich. Der Bericht über das rothaarige Zottelmonster von Bad Vilbel hat bis heute achtzehn Aufrufe.

ENDE

Danksagung

Wie immer ist ein Roman nicht nur das Produkt eines Einzelnen. Es gehören so viele tolle Menschen dazu, die alle viel Arbeit in das Projekt stecken. Aber das wissen Sie ja sicherlich schon längst. Wenn nicht, hören Sie doch mal in meinen Podcast »Die Verlags-WG« rein. Dort wird erklärt, was es braucht, um ein Buch zum Leben zu erwecken.

Es ist immer wieder schön, eine Geschichte zu erzählen. Doch sie wird durch jede helfende Hand ein Stückchen besser. Die helfendste aller Hände war wie immer meine wunderbare Lektorin Birgit Rentz, die Fehlerjägerin. Sie hat alle drei »Grotte & Shaft«-Krimis mit einer unglaublichen Geduld zu den spannenden Geschichten gemacht, die ich alleine nie so hätte erzählen können. Mit ihrer unfassbaren Auffassungsgabe und dem Talent, Verknüpfungen zu erkennen, hat sie mir so einige Peinlichkeiten erspart. Welche das sind, lassen wir im Verborgenen. Es gilt wie immer: »Was im Lektorat passiert, bleibt im Lektorat.« Vielen Dank, Birgit, dass du meine Bücher besser machst. Ich hoffe, wir arbeiten noch lange zusammen.

Dann habe ich Christiane Busch und Julia Joel (JJ) zu danken. Beide haben mir sehr geholfen und ich hoffe, ich darf euch noch mal in Anspruch nehmen. Ihr habt das so gut gemacht, dass sogar Birgit es gemerkt hat.

Mein Dank geht auch an Sandra Thoms und Björn Bedey, die mich in meinem kreativen Prozess unterstützen und mich mein Ding machen lassen. Sie geben mir mit ihrer Wertschätzung das Gefühl, dass ich etwas erschaffe, das bleibt.

Meddi Müller
SCHWEINEBANDE
Ein Frankfurt-Krimi
Band 1

kartoniertes Buch
304 Seiten
13,00 EUR [D]
ISBN 978-3-946734-65-9
lieferbar

Ebook epub
ISBN 978-3-946734-66-6

Ein Ehepaar wird tot im Gebüsch vor ihrem Haus in der Frankfurter Nordweststadt gefunden. Auf den Bildern einer Überwachungskamera aus der besorgten Nachbarschaft ist deutlich eine Person zu erkennen, die beide vom Balkon wirft.

Christian Köhler, Spitzname Shaft und Sabine Grotewohl, genannt Grotte, übernehmen die Ermittlungen. Was machte den Staplerfahrer einer Großmetzgerei so gefährlich, dass man ihn und seine Frau ermordet? Und warum verhält sich sein Chef so merkwürdig? Was am Anfang aussah wie ein einfacher Mord, entpuppt sich als großer Fall – der Shaft und Grotte an ihre Grenzen bringt.

Meddi Müller
FAHRGEMEINSCHAFT
Ein Frankfurt-Krimi
Band 2

kartoniertes Buch
412 Seiten
13,00 EUR [D]
ISBN 978-3-946734-83-3
lieferbar

Ebook epub
ISBN 978-3-946734-91-8
Ebook PDF
ISBN 978-3-948972-17-2

Eine Obdachlose wird am Mainufer tot aufgefunden. In der Frankfurter Polizei will man den Fall schnell zu den Akten legen, da die Kapazitäten knapp sind und man den Tod als selbstverschuldet ansieht. Allein die Kommissarin Sabine Grotewohl will diese Gleichgültigkeit nicht hinnehmen. Sie hat berechtigte Zweifel an einem Unfalltod der Frau und überzeugt schnell auch ihren Partner Christian Köhler von der Theorie. Schon bald wird ihr Verdacht bestätigt: Die unbekannte Frau wurde ermordet. Es stellt sich heraus, dass die Ermordete aus gutem Hause stammt und ihr Tod dem einen oder anderen Familienmitglied gar nicht so ungelegen kommt.

Franziska Franz

BLUTZEILEN

Ein Frankfurt-Krimi

kartoniertes Buch
288 Seiten
13,00 EUR [D]
ISBN 978-3-948972-50-9
lieferbar

Ebook epub
ISBN 978-3-948972-51-6
Ebook PDF
ISBN 978-3-948972-52-3

Nach einer Lesung in der Alten Oper verschwindet der Bestseller-Autor Mike Mikkels spurlos. Kurze Zeit später erhält seine Ehefrau Mirjam einen Drohbrief: Ihr Mann wird sterben, wenn sie die Polizei einschaltet.

Um Mike zu schützen, belügt Mirjam die Polizei und stellt selbst Nachforschungen an. Bald überschlagen sich die Ereignisse und es kommt zu einer Tragödie …

Franziska Franz
MAINKURTOD
Ein Frankfurt-Krimi

kartoniertes Buch
272 Seiten
13,00 EUR [D]
ISBN 978-3-946734-23-9
lieferbar

Ebook epub
978-3-946734-24-6

Es hätte ein Traumjob sein können: die Stelle als Maklerin in Frankfurt, eine Kollegin, mit der sie sich auf Anhieb versteht. Doch dann erfährt Marlene von der Ermordung und dem mysteriösen Verschwinden ihrer Vorgängerinnen.

Kurz darauf findet sie sich selbst eingesperrt in einem stockfinsteren Raum wieder, ohne Erinnerung an die letzten Tage. Damit nicht genug: Zu ihrem Entsetzen entdeckt sie in einer Tonne eine Leiche – und ist sich sicher: Sie wird die nächste sein.. Was ist faul bei Immobilien Richter? Wer hat es auf die Maklerinnen abgesehen? Marlene muss sich erinnern. Denn zum Entkommen bleibt ihr nicht mehr viel Zeit ...